LA CHAMBRE ARDENTE

Éditions du Masque
17, rue Jacob 75006 Paris
www.lemasque.com

LA CHAMBRE ARDENTE

John Dickson Carr

Traduit de l'anglais (États-Unis)
par Maurice-Bernard Endrèbe

Titre original :

THE BURNING COURT

ISBN : 978-2-7024-4036-0

COUVERTURE
Conception graphique : WE-WE
Photographie : © Comacio-International-Taurus/DR

John Dickson Carr (1906-1977), alias Carter Dickson, est le maître incontestable du meurtre en chambre close. Son premier roman policier, *Le marié perd la tête*, est publié en 1930. Quelques années plus tard, il crée en 1933 et 1934 ses deux héros, le Dr Gideon Fell et sir Henry Merrivale, respectivement inspirés de G. K. Chesterton et Winston Churchill, ainsi que le colonel March, qui fut incarné à la télévision par Boris Karloff. Le mystère est souvent l'occasion de suggérer une hypothèse surnaturelle et de donner à ses intrigues une coloration fantastique, même si l'explication finale demeure inévitablement rationnelle. Président des Mystery Writers of America en 1949, il obtint la même année un Edgar spécial pour sa biographie de Conan Doyle.

DU MÊME AUTEUR AUX ÉDITIONS DU MASQUE

La Flèche peinte, 2003
Il n'aurait pas tué Patience, 2003
Ils étaient quatre à table, 2003

LISTE DES PERSONNAGES :

Edward STEVENS (Ted), attaché à la maison d'édition Herald & Fils

Marie STEVENS, née Marie D'AUBRAY, son épouse

MORLEY, directeur littéraire de Herald & Fils

Pr WELDEN, professeur d'anglais, ami d'Edward Stevens

Mark DESPARD, neveu de Miles Despard, récemment décédé

Lucy DESPARD, son épouse

Ogden DESPARD, frère de Mark et d'Edith

Edith DESPARD, sœur de Mark et d'Ogden

Tom PARTINGTON, médecin, ex-fiancé d'Edith Despard

Joe HENDERSON, concierge et jardinier, homme à tout faire des Despard

Althea HENDERSON, son épouse

Myra CORBETT, infirmière de Miles Despard

Margaret LIGHTNER, femme de chambre chez les Despard

Dr BAKE, médecin de la famille Despard

Capitaine Frank BRENNAN, détective de la police de philadelphie

Jonah ATKINSON Jr, entrepreneur de pompes funèbres

Gaudan CROSS, écrivain et criminaliste publié chez Herald & Fils

L'action se situe dans la petite localité de Crispen, et plus précisément dans la propriété de la famille Despard.

PREMIÈRE PARTIE

ACCUSATION

« Nous soupâmes très gaiement et nous couchâmes tard ; sir William me raconta que le vieil Edgeborrow était mort dans ma chambre et qu'il y revenait parfois. Cela m'effraya quelque peu, mais beaucoup moins cependant que je feignis de l'être pour complaire à mon hôte. »

Samuel PEPYS, 8 avril 1661.

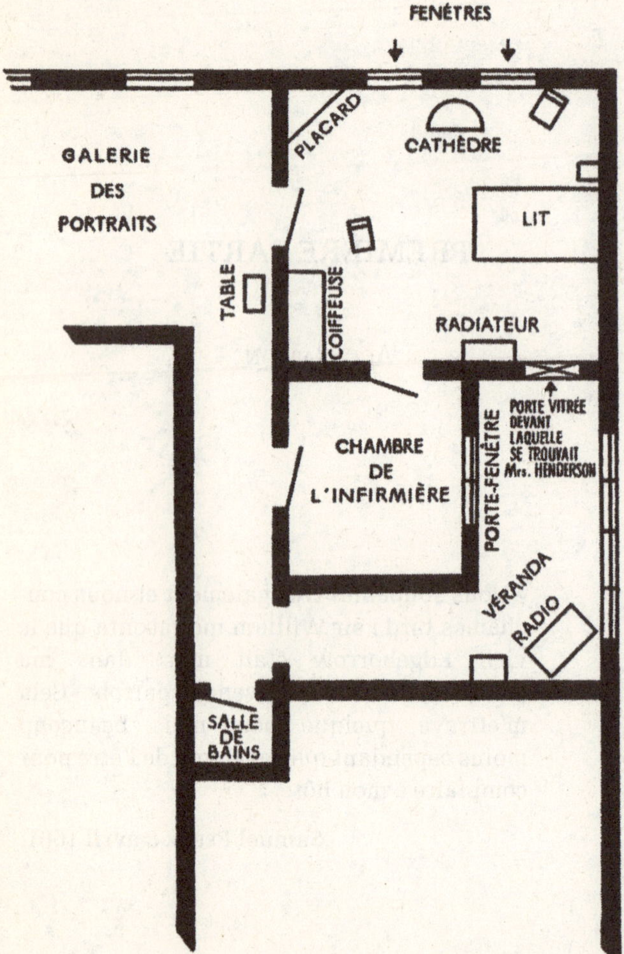
FENÊTRES
GALERIE
DES
PORTRAITS
PLACARD
CATHÈDRE
LIT
TABLE
COIFFEUSE
RADIATEUR
PORTE VITRÉE
DEVANT
LAQUELLE
SE TROUVAIT
Mrs. HENDERSON
CHAMBRE
DE
L'INFIRMIÈRE
PORTE-FENÊTRE
VÉRANDA
RADIO
SALLE
DE
BAINS

1

« Il était une fois un homme habitant près d'un cimetière... » est un bon début pour une histoire. En fait, cela s'appliquait doublement à Edward Stevens. Il y avait, en effet, un minuscule cimetière à proximité de chez lui, et Despard Park avait toujours eu une étrange réputation, mais ce n'était là que le moindre côté de l'affaire.

Edward Stevens était installé dans un compartiment fumeurs du train qui devait atteindre la gare de Broad Street à 18 h 48. Âgé de 32 ans, il occupait un poste d'une certaine importance chez Herald & Fils, les éditeurs bien connus. Il louait un appartement en ville et possédait une petite villa à Crispen, aux portes de Philadelphie, où il passait la plupart de ses week-ends, car sa femme et lui aimaient beaucoup la campagne. Il allait justement ce vendredi soir y rejoindre Marie et, dans sa serviette de cuir, il emportait le manuscrit du nouveau recueil consacré par Gaudan Cross aux procès criminels célèbres.

Tels sont les faits dans toute leur nudité. La journée n'avait été marquée par rien d'inhabituel, et Stevens rentrait simplement chez lui, comme n'importe quel homme heureux, nanti d'une profession, d'une épouse et d'un mode de vie qui lui conviennent.

Le train arriva à l'heure à Broad Street et Stevens vit qu'il avait une correspondance pour Crispen dans sept minutes. Un express jusqu'à Ardmore. Et Crispen était l'arrêt suivant Haverford. Personne n'avait jamais découvert pourquoi Crispen n'avait pas été rattaché à Haverford ou à Bryn Mawr entre lesquels il se trouvait situé. Il ne comptait guère qu'une demi-douzaine de maisons dispersées à flanc de colline, mais n'en formait pas moins, en un sens, une petite communauté. Il y avait là, en effet, un bureau de poste, un droguiste et aussi une pâtisserie-salon de thé, à demi cachée par les hêtres majestueux, à l'endroit où King's Avenue contourne Despard Park. Il y avait même un magasin de pompes funèbres.

Ce dernier point avait toujours intrigué Stevens. Il se demandait pourquoi il y avait une telle boutique en un tel endroit et qui pouvait bien y tenir ses assises. Un nom, « *J. Atkinson* », était peint sur la vitrine, mais en caractères minuscules. Stevens n'avait jamais vu quiconque à travers la vitrine, cernée à mi-hauteur par des rideaux de velours noir et qui n'offrait aux regards que deux de ces petites auges de marbre où l'on dispose des fleurs sur les tombes. Bien entendu, on ne s'attend pas à ce qu'il y ait, où que ce soit, un va-et-vient continuel de chalands dans un magasin de pompes funèbres. Mais, par tradition, les croque-morts mènent joyeuse vie ; or, Stevens n'avait jamais vu J. Atkinson. Cela lui avait même donné l'idée d'un roman policier où sévirait un assassin qui tiendrait une entreprise de pompes funèbres, ce qui lui permettrait d'expliquer la présence de certains cadavres dans sa boutique.

Peut-être, après tout, J. Atkinson s'était-il quand même rendu à Despard Park lors de la mort du vieux Miles Despard, survenue récemment…

La seule raison qui pût justifier l'existence de Crispen sur le cadastre, c'était Despard Park. Depuis l'an de grâce 1681, où Mr William Penn avait organisé le nouvel État de Pennsylvanie et où un Despard – le nom, s'il fallait en croire Mark Despard, était d'origine française, mais avait subi des altérations – s'était vu concéder une vaste étendue de terrain, il y avait des Despard à Despard Park. Le vieux Miles Despard, le doyen de la famille, était mort moins de quinze jours auparavant.

En attendant son train, Stevens se demanda si Mark Despard – le nouveau chef de la famille – viendrait bavarder ce soir-là avec lui, comme il avait coutume de le faire. La petite villa de Stevens était proche des grilles de Despard Park, et une amitié s'était nouée entre Mark et Edward, quelque deux ans plus tôt. Cependant Stevens n'escomptait guère voir Mark ou Lucy, sa femme, ce soir-là. À la vérité, le trépas du vieux Miles n'avait pas été un grand sujet d'affliction – il avait succombé à une gastro-entérite après avoir réduit son estomac en bouillie par quarante années d'excès –, car il avait toujours tellement vécu à l'écart que le reste de la famille le connaissait à peine. Mais un décès entraîne toujours des questions d'intérêt. Le vieux Miles ne s'était jamais marié ; Mark, Edith et Ogden Despard étaient les enfants de son frère cadet. Stevens pensa que chacun d'eux allait hériter une somme très substantielle.

L'express arriva, et Stevens prit place dans un compartiment de fumeurs. Il faisait nuit, mais il y avait dans l'air toute la douceur de ce printemps de 1929. Cela ramena la pensée de Stevens vers Marie qui viendrait l'attendre à Crispen avec l'auto. Installé dans son coin, il se mit machinalement à réfléchir aux circonstances ayant amené le manuscrit de Gaudan Cross dans sa serviette. Gaudan Cross – si étrange que cela puisse paraître, c'était là le véritable nom de l'auteur – était une découverte de Morley, le directeur littéraire. Vivant à l'écart du monde, Cross se consacrait aux récits des procès criminels fameux. Son talent conférait beaucoup de vie à ces récits qui semblaient faits par un témoin oculaire, à tel point qu'un magistrat éminent avait déclaré que le compte rendu du procès de Neil Cream tel qu'il figurait dans *Messieurs les jurés* n'avait pu être rédigé que par quelqu'un ayant assisté aux débats. Ce à quoi le *New York Times* avait rétorqué : « Étant donné que le procès Cream a eu lieu en 1892 et que l'on dit Mr Cross âgé de 40 ans, il faudrait supposer qu'il fut un enfant extrêmement précoce ! » Cela avait été une excellente publicité pour le livre.

Toutefois, la célébrité de l'auteur tenait surtout au don qu'il avait de se consacrer à des procès, sensationnels en leur temps, mais qui avaient tout l'attrait de la nouveauté pour les contemporains de Cross. En dépit des documents cités à l'appui, il s'était trouvé un critique pour parler de « colossale supercherie » et cela avait encore été une excellente publicité, Cross ayant aisément prouvé qu'il n'avait rien inventé.

Donc, ce vendredi après-midi, Stevens avait été appelé dans le bureau de Morley qui lui avait tendu un manuscrit contenu dans une chemise cartonnée :

— Voici le nouveau Cross. Voulez-vous l'emporter et le lire pendant le week-end ? J'aimerais pouvoir en discuter avec vous, car je sais que vous appréciez particulièrement ce genre de choses.

— Vous l'avez lu ?

— Oui, dit Morley, qui ajouta après une brève hésitation : C'est de loin son meilleur ouvrage mais... (nouvelle hésitation), il faudra de toute façon changer le titre qui est trop long et trop technique pour pouvoir être commercial... Enfin, nous étudierons cela plus tard. Il s'agit d'empoisonneuses célèbres et c'est vraiment passionnant.

— Parfait ! Parfait !

De toute évidence, quelque chose préoccupait Morley :

— Connaissez-vous Cross ?

— Non, je l'ai juste aperçu une ou deux fois dans votre bureau...

— C'est un personnage bizarre. Ainsi, dans ses contrats, il n'y a qu'une clause à laquelle il attache une grande importance, et elle est peu banale. Il tient à ce qu'il y ait une grande photographie de lui au dos de la jaquette de chacun de ses livres.

Stevens fit claquer sa langue et sélectionna un exemplaire de *Messieurs les jurés* sur les rayons chargés de livres qui cernaient la pièce.

— Voilà donc la raison ! dit-il. Cela m'avait intrigué. Pas de détails biographiques, juste une photo avec son nom dessous... et sur un *premier* livre ! (Il étudia la photographie :) Un visage énergique, un visage d'intellectuel, assez sympathique... mais est-il vaniteux au point de vouloir sa photo reproduite à des milliers d'exemplaires ?

— Non, dit Morley en secouant la tête, ce n'est pas le genre d'homme qui recherche une publicité personnelle. Il doit y avoir à cela une autre raison.

De nouveau, le directeur littéraire considéra son collaborateur, puis il parut chasser une préoccupation de son esprit :

— Quoi qu'il en soit, emportez ce manuscrit, mais faites-y bien attention, car des documents photographiques y sont encartés. Vous viendrez m'en parler lundi à la première heure.

Réfléchissant à cette conversation dans le train qui l'emmenait à Crispen, Stevens fit jouer la fermeture de sa serviette pour y prendre le manuscrit afin d'y jeter un coup d'œil, mais il n'acheva pas son geste, car sa pensée dériva de nouveau vers le vieux Miles Despard. Il le revoyait, l'été précédent, se promenant dans le jardin en pente qui s'étendait derrière sa maison. Le « vieux » Miles n'avait guère que 56 ans lorsqu'il avait été mis dans son cercueil, mais sa méticulosité, sa façon de s'habiller, sa moustache grise et ce vague air d'hilarité qu'il affectait constamment le faisaient paraître plus âgé qu'il n'était.

La gastro-entérite est fort douloureuse, mais Miles Despard avait manifesté jusqu'à la fin un stoïcisme qui avait fait l'admiration de Mrs Henderson, la gouvernante-cuisinière qui régentait l'intérieur du vieux garçon. Elle avait déclaré ne l'avoir entendu se plaindre que très rarement pendant sa pénible maladie. On l'avait enterré dans la crypte située sous la chapelle privée, où reposaient déjà neuf générations de Despard, et la lourde pierre qui en fermait l'entrée avait été remise en place. Un détail avait beaucoup impressionné Mrs Henderson. Avant de mourir, Miles Despard tenait dans ses mains un morceau de ficelle qui comportait neuf petits nœuds à égale distance l'un de l'autre. On l'avait découvert sous son oreiller.

— J'ai trouvé ça très bien, confia Mrs Henderson à la cuisinière des Stevens. Il devait penser que c'était un chapelet ou quelque chose de similaire. Bien sûr, les Despard n'étaient pas catholiques… mais quand même, je trouve ça bien !

Une autre chose avait bouleversé Mrs Henderson, au point qu'on n'avait pas encore pu la tirer au clair. Mark Despard, le neveu du vieux

Miles, en avait fait part à Stevens avec un amusement non exempt de contrariété.

Stevens n'avait revu Mark qu'une fois depuis la mort de Miles. Celle-ci était survenue dans la nuit du 12 avril, un mercredi. Stevens se rappelait particulièrement cette date parce que Marie et lui avaient passé la nuit à Crispen, alors qu'ils y séjournaient rarement dans le courant de la semaine. Ils étaient repartis pour New York par la route, le lendemain matin, sans se douter de la tragédie, dont ils avaient eu connaissance par les journaux. Quand ils étaient revenus à Crispen, le 15, pour le week-end, ils avaient fait une visite de condoléances à Despard Park, mais n'avaient pas assisté à l'enterrement, car Marie avait une insurmontable horreur de la mort. C'est au cours de la soirée qui avait suivi l'enterrement que Stevens avait rencontré Mark dans King Avenue.

— Mrs Henderson a des visions, avait dit Mark à brûle-pourpoint. Je n'en connais pas exactement la nature, car elle n'y fait que de vagues allusions entre deux prières, mais il semble que, la nuit où oncle Miles est mort, il y ait eu une femme dans sa chambre, conversant avec lui.

— Une femme ?

— Mrs Henderson parle d'une femme « en costume ». Remarquez que cela se pourrait, car, ce même soir, Lucy, Edith et moi-même nous somme rendus à un bal travesti. Lucy était habillée en Mme de Montespan et Edith, je crois, en Florence Nightingale. Avec ma femme en courtisane et ma sœur en infirmière, j'étais bien entouré !

» Cependant, ça me paraît peu probable, car oncle Miles, bien que très courtois, vivait en reclus dans sa chambre et n'y aurait laissé entrer personne. Il s'y faisait même monter ses repas. Quand il est tombé malade, nous avons installé une infirmière dans la chambre contiguë et il a fait un foin de tous les diables. Nous avons eu beaucoup de mal à le dissuader de verrouiller la porte de communication pour empêcher l'infirmière d'entrer à tout moment dans sa chambre. C'est pourquoi la vision de Mrs Henderson, quoique possible, me paraît peu probable.

Stevens ne comprenait pas ce qui préoccupait Mark Despard.

— Ma foi, je ne vois là rien d'étrange. Avez-vous interrogé Lucy ou Edith à cet égard ? D'ailleurs, si personne n'était admis dans la chambre de votre oncle, comment Mrs Henderson a-t-elle pu voir qu'une femme s'y trouvait ?

— Mrs Henderson prétend l'avoir vue par une porte vitrée – qui était ordinairement masquée par un rideau – donnant sur la véranda. Non, je n'en ai pas parlé à Lucy ni à Edith... (Il hésita puis poursuivit avec un rire gêné.) Je ne leur en ai pas parlé, car c'est surtout la seconde partie des visions de Mrs Henderson qui me déconcerte. Selon elle, cette femme en costume d'époque, après avoir eu une petite conversation avec mon oncle, a fait demi-tour et s'en est allée de la chambre par une porte qui n'existe pas.

— Une histoire de fantôme ? fit Stevens.

— Je fais allusion, précisa Mark, à une porte qui a été murée voilà quelque deux cents ans.

Jusqu'à présent, il n'y a pas eu de fantôme à Despard Park. C'est peut-être un élément pittoresque, mais j'estime qu'il vaut mieux éviter d'en avoir, si l'on aime à recevoir des amis chez soi. Non, je pense plutôt que Mrs Henderson est quelque peu dérangée.

Là-dessus, il s'était éloigné dans le crépuscule.

Bien qu'elles n'eussent aucun rapport, Stevens, dans son compartiment de chemin de fer, ne pouvait s'empêcher de rapprocher cette conversation avec Mark Despard de celle qu'il avait eue avec Morley dans l'après-midi. Un écrivain qui vivait en reclus, Gaudan Cross, bien que nullement vaniteux, exigeait de voir sa photographie au dos de ses livres. Un millionnaire, Miles Despard, vivant également en reclus, mourait d'une gastro-entérite et l'on retrouvait sous son oreiller un morceau de ficelle comportant neuf nœuds ; enfin une femme en costume d'époque – d'époque non définie – aurait été vue quittant une pièce en passant par une porte murée depuis deux siècles. Un auteur à l'imagination féconde aurait-il réussi à tirer un roman de ces éléments disparates en les assemblant de façon cohérente ?

Stevens, pour sa part, y renonça et acheva de sortir le manuscrit de Cross de sa serviette. Il était important, mais méticuleusement ordonné. Les photographies et dessins étaient fixés aux feuilles à l'aide de clips et chaque chapitre assemblé par des agrafes métalliques. Après avoir parcouru du regard la table des matières, Stevens passa au premier chapitre. Il faillit alors lâcher le manuscrit.

Il y avait, attachée à la première page de ce chapitre, une photographie ancienne mais très distincte, sous laquelle on pouvait lire :

Marie d'Aubray, guillotinée pour meurtre en 1861.

C'était une photographie de la propre femme de Stevens.

2

Il n'y avait pas d'erreur ou de coïncidence possible. Le nom était celui de sa femme : Marie d'Aubray. Les traits étaient les siens, figés dans une expression que son mari lui connaissait bien. Celle qui avait été guillotinée soixante-dix ans auparavant était une parente de sa femme, sa grand-mère sans doute, si l'on s'en rapportait aux dates et à l'extraordinaire ressemblance. Cette femme avait le même grain de beauté que Marie, au coin de la lèvre, et elle portait le bracelet ancien que Stevens avait vu cent fois au bras de Marie. La perspective que soit publié par la maison d'édition où il travaillait un livre offrant une photographie de sa femme en tant qu'empoisonneuse célèbre n'avait rien de réjouissant. Était-ce pour cela que Morley lui avait demandé de venir le voir lundi à la première heure ? Non, certainement pas. Mais tout de même...

Stevens détacha la photographie pour mieux l'examiner, et éprouva une sensation étrange. Il ne l'analysa pas sur l'instant, mais c'était l'incommensurable amour qu'il éprouvait pour Marie qui lui procurait cette sensation. La photographie était fixée sur un épais carton et le temps l'avait jaunie par endroits. Au dos, on pouvait lire l'adresse du photographe : Perrichet et fils, 12, rue Jean-Goujon, Paris (VIIIe). Au-dessous, avec une encre qui avait maintenant tourné au brun, quelqu'un avait écrit : « Ma très, très chère Marie, Louis Dinard, 6 janvier 1858. » Amant ou mari ?

Ce qui troublait profondément Stevens, c'était l'expression de cette femme. La photographie ne montrait pas ses pieds et elle se détachait sur un fond d'arbres peints. Elle avait une pose peu naturelle, comme si elle allait tomber de côté, et s'appuyait d'une main sur une petite table ronde chastement drapée dans un napperon de guipure. Sa robe à col montant semblait faite d'un taffetas sombre aux reflets soyeux et elle portait la tête légèrement rejetée en arrière.

En dépit de la façon démodée dont étaient coiffés ses cheveux blond foncé, c'était bien Marie. Elle faisait face à l'objectif mais regardait quelque peu au-delà. Ses yeux clairs aux paupières lourdes avaient ce que Stevens appelait « son air inspiré ». Les lèvres étaient entrouvertes en un léger sourire et, en dépit de la robe, de la coiffure, du napperon et de la toile de fond qui tendaient à donner à la photographie un côté mièvre, l'impression qui s'en dégageait était tout autre.

Troublé, Stevens abaissa son regard vers l'inscription « Guillotinée pour meurtre ». Le cas était assez rare.

Stevens aurait voulu se persuader que quelqu'un s'était livré à une plaisanterie d'un goût douteux et qu'il tenait là une photographie de sa femme, mais il savait bien que non... Et puis, après tout, si c'était là une photographie de la grand-mère de Marie, cette ressemblance, si frappante fût-elle, n'avait rien d'étrange. Elle avait été guillotinée, soit, et puis après ?

Bien qu'ils fussent mariés depuis trois ans, Stevens connaissait peu de choses sur sa femme et ne s'était jamais montré curieux à cet égard. Il la savait originaire du Canada, où elle habitait une vieille maison semblable à Despard Park. Ils s'étaient connus à Paris et s'étaient mariés au bout de quinze jours. Ils s'étaient rencontrés, de façon fort romanesque, dans la cour d'un vieil hôtel particulier abandonné, proche de la rue Saint-Antoine. Stevens ne se souvenait pas du nom de la rue... Voyons, il était allé dans ce quartier parce que son ami Welden, qui était professeur d'anglais et se passionnait aussi pour les procès criminels, lui avait dit :

— Tu seras à Paris cet été ? Eh bien, si tu t'intéresses aux lieux où se sont déroulées des scènes de violence, va donc au numéro tant de la rue Untel.

— Qu'y verrai-je ?

— Il s'y trouvera probablement quelqu'un qui pourra te renseigner. C'est une devinette, on verra si tu es perspicace.

Stevens n'avait rien deviné et avait oublié de questionner de nouveau Welden, mais il avait trouvé Marie qui était venue aussi se promener par là. Elle avait dit tout ignorer de l'endroit où ils étaient ; voyant un porche s'ouvrant sur une vieille cour, elle avait eu la curiosité d'entrer. Elle lui était apparue pour la première fois, assise sur la margelle d'une fontaine desséchée, au centre de la cour entre les pavés de laquelle l'herbe poussait. Elle était environnée, sur trois côtés, par les balustrades des balcons et les vieux bas-reliefs des murs. Bien qu'elle n'eût rien de spécialement français dans son aspect, il avait été surpris de l'entendre lui adresser la parole en anglais.

Pourquoi ne lui avait-elle rien dit ? Cette maison était probablement celle où la Marie d'Aubray de 1858 avait vécu. Par la suite, la famille avait dû émigrer au Canada et Marie, la descendante, était venue, poussée par la curiosité, visiter les lieux où vivait l'aïeule tristement célèbre. Sa vie, jusqu'alors, avait dû être bien terne, si l'on en jugeait par les lettres qu'elle recevait occasionnellement du cousin Machin ou de la tante Chose. De temps à autre, Marie racontait à Stevens une anecdote sur sa famille, mais il n'y avait jamais attaché grande importance. En y réfléchissant, il se rendait compte que le caractère de Marie offrait des recoins obscurs et des particularités bizarres. Pourquoi, par exemple, ne pouvait-elle supporter la vue d'un entonnoir ?

Stevens eut l'impression que la photographie de Marie d'Aubray n° 1 le regardait d'un air railleur. Pourquoi ne pas lire le chapitre la concernant ? Mr Cross, après avoir donné à son ouvrage un titre compassé, semblait avoir voulu se rattraper avec ceux des chapitres, si l'on en jugeait par celui-ci, intitulé « L'affaire de la maîtresse non morte », ce qui sonnait assez mal à l'oreille.

« *L'arsenic*, commençait Cross en une de ces attaques brusquées qui le caractérisaient, *a été appelé le poison des imbéciles et jamais dénomination ne fut plus impropre.*

» *Tel est l'avis de Mr Henry T.F. Rhodes, rédacteur en chef de* The Chemical Practitioner, *partagé par le Pr Edmond Locard, directeur du laboratoire de police de Lyon. Mr Rhodes poursuit : L'arsenic n'est pas le poison des imbéciles, et il est faux que sa popularité soit due au manque d'imagination des criminels. L'empoisonneur est rarement stupide ou dépourvu d'imagination, bien au contraire. Si l'arsenic est encore tellement employé, c'est parce qu'il demeure le poison le plus sûr.*

» *D'une part, un médecin a le plus grand mal à diagnostiquer un empoisonnement par l'arsenic, à moins qu'il n'ait motif de le soupçonner. S'il est administré en doses savamment graduées, il provoque des symptômes presque exactement semblables à ceux de la gastro-entérite…* »

Stevens interrompit là sa lecture. Les caractères se brouillaient devant ses yeux, parce que son esprit était soudain la proie d'un afflux de pensées. On ne peut pas empêcher son esprit de vagabonder… Miles Despard était mort d'une gastro-entérite, deux semaines auparavant…

— Bonsoir, Stevens ! dit une voix derrière lui – et il se rendit compte qu'il avait sursauté.

Le train ralentissait à l'approche d'Ardmore.

Le Pr Welden, debout dans le couloir, le regardait avec ce qui aurait été de la curiosité, si son visage, orné d'une petite moustache et d'une paire de lorgnons, n'avait été, de tout temps, inexpressif. Cela ne l'empêchait pas de se montrer fort brillant et de savoir faire preuve d'une grande cordialité en dépit de sa réserve naturelle. Comme à l'accoutumée, il était habillé avec une sobre élégance et portait une serviette de cuir semblable à celle de Stevens.

— Je ne te savais pas dans ce train ! dit-il. Tout le monde va bien chez toi ? Mrs Stevens ?

— Assieds-toi, dit l'autre, heureux d'avoir mis la photographie hors de vue.

Welden, descendant à l'arrêt suivant, adopta un compromis en se perchant sur un des accoudoirs, tandis que Stevens ajoutait :

— Oui... très bien... merci. Et ta famille ?

— Pas mal non plus. Ma fille est un peu grippée, mais c'est fréquent en cette saison.

Tandis qu'ils échangeaient ces banalités, Stevens ne cessait de se demander quelle eût été la réaction de Welden s'il avait trouvé une photo de sa femme dans le manuscrit de Cross.

— Au fait, dit-il brusquement, toi qui as un faible pour les criminels célèbres, as-tu entendu parler d'une empoisonneuse nommée Marie d'Aubray ?

— Marie d'Aubray ? Marie d'Aubray ? répéta Welden en retirant de sa bouche le cigare qu'il fumait. Ah ! j'y suis. C'était son nom de jeune fille... Maintenant que tu m'en parles, cela me fait penser que j'ai toujours oublié de te demander...

— Elle a été guillotinée en 1861.

Welden s'interrompit net, visiblement déconcerté.

— Alors, nous ne parlons pas de la même personne... En 1861 ? Tu es certain ?

— Je viens de lire ça dans le nouveau livre de Gaudan Cross. Tu te souviens qu'il y a eu, voilà deux ans, toute une controverse pour savoir s'il inventait ou non les faits contenus dans ses recueils. Je me demandais si...

— Si Cross l'affirme, c'est exact, dit Welden en regardant par la portière tandis que le train reprenait de la vitesse, mais la chose est nouvelle pour moi. La seule Marie d'Aubray dont j'aie entendu parler était beaucoup plus connue sous le nom de son mari. On peut même dire que c'est une figure classique parmi les empoisonneuses. Tu ne te souviens pas que je t'avais envoyé voir sa maison à Paris ?

» Oui, elle était devenue la célèbre marquise de Brinvilliers, qui demeure l'exemple le plus frappant de la dame de qualité, séduisante et criminelle. Tu devrais lire le compte rendu de son procès... c'est étonnant ! À son époque, "Français" était presque devenu synonyme d'"empoisonneur". Les cas s'étaient multipliés à un tel point qu'on avait dû instituer une cour spéciale pour les juger... La Brinvilliers s'était fait la main sur les malades de l'Hôtel-Dieu. Je crois qu'elle utilisait l'arsenic. Sa confession, lue au procès, est un curieux document sur l'hystérie pour le psychiatre moderne. Entre autres faits, elle contient des déclarations d'ordre sexuel assez sensationnelles. Te voilà prévenu !

— Oui, dit Stevens, il me semble avoir lu quelque chose à cet égard. À quelle date est-elle morte ?

— Elle a été décapitée et brûlée en 1676, dit Welden en se levant et en brossant la cendre de cigare qui était tombée sur son veston. Me voici arrivé. Si tu n'as rien de mieux à faire pendant le week-end, passe-nous un coup de fil. Ma femme m'a chargé de te dire qu'elle avait la recette de cake que Mrs Stevens désirait connaître. Bonsoir, mon cher.

Crispen n'étant plus qu'à deux minutes, Stevens remit le manuscrit dans la chemise cartonnée et le tout dans sa serviette. Cette confusion avec la marquise de Brinvilliers achevait de tout compliquer, sans avoir de rapport avec l'affaire... Stevens continuait à tourner et retourner une phrase en son esprit : « *S'il est administré en doses savamment graduées, il provoque des symptômes presque identiques à ceux de la gastro-entérite...* »

— *Cris-pen !* clama une voix tandis que le train s'arrêtait.

Quand Stevens mit le pied sur le quai, l'air frais de la nuit balaya les fantasmes qui obnubilaient son cerveau. Il descendit quelques marches de ciment et se trouva dans la petite rue. Il y faisait plutôt obscur, car la boutique du droguiste était relativement éloignée, mais Stevens reconnut, à la clarté des phares, la silhouette familière de son roadster.

Assise au volant, Marie lui ouvrit la portière. Elle était vêtue d'une jupe brune et d'un sweater, avec un manteau clair jeté sur ses épaules. Sa vue brisa le maléfice qu'avait engendré la photographie, mais comme il la dévisageait avec une certaine fixité, elle s'exclama :

— Tu es dans les nuages ou quoi ? (Puis elle éclata de rire :) Je parie que tu as bu ! Moi, je mourais d'envie de prendre un cocktail, mais j'ai préféré t'attendre pour que nous nous enivrions ensemble !

— Je ne suis pas ivre le moins du monde, dit-il avec dignité. Je pensais simplement à une chose…

Il regarda au-delà de sa femme, pour connaître l'origine de la faible clarté qui allumait des reflets dans la chevelure de Marie. Il reconnut les auges de marbre et les rideaux de velours noir. La clarté provenait de cette fameuse boutique et silhouettait un homme immobile, qui semblait regarder dans la rue.

— Seigneur ! dit Stevens. J. Atkinson, enfin !

— Je ne crois pas que tu sois vraiment ivre, dit Marie, mais si tu tardes à prendre place, tu vas contrarier Ellen qui nous a cuisiné un de ces dîners dont elle a le secret…

Tout en parlant, elle regarda par-dessus son épaule et vit la silhouette immobile derrière la vitrine.

— Atkinson ? Que fait-il ?

— Rien de spécial, mais c'est la première fois que je vois âme qui vive dans ce magasin. Il a l'air d'attendre quelqu'un.

Marie fit faire demi-tour à sa voiture avec son aisance coutumière et se dirigea rapidement vers King's Avenue. Stevens eut l'impression que quelqu'un l'appelait par son nom ; toutefois, Marie ayant appuyé sur l'accélérateur, le bruit du moteur ne lui permit pas d'en être sûr. Il se retourna, mais, voyant la rue déserte, il ne dit rien à sa femme. Cela le réconfortait de se retrouver à côté de Marie, si normale, si gaie, et il en vint à se demander si ce n'était pas tout simplement la fatigue qui lui donnait ainsi l'impression d'avoir des visions ou d'entendre des voix.

— Ah ! dit-elle, sens-tu cette douceur dans l'air ? Il y a des milliers de crocus près du grand arbre, à côté de la haie, et, cet après-midi, j'ai vu des primevères. Oh ! c'est merveilleux !

Elle aspira l'air à pleins poumons, rejeta sa tête en arrière.

— Fatigué ? s'enquit-elle.

— Pas du tout.

— Sûr ?

— Mais oui, puisque je te le dis !

— Ted, mon chéri, ce n'est pas la peine de crier comme ça ! fit-elle quelque peu déconcertée. Je vois ce que c'est, tu as besoin d'un bon cocktail. Ted… nous ne sortons pas ce soir, n'est-ce pas ?

— J'espère que non. Pourquoi ?

Les yeux fixés droit devant elle, Marie fronça légèrement le sourcil :

— Mark Despard a téléphoné plusieurs fois dans la soirée. Il veut te voir. Sans vouloir me fournir de précisions, il m'a dit que c'était très important. Mais il s'est coupé, à un moment donné, et je crois bien que cela concerne son oncle Miles. Il avait l'air tout drôle, au bout du fil...

Elle le regarda avec cette expression qu'il connaissait si bien. Son visage, qui semblait éclairé par une flamme intérieure, était d'une parfaite beauté.

— Ted, tu n'iras pas, n'est-ce pas ?

3

— Tu sais bien que je ne tiens pas à sortir, si je peux l'éviter, répondit Stevens machinalement. Tout dépendra de ce que Mark…

Il n'acheva pas, ne sachant pas très bien lui-même ce qu'il voulait dire. Il y avait des moments où il avait l'impression que Marie s'évadait de sa présence, ne laissant qu'un corps vide à côté de lui… En la circonstance, ce devait être dû à la clarté des réverbères, car, sans plus s'occuper de Mark Despard, elle se mit à parler d'un tissu d'ameublement qui conviendrait fort bien à leur salon de New York.

Quand ils auraient bu un cocktail, Stevens lui raconterait toute l'histoire, ils en riraient ensemble et pourraient alors l'oublier. Il essaya de se souvenir si Marie avait déjà lu un ouvrage de Cross. Elle pouvait avoir eu ses manuscrits entre les mains, puisqu'elle faisait pas mal de lectures pour lui mais, chose curieuse, elle n'en conservait guère que des souvenirs de détails concernant les personnages ou les lieux où se situait l'action.

Stevens se tourna vers sa femme et vit que son manteau avait glissé de ses épaules. Au poignet gauche, elle portait le fameux bracelet. C'était un bijou ciselé dont le fermoir représentait une tête de chat avec un rubis pour bouche.

— As-tu jamais lu un livre de Cross ?

— Cross ? Qui est-ce ?

— Il écrit des comptes rendus d'affaires criminelles.

— Oh ! je vois le genre... Non, mais cela n'a rien d'étonnant, car je n'ai pas, comme tant d'autres, l'esprit morbide. (Elle prit une expression sérieuse.) Mark Despard, le Pr Welden et toi, vous vous intéressez beaucoup aux meurtres et à toutes ces choses horribles... Tu n'as pas peur que ce soit un peu malsain ?

Stevens fut abasourdi. Jamais il n'avait entendu Marie parler ainsi. Et cela sonnait faux...

Il la regarda de nouveau et il vit combien elle était sérieuse.

— Un personnage haut placé a dit un jour que, aussi longtemps que les Américains s'intéresseraient, à titre documentaire, au crime et à l'adultère, le pays ne serait pas en danger. Et si jamais tu te sentais gagnée par mes goûts « morbides », comme tu dis, voici le nouveau manuscrit de Cross. Il est consacré aux empoisonneuses, et je crois même qu'il y a une « Marie » parmi elles.

— Ah ? tu l'as lu ?

— J'y ai juste jeté un coup d'œil.

Elle ne fit pas montre de la moindre curiosité et manœuvra pour engager l'auto dans le chemin qui longeait leur maison.

Stevens descendit de voiture avec une sensation de faim et de froid. De la lumière filtrait à travers les persiennes, et il y avait dans l'air une senteur d'herbe nouvelle et de lilas. Derrière la villa, s'élevait une petite colline boisée avec, vers le sommet, le grand mur de Despard Park.

À la droite du hall, en entrant, il y avait le living-room avec son sofa et ses fauteuils recouverts d'un tissu orange, ses lampes basses à l'éclairage tamisé, les rangées de livres aux jaquettes multicolores, une bonne copie d'un Rembrandt au-dessus de la cheminée. À gauche, au-delà des portes vitrées, Stevens pouvait voir la grassouillette Ellen s'affairer dans la salle à manger.

Marie le débarrassa de son chapeau et de sa serviette, puis il monta se laver les mains à l'étage. Cela lui fit du bien et il redescendit en sifflotant, mais il s'arrêta avant d'avoir atteint la dernière marche de l'escalier. D'où il était, il apercevait sa serviette posée sur la table du téléphone. La fermeture nickelée luisait doucement et Stevens put constater qu'elle était ouverte.

Le pire de tout, c'est qu'il avait l'impression de jouer les espions ou les conspirateurs dans sa propre maison. Il n'aimait pas ça. Se sentant aussi coupable que possible, il s'approcha de la petite table et examina rapidement le manuscrit.

La photographie de Marie d'Aubray ne s'y trouvait plus.

Refusant de se donner le temps de penser, Stevens passa aussitôt dans le living-room, et il eut l'impression qu'un changement subtil s'était opéré dans l'atmosphère de la pièce. Marie était à demi allongée sur le sofa, près du service à cocktails, un verre vide à la main. Son visage était plus coloré et, du geste, elle indiqua à son mari un autre verre sur le guéridon.

— Tu en as mis, du temps ! Bois ça, tu te sentiras mieux après.

Tandis qu'il obtempérait, il eut la sensation que Marie l'observait. Cette idée ne fit que l'effleurer, mais il la trouva tellement répugnante qu'il s'empressa de la chasser en buvant son verre et en se servant un second cocktail qu'il but derechef. Puis il reposa son verre avec précaution.

— Dis donc, Marie, il semble que le n° 1 de King's Avenue devienne une maison mystérieuse. Je ne serais pas autrement étonné de voir des mains spectrales surgir d'entre les rideaux ou de découvrir des cadavres dans les placards. Connais-tu quelqu'un, ayant porté le même nom que toi et qui avait l'habitude, au siècle dernier, d'empoisonner les gens avec de l'arsenic ?

Elle le regarda en fronçant les sourcils :

— De quoi diable parles-tu ? Tu me sembles tout drôle depuis ton retour. (Elle hésita, puis se mit à rire :) Tu crois que j'ai empoisonné ton cocktail ?

— Ça, je ne te le pardonnerais pas ! Non, mais sérieusement et si extravagante que te paraisse ma question : as-tu jamais entendu parler d'une femme, vivant il y a une centaine d'années, et te ressemblant trait pour trait, allant même jusqu'à porter un bracelet identique à celui à tête de chat que tu possèdes ?

— Ted, vraiment, que signifie…

Il abandonna son ton léger :

— Écoute-moi, Marie. Ne faisons pas un mystère de cette histoire. C'est probablement sans importance, mais il semble que quelqu'un ait trouvé spirituel de glisser ta photo, en costume du milieu du XIXe siècle, dans un livre, comme étant le portrait authentique d'une femme qui, à en juger par ce qui lui advint, a dû empoisonner la moitié de son entourage. Cela n'a rien de très surprenant, car ce n'est pas la première fois que Cross est accusé d'être un mauvais plaisant. Cependant, je te pose une question en te demandant d'y répondre très franchement : qui était cette Marie d'Aubray ? Était-ce une de tes parentes ?

Marie s'était levée. Elle ne semblait ni en colère ni surprise, mais considérait son mari avec une sorte de sollicitude émue :

— Ted, je vais m'efforcer de bien comprendre, puisque tu sembles parler sérieusement. Il y aurait eu, au siècle dernier, une nommée Marie d'Aubray – le nom est assez commun, tu sais – qui aurait empoisonné quantité de gens et tu penses qu'elle et moi ne ferions qu'une seule et même personne ? C'est pourquoi tu joues les Grands Inquisiteurs ? Si je suis cette Marie d'Aubray (elle se regarda dans le miroir, par-dessus son épaule, et, l'espace d'une seconde, Stevens eut l'impression qu'il y avait quelque chose d'anormal dans le miroir), tu pourras me faire le plaisir d'admettre que je supporte rudement bien mon âge ?

— Je n'ai pas dit ça. Je me demandais simplement si tu ne descendais pas de façon lointaine…

— *De façon lointaine...* Non, Ted, sers-moi plutôt un autre cocktail. Tes histoires me rendraient folle !

— Bon, n'y pensons plus. Il n'en reste pas moins qu'une maison d'édition respectable ne peut pas se permettre de subtiliser des photographies dans les manuscrits qui lui sont soumis... Regarde-moi bien, Marie, n'as-tu pas ouvert ma serviette, il y a quelques minutes ?

— Non.

— Tu n'as pas ouvert ma serviette et tu n'y as pas pris la photo de Marie d'Aubray qui fut guillotinée en 1861 pour meurtre ?

— Bien sûr que non ! s'emporta-t-elle. (Puis sa voix se brisa :) Oh ! Ted, que signifie toute cette histoire ?

— Quelqu'un a pris cette photo puisqu'elle n'est plus dans le manuscrit. Il n'y a ici que nous deux et Ellen. Donc, à moins qu'un mystérieux cambrioleur ne se soit faufilé dans la maison, tandis que j'étais dans ma chambre, je ne vois pas comment elle a pu disparaître. L'adresse de Cross est sur la page de titre. J'avais idée de lui téléphoner pour lui demander s'il ne verrait pas d'inconvénient à ce que nous ne reproduisions pas cette photo, mais je dois la lui restituer...

— M'ame est servie, annonça Ellen en apparaissant sur le seuil.

Au même instant, on entendit retentir le marteau de la porte d'entrée.

Cela n'avait en soi rien d'étrange et se produisait une douzaine de fois par jour. Mais Stevens en ressentit comme un choc. Ellen alla répondre en maugréant.

— Mr Stevens est-il là ? demanda la voix de Mark Despard.

Stevens se leva. Marie était demeurée immobile, le visage dénué d'expression. En passant devant elle – pour une raison vague qu'il n'eut pas le temps d'analyser –, Stevens lui prit la main et la porta à ses lèvres. Puis il alla accueillir Mark Despard avec cordialité, lui disant qu'ils étaient sur le point de se mettre à table et lui demandant s'il accepterait un cocktail.

Mark Despard avait fait un pas à l'intérieur de la maison et il y avait un autre homme, un étranger, avec lui. La clarté de la lanterne de fer forgé éclairant le hall jouait sur les cheveux blonds de Mark séparés par une raie médiane et sur ses yeux, d'un bleu très clair. Mark était avocat et avait repris l'étude de son père, mort une demi-douzaine d'années auparavant, mais il n'avait qu'une maigre clientèle, car il avouait ne discerner guère le bien du mal qu'il considérait comme faisant partie d'un tout. Or, le client n'aime pas qu'on lui parle de ses torts. Quand il était à Despard Park, où il se plaisait beaucoup, il portait un veston de chasse, une chemise de flanelle, une culotte de velours à côtes avec des bottes lacées.

Despard regarda autour de lui, en faisant tourner son chapeau entre ses mains :

— Navré de vous déranger ainsi. Je ne l'aurais pas fait si ce qui m'amène n'avait été d'une extrême importance et avait pu attendre...

Il se tourna vers l'homme qui l'accompagnait. Celui-ci était plus trapu que lui, et moins grand aussi. En dépit du sillon creusé entre ses sourcils, son visage aux traits énergiques avait une expression aimable. Il portait avec distinction un épais pardessus. Un homme dont on ne pouvait manquer de se souvenir.

— Je te présente un très vieil ami à moi, le docteur... euh... Mr Partington, se reprit vivement Despard tandis que l'autre demeurait impassible. Nous aimerions avoir un entretien en privé avec toi, Ted. Il est possible qu'il se prolonge, mais j'ai pensé que, si tu savais le sérieux du motif, tu ne verrais sans doute pas d'inconvénient à reculer l'heure de...

— Bonsoir, Mark ! dit Marie avec son habituel sourire. Mais oui, nous pouvons parfaitement attendre pour dîner. Allez donc tous dans le bureau de Ted.

Après de hâtives présentations, Stevens entraîna les deux hommes dans son bureau qui se trouvait à l'autre extrémité du hall et auquel on accédait en descendant deux marches. C'était une toute petite pièce et, à eux trois, ils parurent la remplir. Mark referma soigneusement la porte et s'y adossa.

— Ted, dit-il, mon oncle Miles a été assassiné.

— Mark, tu...

— Il a été empoisonné à l'arsenic.

— Asseyez-vous, dit Stevens en indiquant aux deux hommes des fauteuils de cuir. Puis il prit place lui-même derrière son bureau et demanda : Qui a fait ça ?

— Tout ce que je sais, c'est que ce doit être quelqu'un de chez nous, dit Despard avec un soupir. Et maintenant que tu es au courant, je vais te dire pourquoi je suis venu te parler de ça.

Ses yeux clairs se fixèrent sur la lampe :

— Il y a une chose que je dois et veux faire. Mais pour cela, il me faut l'aide de trois personnes. J'en ai déjà deux et tu es la seule autre en qui je puisse avoir confiance. Mais, si tu consens à nous aider, il te faudra me faire une promesse : quoi que nous découvrions, la police ne devra pas en être informée.

— Tu ne veux pas que l'assassin soit puni ? demanda Stevens en regardant le tapis pour dissimuler son embarras.

— Oh ! si, rétorqua Mark avec une sorte de fanatisme glacé, mais nous vivons à une étrange époque qui ne me convient guère. J'ai horreur de voir les gens se mêler de mes affaires personnelles et je ne tiens pas à les voir étalées dans les journaux. C'est pourquoi, crime ou pas crime, j'entends que la police n'ait vent de rien.

» Cette nuit, si tu consens à nous aider, nous ouvrirons la crypte, le cercueil de mon oncle, et procéderons à son autopsie. Nous devons savoir de façon irréfutable s'il y a ou non de l'arsenic dans son corps, bien que ma conviction soit déjà faite.

» Vois-tu, il y a plus d'une semaine que je sais qu'oncle Miles a été assassiné, mais je ne pouvais rien faire, car je tenais au secret et aucun médecin… Je veux dire…

D'une voix agréable, Partington intervint :

— Mark veut dire qu'aucun médecin soucieux de sa réputation n'aurait consenti à pratiquer une autopsie dans ces conditions. C'est pourquoi il a fait appel à moi.

— Ce n'est pas ce que je voulais dire !

— Je le sais bien, mon vieux, mais il vaut mieux préciser quelle est ma position dans cette affaire, dit Partington en regardant Stevens. Il y a dix ans de cela, j'étais fiancé avec la sœur de Mark, Edith. J'étais chirurgien et, à l'époque, j'avais une assez belle clientèle à New York. Je me suis prêté à un avortement – peu importe pour quelle raison mais sachez que je l'ai crue bonne –, et j'ai été découvert. Les journaux s'en sont donné à cœur joie et j'ai été, bien entendu, rayé de l'ordre. Cela n'importait guère, car j'avais de la fortune, mais Edith a toujours cru que la femme que j'avais aidée à avorter était... Bref, c'est de l'histoire ancienne. Depuis lors, j'ai vécu en Angleterre, de façon très confortable, mais, il y a une semaine, Mark m'a câblé de venir – me disant qu'il m'expliquerait tout de vive voix. J'ai pris le premier paquebot en partance et me voici. Maintenant, vous en savez autant que moi.

Stevens se leva et prit dans un placard une bouteille de whisky, un siphon et trois verres :

— Mark, je suis tout prêt à te promettre le secret, mais suppose que tu découvres de quoi confirmer tes soupçons ? Suppose que ton oncle ait bien été assassiné ? Que te proposes-tu de faire ?

Mark passa une main sur son front :

— Dieu seul le sait ! Cette question m'a rendu à moitié fou. Que faire ? Commettre un autre crime pour venger le premier ? Non, merci, je n'éprouvais pas suffisamment d'affection envers mon oncle pour aller jusque-là... Mais il faut que nous *sachions*. Nous ne pouvons continuer à vivre avec un assassin, Ted. Et puis, oncle Miles n'est pas mort rapidement. Il a longuement souffert et quelqu'un a dû se repaître de ses souffrances. Quelqu'un l'a empoisonné pendant des jours, peut-être même des semaines ; avec l'arsenic, on ne peut rien affirmer, car ses symptômes se confondent avec ceux de la gastro-entérite dont il souffrait vraiment. Avant qu'il se soit senti tellement mal que nous avons dû lui donner une infirmière, il se faisait toujours monter ses repas sur un plateau, mais il ne voulait même pas que Margaret, la femme de chambre, entre dans la pièce. Il lui avait dit, une fois pour toutes, de déposer le plateau sur la petite table qui était près de sa porte, ajoutant qu'il le prendrait quand il le jugerait bon ! Si bien qu'il arrivait que le plateau restât là un moment. Donc, n'importe qui dans la maison - ou un visiteur aussi bien - pouvait s'amuser à saupoudrer ses aliments d'arsenic, mais...

Mark éleva la voix malgré lui :

— Mais la nuit où il mourut à 3 heures du matin, ce fut différent. Et c'est pourquoi je veux aller au fond des choses, ne serait-ce que pour prouver que mon oncle n'a pas été tué par ma propre femme.

Stevens, qui s'apprêtait à prendre une boîte de cigares, s'immobilisa à mi-course. Lucy ! Il revit la femme de Mark avec son air affable, ses cheveux de jais, son enjouement... Lucy ! C'était insensé !

— Je devine ce que tu penses, fit Mark avec une sorte de sauvagerie. Cela te paraît fou, hein ? Je le sais d'autant mieux que, au cours de cette nuit où mon oncle mourut, Lucy était avec moi, à St. David, à un bal costumé. Mais il y a des témoignages qu'il faut bien réfuter, quand bien même on serait convaincu de leur erreur. Ah ! Ted, je ne te souhaite pas de te trouver jamais dans une situation semblable. Il faut que je découvre qui a tué oncle Miles, afin de savoir qui essaie de compromettre ma femme. Et alors, je t'assure qu'il y aura du vilain !

Personne n'avait touché au whisky. Mark s'en versa un qu'il vida d'un trait, puis il reprit :

— Mrs Henderson, notre gouvernante-cuisinière, a vu commettre le crime. Elle a vu administrer la dernière dose de poison. Et, d'après ce qu'elle dit, l'assassin ne peut être que Lucy.

4

— Tu prends ça avec calme, dit Partington en se penchant en avant, et ça me paraît un bon signe. Mais n'est-il pas possible que cette vieille...

Stevens lui servit un whisky-soda, que le médecin accepta avec cette sorte de désinvolture majestueuse qui trahit le buveur invétéré.

— Tout est possible, dans une pareille affaire, dit Mark avec lassitude. Mais je ne crois pas que Mrs Henderson mente ou qu'elle soit mythomane. Elle adore les commérages, certes, mais enfin son mari et elle sont avec nous depuis que j'étais enfant. Elle a élevé Ogden. Tu te souviens de mon frère Ogden. Il était au collège quand tu es parti habiter l'Angleterre... Non, Mrs Henderson est très attachée à la famille et elle aime beaucoup Lucy. D'ailleurs, elle ne sait pas qu'oncle Miles est mort empoisonné. Elle croit qu'il a succombé du fait de sa maladie d'estomac et pense n'avoir vu qu'un incident sans importance. C'est pourquoi j'ai tant de peine à la contraindre à se taire !

— Un instant, intervint Stevens. Est-ce que son histoire concerne la mystérieuse femme en costume de l'ancien temps, qui a disparu par une porte n'existant pas ?

— Oui, convint Mark avec gêne, et c'est bien ça qui rend toute la chose insensée ! Souviens-toi de ta réaction quand je t'en ai parlé l'autre jour. Tenez, j'aime mieux tout vous raconter depuis le début, dit Mark en sortant sa blague à tabac et en se mettant à rouler une cigarette comme à son habitude. Nous commencerons par un peu d'histoire de la famille. Au fait, Part, as-tu jamais rencontré oncle Miles, autrefois ?

— Non, dit Partington après avoir réfléchi. Il voyageait en Europe.

— Oncle Miles et mon père sont nés à un an d'intervalle, le premier en avril 1873, mon père en mars 74. Vous verrez pourquoi je vous donne ces précisions. Mon père se maria à 21 ans ; mon oncle mourut célibataire. Je suis né en 96, Edith en 98 et Ogden en 1904. Notre fortune était d'origine terrienne, comme vous le savez, et Miles en hérita la majeure partie, mais mon père n'en prit jamais ombrage, car son cabinet lui rapportait gros et il prenait la vie du bon côté. Il est mort il y a six ans d'une affection pulmonaire, et ma mère, qui avait tenu à le soigner elle-même, a contracté la maladie et l'a suivi dans la tombe.

— Je me souviens d'eux, dit Partington qui avait mis une main en écran devant ses yeux – et, à en juger par son ton, il ne semblait point chérir ce souvenir.

— Je vous raconte tout cela pour vous montrer combien la situation était simple. Pas de rivalités d'intérêt, pas de haines familiales. Mon oncle était un vieux noceur, mais avec l'élégance que l'on apportait à ce genre de fantaisies au siècle dernier, et je crois pouvoir dire en toute sincérité qu'il n'avait pas un ennemi au monde. En fait, il avait fini par vivre si retiré qu'il n'avait pratiquement plus de fréquentations. Si quelqu'un l'a empoisonné, cela n'a pu être que pour le plaisir de voir un homme mourir… ou pour son argent, bien entendu !

» Si c'est pour son argent, nous sommes tous suspects et moi le premier, car chacun de nous hérite une grosse somme et nous en étions informés. Comme je vous l'ai dit, Miles et mon père étaient nés avec si peu d'écart qu'on les avait élevés presque comme des jumeaux et ils éprouvaient beaucoup d'affection l'un pour l'autre. Et Miles estimait que, aussi longtemps que mon père aurait un héritier mâle, il n'aurait pas besoin, lui, de se marier. Comme vous le voyez, la situation familiale était des plus paisibles lorsque quelqu'un se mit à assaisonner les repas de mon oncle avec de l'arsenic.

— Je voudrais poser deux questions, intervint Partington. *Primo*, quelle preuve as-tu qu'on lui ait fait absorber de l'arsenic ? *Secundo*, tu nous as laissé entendre que, sur ses vieux jours, ton oncle avait adopté une attitude bizarre, qu'il s'enfermait dans sa chambre, etc. Quand cela a-t-il commencé ?

Mark eut une légère hésitation :

— Il est aisé de donner une impression fausse, dit-il, et c'est ce que je voudrais éviter. N'imaginez pas que mon oncle soit devenu excentrique ou gaga... non, le changement était plus subtil. Il me semble en avoir eu conscience pour la première fois, voilà six ans, lorsqu'il revint de Paris après la mort de mes parents. Ce n'était plus l'oncle que j'avais connu : il paraissait distrait, préoccupé, comme quelqu'un qui a un souci en tête. Il n'avait pas encore l'habitude de s'enfermer dans sa chambre à longueur de journée, cela n'a commencé que plus tard... Ted, quand es-tu venu habiter ici ?

— Il y a deux ans, à peu près.

— Oui, eh bien, c'est environ deux mois après ton installation que mon oncle a commencé ces bizarreries. Il descendait prendre son petit déjeuner, faisait un tour dans le jardin en fumant un cigare quand le temps était beau et passait aussi un moment dans la galerie de tableaux. Il avait l'air un peu absent de quelqu'un qui suit le déroulement de ses pensées sans se soucier de ce qui l'entoure. À midi, il remontait dans sa chambre et n'en ressortait plus.

— Qu'y faisait-il pendant tout ce temps ? s'enquit Partington. Il lisait ? Il étudiait ?

— Non, je ne pense pas : ce n'était pas son genre. S'il faut en croire la rumeur domestique, il se contentait de demeurer dans son fauteuil en regardant par la fenêtre ou bien encore, passait son temps à changer de vêtements, sans doute parce qu'il n'avait rien de mieux à faire. Il possédait une garde-robe très fournie et avait toujours tiré fierté de son élégance.

» Il y a six semaines de ça, il commença à souffrir de crampes d'estomac accompagnées de vomissements, mais il ne voulut pas entendre parler de consulter un médecin, prétextant qu'il avait déjà eu ça, et que l'effet conjugué d'un cataplasme et d'un verre de champagne le tirerait de là. Puis il eut une crise telle que nous convoquâmes en hâte le Dr Baker. Celui-ci diagnostiqua une gastro-entérite. Nous fîmes appel à une infirmière et, coïncidence ou non, mon oncle alla mieux, à tel point que, au début d'avril, sa santé ne nous inspirait plus aucune inquiétude. Et c'est ainsi que nous arrivons à la nuit du 12 avril.

» Nous étions huit à la maison à ce moment-là : Lucy, Edith, Ogden et moi-même ; puis le vieil Henderson – tu te souviens de lui, Part ? il est concierge, jardinier, homme à tout faire –, Mrs Henderson, miss Corbett, l'infirmière, et Margaret, la femme de chambre. Lucy, Edith et moi nous rendîmes à un bal masqué, comme je vous l'ai dit. En fait, presque tout le monde fut absent ce soir-là. Mrs Henderson était partie pour une huitaine assister à un baptême – elle adore être marraine. Le 12 se trouvant être un mercredi, c'était aussi le jour de congé de miss Corbett. Margaret, ayant un rendez-vous inopiné avec un soupirant dont elle est folle, n'eut aucune peine à persuader Lucy de la laisser sortir. Ogden était en ville, à une réception quelconque. Il ne restait donc à la maison que Henderson et mon oncle.

» Cela contrariait Edith, car elle est persuadée que, lorsque quelqu'un est malade, seule une femme sait ce qu'il convient de faire. Aussi manifesta-t-elle l'intention de rester, mais oncle Miles ne voulut pas en entendre parler. D'un autre côté, Mrs Henderson rentrait ce soir-là par le train de 21 h 25 et ce fut une source nouvelle d'inquiétude pour Edith, car, Henderson devant aller chercher sa femme avec la Ford, mon oncle resterait seul dans la maison pendant une dizaine de minutes. Finalement, Ogden, excédé, dit qu'il attendrait l'arrivée de Mrs Henderson pour s'en aller et l'on n'en parla plus.

» Margaret et miss Corbett partirent de bonne heure, cette dernière laissant des instructions par écrit à Mrs Henderson, pour le cas où elle en aurait besoin. Lucy, Edith, Ogden et moi dînâmes légèrement vers les 20 heures. Oncle Miles fit savoir qu'il ne voulait rien manger, mais consentit cependant à prendre un verre de lait chaud que Lucy lui porta sur un plateau après le dîner, tandis que nous nous habillions. Je me souviens fort bien de ce détail, car Edith la rencontra sur le palier et lui dit : "Tu ne sais même pas où se trouvent les choses dans ta propre maison ! C'est le babeurre que tu as pris !" Mais toutes deux y goûtèrent et constatèrent qu'il n'en était rien.

Stevens se représentait fort bien la scène. Lucy, fraîche et ravissante, Edith, ayant encore de beaux restes mais commençant à prendre de l'âge. Il les voyait discutant à propos d'un verre de lait – sans la moindre acrimonie, car il n'y avait jamais de friction entre les habitants de Despard

Park – tandis que le jeune Ogden, les mains dans les poches, devait les toiser avec ironie. Ogden n'avait pas la maturité et le sérieux de Mark, mais c'était un brave garçon quand même. Ce qui obsédait Stevens, c'était cette question : sais-je avec certitude où Marie et moi étions, ce soir-là ? Il connaissait la réponse, mais elle ne lui plaisait pas. Marie et lui se trouvaient justement au cottage, à Crispen, alors qu'ils n'avaient guère l'habitude d'y venir au milieu de la semaine. Mais Stevens avait dû se rendre à Stranton au sujet de droits de reproduction dans le *Rittenhouse Magazine.* Ainsi, Marie et lui avaient passé la nuit au cottage avant de regagner New York le lendemain matin de bonne heure, si bien qu'il n'avait appris la mort du vieux Miles que deux jours plus tard. Stevens se souvenait que, personne n'étant venu les voir, la soirée avait été très paisible, et qu'ils s'étaient couchés tôt...

Stevens se rendit compte que Mark continuait de parler :

— ... Donc, je le répète, le lait était bon. Lucy alla frapper à la porte de mon oncle et avait l'intention de poser le plateau sur la petite table, comme à l'accoutumée, mais oncle Miles ouvrit aussitôt et lui prit le plateau des mains. Il paraissait aller beaucoup mieux et, notamment, n'avait pas cet air préoccupé qui lui était devenu habituel. Ce soir-là, il portait une robe de chambre bleue molletonnée, à l'ancienne mode, avec un col blanc et un foulard autour du cou.

» Edith lui dit : "Vous êtes sûr que vous pourrez vous passer de nous ? Souvenez-vous que miss Corbett est sortie et que personne ne pourra vous entendre si vous sonnez. Si vous avez besoin de quelque chose, il faudra vous le procurer vous-même… Je crains que vous ne puissiez le faire et peut-être vaudra-t-il mieux que je laisse un mot pour Mrs Henderson, lui disant de venir s'asseoir ici, dans le couloir…"

» Mon oncle l'interrompit en disant : "Jusqu'à 2 ou 3 heures du matin ? Vous n'y pensez pas. Non, partez tranquille ; je vais bien maintenant."

» C'est alors que Joachim – le chat d'Edith –, qui rôdait sur le palier, se faufila dans la chambre de mon oncle. Celui-ci l'aimait beaucoup et dit que la compagnie de Joachim lui suffirait amplement. Là-dessus, il nous souhaita une bonne soirée et referma sa porte, puis nous allâmes nous habiller.

Stevens posa une question, apparemment dénuée de logique :

— Ne m'as-tu pas dit que Lucy s'est rendue à ce bal, costumée en Montespan ?

— Oui… du moins officiellement, répondit Mark qui parut saisi par cette question et dévisagea Stevens. Edith – je ne sais pourquoi – voulait absolument que ce fût Mme de Montespan… peut-être estimait-elle ça plus convenable. Mais en réalité, sa robe – Lucy l'a confectionnée elle-même – était la copie exacte de celle que l'on peut voir sur l'un des portraits en pied de la galerie. Il s'agit d'une contemporaine de la Montespan, mais dont l'identité demeure incertaine, car presque tout son visage et une partie de l'épaule ont été abîmés par une sorte d'acide, depuis nombre d'années apparemment. Je me rappelle d'avoir entendu mon grand-père dire qu'on avait tenté de restaurer la toile, mais que c'était impossible. Quoi qu'il en soit, c'est un Kneller authentique et c'est pourquoi on a conservé ce tableau endommagé. Il s'agirait du portrait d'une certaine marquise de Brinvilliers… Qu'as-tu, Ted ? demanda Mark avec nervosité.

— Besoin de dîner, tout bonnement, répondit Stevens avec calme. Continue… Tu veux parler de la célèbre empoisonneuse française du XVIIe siècle ? Comment se fait-il que vous ayez un portrait d'elle ?

Partington grommela quelques mots et, cette fois, n'hésita pas à se servir un autre whisky.

— Si je me souviens bien, dit-il, elle aurait été liée à quelqu'un de tes ancêtres ?

— Oui, dit Mark avec impatience. Notre nom a été anglicisé. Il est d'origine française et s'écrivait Desprez. Mais peu importe la marquise. Je vous disais simplement que Lucy avait copié sa robe et l'avait exécutée en trois jours.

» Nous quittâmes la maison vers 21 h 30. Edith était en Florence Nightingale et moi en gentilhomme, s'il faut en croire le costumier, avec une épée au côté. Nous montâmes en voiture, tandis qu'Ogden, debout sur le perron, nous assaillait de commentaires ironiques. Comme nous virions dans l'allée, nous croisâmes la Ford, revenant de la gare avec Mrs Henderson.

» Le bal n'était pas très réussi, et manquait de gaieté. Je m'y ennuyai ferme et demeurai presque tout le temps assis, tandis que Lucy dansait. Nous repartîmes peu après 2 heures du matin. Il faisait une très belle nuit avec clair de lune. Edith avait déchiré son jupon ou je ne sais quoi et était vaguement morose, mais Lucy chantonna pendant tout le trajet du retour. Quand je remisai la voiture au garage, je vis la Ford, mais la Buick d'Ogden n'avait pas encore regagné sa place. Je donnai la clef de la porte d'entrée à Lucy et elle passa devant avec Edith, pour aller ouvrir. Moi, je m'attardai un instant à respirer l'air de la nuit, car j'aime beaucoup Despard Park, puis Edith me héla depuis le perron et je les rejoignis dans le hall. Lucy, la main sur le commutateur électrique, regardait vers le plafond d'un air effrayé : "Je viens d'entendre un bruit horrible..."

» Le hall est très ancien et souvent les boiseries craquent, mais, cette fois, il s'agissait d'autre chose. Je gravis l'escalier en hâte et trouvai le palier du premier étage plongé dans l'obscurité. J'éprouvai une sensation de malaise, la sensation d'*une présence mauvaise*...

» Je cherchai le commutateur lorsqu'il y eut un bruit de clef tournant dans une serrure et la porte d'oncle Miles s'ouvrit à demi. La faible clarté qui régnait à l'intérieur de la chambre éclairait en partie mon oncle dont la silhouette se détachait en ombre chinoise. Il était debout, mais plié en deux, une main appuyée sur son estomac, l'autre se cramponnant au chambranle. Je voyais saillir les veines de son front ; il parvint enfin à relever la tête, et la peau de son visage me fit l'impression d'être du papier huilé tendu sur l'arête de son nez. Ses yeux paraissaient deux fois plus grands qu'à l'ordinaire et la sueur humectait son front. Sa respiration était rauque et pénible. Je suppose qu'il dut me voir, mais, lorsqu'il parla, il ne sembla s'adresser à personne en particulier : "Impossible d'endurer cela plus longtemps, gémit-il, je souffre trop ! Je vous répète que je ne peux plus y tenir !"

» Et il disait cela en français.

» Je courus à lui et l'empêchai de s'écrouler. Il se débattit, mais je parvins à le porter sur son lit. Il me regardait avec effort, comme s'il essayait de me dissocier d'une autre vision, comme si mon visage demeurait nébuleux à ses yeux. Tout d'abord, il dit du ton d'un enfant effrayé : "Oh ! toi aussi !" et je me sentis ému de compassion tant sa voix exprimait de souffrance. Puis il parut reprendre ses esprits et distinguer mes traits à la clarté tamisée de la lampe de chevet. Il cessa alors d'avoir peur et une complète transformation s'opéra en lui. Il marmotta quelque chose, en anglais cette fois, concernant "ces comprimés dans la salle de bains, qui me calment", me suppliant d'aller les chercher, car il n'avait pas la force de se mouvoir jusque-là.

» C'étaient des tablettes de Véronal dont nous avions fait usage lors d'une précédente attaque. Lucy et Edith, très pâles, se tenaient sur le seuil de la chambre. Lucy, ayant entendu ce que disait oncle Miles, courut chercher le Véronal. Nous avions tous conscience qu'il était en train de mourir, mais ne pensions en rien à un empoisonnement, nous croyions simplement qu'il s'agissait d'une ultime crise de gastro-entérite. Je dis à Edith de téléphoner au Dr Baker et elle partit aussitôt. Ce qui me préoccupait, c'était cette expression terrifiée qu'il y avait eu sur le visage de mon oncle, je me demandais ce qu'il avait pu voir ou cru voir d'aussi horrible…

» Avec la vague idée de le distraire de sa souffrance, je lui demandai :

» — Depuis combien de temps êtes-vous ainsi ?

» — Trois heures, répondit-il sans ouvrir les yeux.

» Il était couché sur le côté et l'oreiller étouffait sa voix.

» — Mais pourquoi n'avez-vous pas appelé ? Pourquoi n'êtes-vous pas allé jusqu'à la porte ?

» — Je n'ai pas essayé, dit-il, le nez toujours dans son oreiller. Je savais que cela devait venir tôt ou tard et je préférais ne plus vivre dans cette attente, mais je n'ai pas pu le supporter…

» Il parut alors se ressaisir et me regarda comme du fond d'un trou. Il y avait encore quelque trace de frayeur sur son visage et sa respiration demeurait bruyante :

» — Mark, je suis en train de mourir… (Et comme je protestais platement :) Ne parle pas, écoute-moi… Mark, je veux être enterré dans un cercueil de bois. Tu entends : un cercueil *de bois*. Je veux que tu me le promettes…

» Il insista désespérément sur ce point, se cramponnant à mon veston, sans même faire attention à Lucy qui lui apportait le Véronal et un verre d'eau, répétant sans cesse : "un cercueil de bois, *de bois*". Il eut du mal à avaler les comprimés, car il avait beaucoup vomi, mais enfin il y parvint. Il marmotta qu'il avait froid et demanda une courtepointe. Il y en avait une, pliée au pied du lit. Sans mot dire, Lucy l'étendit sur lui.

» Je regardai autour de moi, cherchant quelque autre chose pour le couvrir. Il y avait un grand placard dans sa chambre, où il rangeait ses nombreux vêtements. La porte en était entrebâillée et je pensai qu'il y avait peut-être des couvertures sur le rayon supérieur. Il n'y en avait pas, mais je trouvai autre chose.

» Dans le bas du placard, juste devant les nombreuses chaussures soigneusement alignées, se trouvait le plateau qu'on lui avait monté plus tôt dans la soirée. Le verre qui avait contenu le lait était vide, mais il y avait aussi une tasse, qu'on n'avait pas montée sur le plateau. Une grosse tasse d'argent d'environ dix centimètres de diamètre, curieusement travaillée en bosses, mais sans grande valeur pour autant que j'en puisse juger. Elle se trouve d'ordinaire au rez-de-chaussée, sur le vaisselier. J'ignore si tu l'y as remarquée, Edward ? Bref, au fond de cette tasse, il était resté une sorte de lie gluante et, près de la tasse, gisait Joachim, le chat d'Edith. Je le touchai et constatai qu'il était mort.

» C'est alors que *j'ai su.*

5

Pendant une minute ou deux, Mark Despard demeura silencieux, les yeux fixés sur ses mains croisées.

— Je suppose, dit-il, qu'il en est souvent ainsi. Les soupçons s'accumulent dans le cerveau d'un homme sans qu'il en ait conscience et puis brusquement il semble que quelque chose se cristallise... Quoi qu'il en soit, c'est à partir de ce moment que j'ai su. Je me retournai et m'assurai que Lucy n'avait rien pu voir, car, s'appuyant d'une main au pied du lit, elle me tournait presque le dos. La faible clarté de la lampe de chevet faisait luire le satin rougeâtre de son déguisement.

» Tous les symptômes qu'avait manifestés oncle Miles me revinrent à l'esprit et je fus surpris de n'avoir pas reconnu plus tôt ceux-là mêmes de l'empoisonnement par l'arsenic.

» Du hall, nous parvenait la voix d'Edith, parlant au téléphone.

» Je ne dis rien, mais refermai le placard, donnai un tour de clef et mis cette dernière dans ma poche. Puis je sortis dans le hall, rejoindre Edith. Il nous fallait appeler un médecin, car l'infirmière ne serait pas de retour avant le lendemain matin. J'essayai de me remémorer ce qu'il fallait faire en cas d'empoisonnement par l'arsenic, mais ne pus y parvenir. Edith venait de raccrocher. Bien que ses mains fussent mal assurées, elle paraissait très calme. Elle n'avait pu obtenir de réponse chez le Dr Baker. Elle remontait tandis que je m'apprêtais à essayer de joindre un autre médecin, mais Lucy apparut sur le palier et dit : "Je crois qu'il est mort."

» C'était exact. Il n'avait pas eu de convulsions. Son cœur s'était simplement arrêté de battre et lui, de souffrir. Comme je le retournais sur le dos pour bien m'en assurer, ma main glissa sous l'oreiller et je rapportai un bout de ficelle dont vous avez probablement entendu parler. C'était un bout de ficelle ordinaire, long d'une trentaine de centimètres et comportant neuf nœuds à égale distance l'un de l'autre. Je me demande encore ce que cela peut signifier...

— Ensuite ? Continue ! intervint Partington avec brusquerie.

— Ensuite ? Rien. Nous ne jugeâmes pas utile de réveiller le reste de la maisonnée puisque nous n'avions plus que quelques heures à attendre avant le matin. Lucy et Edith se couchèrent, mais ne purent dormir. Je déclarai que je veillerais oncle Miles, mais je voulais surtout avoir l'occasion de faire disparaître la tasse. Je prétextai aussi qu'Ogden n'était pas encore de retour et qu'il me valait mieux être debout, au cas où il rentrerait éméché.

» Lucy s'enferma dans notre chambre. Edith pleura un peu. Nous semblions nous reprocher d'avoir négligé notre oncle ce soir-là, mais je savais que sa mort avait une autre cause.

» Après avoir rabattu le drap sur la figure d'oncle Miles, je pris la tasse d'argent et le verre, les enveloppant dans un mouchoir. Non, je ne pensais pas aux empreintes digitales ; je voulais simplement dissimuler ces preuves jusqu'à ce que j'eusse décidé de la conduite à tenir.

— Tu n'avais pas l'intention de révéler ce qui s'était passé ?

— Si nous avions pu joindre un médecin à temps, je lui aurais dit : « Ne vous préoccupez pas de sa gastro-entérite, il a été empoisonné. » Mais, puisque oncle Miles était mort… Il faut me comprendre, Part ! dit Mark avec une sorte de sauvagerie fanatique, souviens-toi que j'ai presque…

— Allons, du calme, l'interrompit Partington. Continue ton histoire.

— J'allai enfermer le verre et la tasse dans un tiroir de mon bureau, au rez-de-chaussée. Il me fallait aussi me débarrasser du cadavre du chat. Je me souvins qu'une des plates-bandes était fraîchement retournée et, sachant où trouver une bêche, j'allai l'y enterrer au plus profond que j'en fus capable. Edith ignore encore ce qui a pu lui arriver et suppose qu'il s'est perdu. Comme je finissais, je vis les phares de la voiture d'Ogden. Un instant, je crus qu'il m'avait aperçu, mais je réussis à regagner la maison avant lui.

» Le lendemain – après que j'eus entendu l'histoire de Mrs Henderson –, j'emportai le verre et la tasse chez un pharmacien de ma connaissance, à la discrétion duquel je pouvais me fier, et lui demandai d'en analyser le contenu. Le lait était inoffensif. La tasse contenait les restes d'un mélange de lait et de porto avec un œuf battu dedans, ainsi que 130 mg d'arsenic blanc.

— 130 mg ? répéta Partington en tournant la tête.

— Oui. Ça fait beaucoup, n'est-ce pas ? J'ai lu que...

— Cela fait surtout beaucoup pour ce qui restait dans la tasse. On cite des décès consécutifs à l'absorption de 130 mg d'arsenic. C'est la plus petite quantité mortelle que l'on connaisse, mais si elle se trouvait contenue dans le restant du mélange, cela signifie que la tasse pleine devait en renfermer une quantité formidable...

— Quelle est la dose létale ?

— On ne peut l'évaluer. Comme je te l'ai dit, on a vu 130 mg d'arsenic entraîner la mort, mais, dans d'autres cas, on a vu aussi des victimes absorber jusqu'à 13 g et en réchapper. Dans l'estomac d'Émile l'Angelier qui fut empoisonné à Glasgow par Madeleine Smith, en 1857, on en retrouva 6,3 g. C'est ce qui permit à la défense de prétendre qu'il s'agissait d'un suicide, que personne n'aurait pu absorber une telle quantité d'arsenic sans s'en rendre compte. Il y eut un verdict écossais de « Non prouvé », ce qui signifie en un certain sens : « Non coupable, mais ne recommencez pas ! »

Partington était devenu subitement loquace et paraissait prendre plaisir à son exposé :

— Il y a eu aussi l'affaire Marie d'Aubray, à Versailles, vers 1860. Une sale histoire. Pas d'autres motifs, semble-t-il, que le plaisir de voir mourir ses nombreuses victimes... L'une succomba après l'absorption de 650 mg, une autre résista jusqu'à 6,50 g. Marie d'Aubray n'eut pas autant de chance que Madeleine Smith. Elle fut guillotinée...

Tandis que Partington parlait, Stevens s'était levé pour aller s'asseoir sur le coin de son bureau. Il s'efforçait de hocher la tête et de paraître suivre ce que disait le médecin, mais ses yeux ne quittaient pas la porte du hall. Depuis quelques instants, il avait remarqué une anomalie. L'éclairage du hall était plus intense que celui du bureau et jusqu'alors la large serrure ancienne avait fait un trou lumineux dans la boiserie... Mais, depuis un moment, on ne voyait plus rien, comme si quelqu'un avait collé son oreille au trou de la serrure...

— Quoi qu'il en soit, poursuivait Partington, ce n'est pas là le plus important : je verrai ce qu'il en est en pratiquant l'autopsie. Ce qui est important, c'est de savoir quand le poison a été administré. Si tes heures sont exactes, ça s'est fait rudement vite. Vois-tu, lorsqu'on administre une forte dose d'arsenic, les symptômes apparaissent de quelques minutes à une heure plus tard, selon que le poison était sous forme liquide ou solide, et la mort survient de six à vingt-quatre heures après l'absorption, parfois même plus longtemps, car il y a des cas où elle n'est survenue que plusieurs jours après. Or, tu as laissé ton oncle en relativement bonne santé à 21 h 30. Tu reviens à 2 heures et demie du matin, et il meurt peu après. Est-ce exact ?

— Oui.

— Il nous faut donc supposer que ton oncle, déjà miné par sa maladie, était l'objet d'un empoisonnement lent et qu'une dose massive a ainsi pu l'achever rapidement. Si nous savions seulement quand il a absorbé cette dernière dose...

— Je peux te le dire avec précision, lança Mark. À 23 h 15.

— Oui, intervint Stevens, il s'agit sans doute de la fameuse histoire de Mrs Henderson que tu ne nous as pas encore racontée. Pourquoi répugnes-tu à nous la rapporter ?

Stevens craignit de s'être laissé emporter et d'avoir montré plus de nervosité qu'il n'était normal, mais Mark ne le remarqua pas, car il semblait avoir pris une décision subite.

— Pour l'instant, dit-il, je ne vous la rapporterai pas.

— Et pourquoi donc ?

— Parce que vous me croiriez fou ou vous penseriez que Mrs Henderson a perdu l'esprit. Croyez-moi, j'ai retourné tout cela des centaines de fois dans ma tête, j'en ai perdu le sommeil... mais je me rends compte que le reste de cette histoire paraîtra incroyable à n'importe qui. Vous pourriez même estimer que je vous fais marcher en vous demandant de m'aider à ouvrir la crypte. Or, il faut que les conditions dans lesquelles oncle

Miles a trouvé la mort soient éclaircies. Voulez-vous m'accorder deux heures de grâce ? C'est tout ce qu'il nous faut pour vérifier la première partie de cette histoire.

— Tu as changé, Mark, dit Partington, je ne te comprends plus. Qu'y a-t-il de tellement extraordinaire dans ce que tu nous as raconté jusqu'à présent ? C'est un crime quelque peu démoniaque, d'accord, mais on en a connu de pires. Qu'y a-t-il donc d'incroyable dans ce que tu ne nous as pas encore dit ?

— Le fait qu'une femme morte depuis longtemps puisse être encore en vie, dit Mark calmement.

— Tu déráilles... !

— Non, je suis parfaitement lucide. Je ne crois pas la chose possible, bien entendu, pas plus que je ne puis croire que Lucy ait quoi que ce soit à voir avec cette mort. Il y a deux théories, aussi impossibles l'une que l'autre. Je vous le dis, c'est un soupçon qui s'est insinué dans mon esprit. Je voudrais l'en extirper et pouvoir en rire... mais, si je vous le dis maintenant, Dieu seul sait ce que vous penserez... Voulez-vous m'aider d'abord à ouvrir la crypte ?

— Oui, dit Stevens.

— Et toi, Part ?

— Je n'ai pas franchi cinq mille kilomètres pour me dégonfler maintenant, grommela le médecin. Mais comprends bien que tu ne continueras pas à nous mener ainsi en bateau, une fois que j'aurai pratiqué l'autopsie ! Ça, je t'en fiche mon billet ! Je me demande comment Edith...

Il y eut une lueur de colère dans ses yeux bruns, mais il redevint affable comme Mark remplissait son verre pour la troisième fois.

— Comment allons-nous ouvrir la crypte ? demanda-t-il.

Aussitôt, Mark redevint alerte et précis :

— Ça n'est pas un travail bien difficile, mais il demande du muscle, du temps et de l'huile de coude. Il faut quatre hommes ; le quatrième sera Henderson, en qui on peut avoir confiance et qui se trouvera dans son élément en faisant ce genre de travail. D'un autre côté, sa femme et lui habitent le chalet qui est sur le sentier conduisant à la crypte. Nous ne pourrions pas remuer une seule pierre sans qu'ils s'en rendent compte au premier regard... Sous un prétexte quelconque, je me suis débarrassé de tout le monde sauf d'Henderson. Nous ne risquons donc pas d'être dérangés. Pour ce qui est du travail...

La petite chapelle qui s'élevait à une cinquantaine de mètres de la maison était demeurée fermée pendant plus d'un siècle et demi. On y accédait par une de ces allées dont le dallage irrégulier est si décoratif et au bord de laquelle s'élevait le chalet habité jadis par le desservant et actuellement par les Henderson. L'entrée de la crypte se trouvait sous l'allée.

— Il nous faudra soulever environ deux mètres carrés de dallage et, comme nous devons travailler vite, il y aura certainement de la casse. Nous utiliserons une douzaine de leviers d'acier que nous enfoncerons aussi profondément que possible entre les dalles. Sous ces dernières, il y a une couche de terre et de gravier d'une vingtaine de centimètres d'épaisseur, puis on trouve la grande dalle qui recouvre l'entrée du caveau. Elle fait environ un mètre sur deux et doit peser plus d'une demi-tonne. Le plus dur sera certainement de glisser les leviers sous elle et de la soulever. Je sais que cela représente un gros travail...

— Certes, dit Partington en se tapant sur les cuisses d'un air décidé, aussi vaut-il mieux s'y atteler le plus tôt possible. Mais dis donc, tu veux que personne ne soit au courant... Crois-tu qu'après avoir fait tout ce dégât nous pourrons remettre les choses en état, de façon telle que personne ne s'aperçoive de rien ?

— Henderson ou moi nous en apercevrions certainement, mais je doute que les autres en soient capables. Ce dallage irrégulier ne se prête guère au repérage et, lors de l'inhumation, il y a déjà eu pas mal de dalles brisées.

Mark se leva, comme s'il ne tenait plus en place, et consulta sa montre.

— Il est 21 h 30 maintenant. Puisque nous sommes d'accord, commençons aussitôt que possible. Il n'y a personne là-bas qui puisse nous déranger. Nous allons t'y précéder, Ted, et tu nous rejoindras dès que tu auras dîné. Enfile de vieux vête...

Il s'interrompit avec une expression alarmée :

— Seigneur ! J'avais oublié Marie ! Quelle excuse vas-tu lui donner ? Tu ne vas pas tout lui raconter, n'est-ce pas ?

— Non, dit Stevens, un œil sur la porte, non, je ne lui dirai rien. Laisse-moi faire.

Il eut conscience qu'ils étaient surpris de son ton, mais ayant d'autres soucis en tête, ils lui firent confiance sur ce point. Dans cette pièce enfumée par les cigarettes et avec son estomac vide, il sentit, quand il se remit sur pied, que la tête lui tournait un peu. Cela lui rappela quelque chose concernant cette nuit du mercredi 12 avril, que Marie et lui avaient passée au cottage et où il était allé se coucher de si bonne heure. Il avait failli s'endormir sur le manuscrit qu'il lisait. Marie lui avait dit que c'était l'effet du grand air.

Stevens raccompagna Mark et Partington dans le hall. Marie n'était pas en vue. Stevens regarda les phares de Mark s'éloigner dans la nuit, puis il referma la porte avec soin et considéra le porte-parapluies de porcelaine brune. Marie était dans la cuisine, il l'entendait se déplacer et fredonner en français *Il pleut, il pleut, bergère...* cette chanson qu'elle aimait tant. Ted traversa la salle à manger et poussa la porte battante qui donnait accès à la cuisine.

Ellen, de toute évidence, était partie. Marie était en train de préparer des sandwiches au poulet froid, avec de la salade, des tomates et de la mayonnaise. En le voyant, elle repoussa une mèche de ses cheveux avec la main qui tenait le couteau. Son regard était grave et cependant il y avait dans l'expression de son visage quelque chose qui suggérait le sourire.

Dans cette cuisine si blanche, avec le ronronnement du réfrigérateur, toute cette histoire paraissait absurde.

— Marie..., commença-t-il.

— Je sais, dit-elle. Il faut que tu sortes, mais tu vas manger ça avant, dit-elle en montrant les sandwiches.

— Comment sais-tu qu'il faut que je sorte ?

— J'ai écouté à la porte, bien sûr ! Vous aviez tous des tons si mystérieux... Que pouvais-je faire d'autre ? Cela gâche notre soirée, mais je comprends qu'il vous faille aller là-bas, sinon vous n'arriverez jamais à vous sortir cela de l'esprit. Quand je t'ai dit que Mark Despard et toi vous vous intéressiez beaucoup trop aux choses morbides, je m'attendais à cela...

— Tu t'y attendais ?

— Pas exactement, bien sûr ! Mais Crispen a beau être un trou, il s'y trouve assez de gens pour qu'il y ait des commérages. J'y suis allée ce matin et on chuchotait que quelque chose n'allait pas à Despard Park. *Quelque chose.* Personne ne semble savoir de quoi il s'agit, ni comment la rumeur s'est répandue. Quand on essaie de se rappeler qui vous en a parlé, on ne s'en souvient plus... Tu seras prudent, n'est-ce pas ?

Un subtil changement semblait à nouveau s'être fait dans l'atmosphère. Marie posa le couteau sur la table et prit Ted par le bras.

— Je t'aime, Ted... Tu sais que je t'aime, n'est-ce pas ?

Il le savait tellement qu'il ne put que la serrer contre lui.

— Écoute-moi bien, Ted. Cet amour durera aussi longtemps que nous vivrons. J'ignore ce que tu peux avoir en tête. Un jour, je te parlerai d'une maison dans un endroit appelé Guibourg et de ma tante Adrienne, et tu comprendras... Mais ce n'est pas le genre de choses auxquelles il te faut penser. Ne souris pas de cet air supérieur ! Je suis plus âgée que toi, beaucoup, beaucoup plus âgée, et si tu voyais mon visage se rider et jaunir subitement...

— Arrête ! Tu deviens hystérique, Marie !

Elle demeura la bouche ouverte et, machinalement, reprit le couteau.

— Oui, je suis folle, dit-elle. Maintenant, laisse-moi te dire quelque chose. Vous allez ouvrir une tombe cette nuit et mon idée – mais ce n'est qu'une idée – est que vous n'y trouverez rien.

— Oui, c'est aussi mon avis.

— Non, tu ne comprends pas, tu ne peux pas comprendre ! Mais, je t'en supplie, ne te laisse pas entraîner trop loin dans cette histoire. Si je te le demande pour l'amour de moi, le feras-tu ? Je te supplie de réfléchir à ce que je t'ai dit ; n'essaye pas de comprendre, mais fais-moi confiance.

» Maintenant, mange ces quelques sandwiches et bois un verre de lait, puis tu iras te changer. Mets ton gros sweater et ce vieux pantalon de flanelle qui se trouvent dans le placard de la chambre d'amis. J'ai oublié de les envoyer chez le teinturier, l'an passé...

Puis, tout comme la Charlotte de *Werther*, Marie continua de couper le pain.

DEUXIÈME PARTIE

Preuve

« Fly open, lock, to the dead man's knock. Fly bolt, and bar, and band ! »

R.H. Barham, *Ingoldsby Legends.*

6

Stevens remonta King's Avenue jusqu'aux grilles de Despard Park. Il n'y avait pas de lune, mais un fourmillement d'étoiles. Comme à l'accoutumée, les grilles – dont chaque pilier était surmonté d'un boulet de pierre – étaient grandes ouvertes. Stevens les referma et abaissa la barre qui les assujettissait. L'allée était d'autant plus longue qu'elle s'élevait doucement par des méandres à flanc de colline.

La maison, longue et basse, avait un peu la forme d'une barre de T, avec deux courtes ailes du côté de la route. Elle n'avait rien de remarquable, si ce n'était qu'elle avait su bien vieillir. Les fenêtres étaient petites et profondes, selon le style français de la fin du XVIIe siècle. Quelqu'un, au XIXe siècle, avait ajouté un porche bas, mais celui-ci avait fini par s'intégrer à l'ensemble. Une lampe brûlait sous le porche et Stevens souleva le heurtoir.

En dehors de cette seule clarté, la maison semblait plongée dans l'obscurité. Après quelques minutes, Mark vint lui ouvrir et le guida à travers le hall qui sentait les vieux livres et l'encaustique, jusqu'à la cuisine, qui était immense. Partington, plus massif que jamais dans un vieux complet de Mark, fumait une cigarette près du réchaud à gaz. À ses pieds, se trouvaient un sac noir et une grande boîte de cuir. Appuyés contre la table, il y avait des marteaux de forgeron, des pelles, des pics, des leviers et deux barres plates en acier, d'environ deux mètres de long dont Henderson était en train de se charger. C'était un homme petit et âgé, mais plein de vigueur nerveuse, vêtu de velours à côtes. Il avait un grand nez, des yeux bleus et un crâne chauve où subsistaient encore quelques touffes de cheveux gris. Une atmosphère de conspiration pesait sur la cuisine et Henderson semblait être le plus mal à l'aise de tous. Quand Mark et Stevens entrèrent, il sursauta violemment.

Mark chargea Stevens de remplir deux lanternes avec du pétrole.

— Est-ce que nous allons faire beaucoup de bruit avec ces marteaux ? s'inquiéta-t-il.

Henderson se gratta le crâne et dit d'une voix de basse :

— Mr Mark, ne commencez pas à vous montrer nerveux. Je n'aime pas davantage cette histoire que, très certainement, ne l'eût aimée votre père mais puisque vous dites qu'il faut le faire, nous le ferons. Quant aux marteaux, je ne pense pas qu'on puisse les entendre de la route. Ce que je crains, c'est que votre sœur, votre femme ou la mienne, ou encore Mr Ogden reviennent ici. Vous savez comme moi que Mr Ogden est fort curieux, et s'il s'est mis dans la tête…

— Ogden est à New York, coupa Mark. Quant aux autres, elles sont en bonnes mains et ne risquent pas de revenir avant la semaine prochaine. Vous êtes prêts ?

Se chargeant des outils, ils sortirent par la porte de service. Mark et Henderson marchaient en avant avec les lanternes. Ils passèrent devant le chalet et, à quelques mètres de la chapelle, Mark et Henderson posèrent les lanternes à terre.

Cela leur prit deux heures. À 23 h 45, Stevens s'assit dans l'herbe humide, la respiration haletante. Il était couvert de sueur et son cœur battait à coups redoublés. Enfin, la grande dalle reposait maintenant debout sur un de ses côtés, comme le couvercle ouvert d'un coffre à l'intérieur duquel se seraient enfoncées des marches de pierre.

— Est-ce tout ? demanda Partington avec entrain, bien qu'il fût, lui aussi, haletant et ruisselant de sueur. Si oui, je vais aller jusqu'à la maison me laver pour ce qui me reste à faire.

— Et pour boire un coup ! murmura Mark en le regardant partir. Enfin, ce n'est pas moi qui l'en blâmerai. (Il se tourna vers Henderson avec la lanterne :) Voulez-vous descendre le premier, Henderson ? demanda-t-il avec une sorte de rictus.

— Certes non, glapit l'autre, et vous le savez bien ! Je ne suis jamais descendu dans ce caveau, même lors de l'enterrement de votre père, de votre mère et de votre oncle. Et je n'y descendrais pas davantage maintenant, si vous n'aviez besoin de moi pour vous aider à soulever le cercueil…

— Ne vous tracassez pas. Si vous ne voulez pas descendre, je crois que nous pourrons faire sans vous, car c'est un cercueil de bois que deux hommes doivent pouvoir déplacer aisément.

— Oh ! mais si que j'y descendrai ! dit-il avec une emphase belliqueuse où la crainte demeurait néanmoins sensible. Avec vos histoires de poison ! Votre père vous en flanquerait des poisons, s'il était encore de ce monde ! Oh ! je sais, je ne suis que le vieux Joe Henderson et vous vous fichez de ce que je puis dire... (Sa voix baissa d'un ton.) Sincèrement, êtes-vous sûr de n'avoir entendu personne rôder autour de nous ? J'ai l'impression d'être observé depuis que nous sommes ici...

Il regarda par-dessus son épaule, et Stevens, se levant, les rejoignit près du trou, tandis que Mark élevait la lanterne pour éclairer les alentours. Le vent faisait frémir les ormes, mais c'était tout.

— Descendons, dit brusquement Mark. Part nous rejoindra. Laissons les lanternes ici, car il n'y a guère de ventilation dans le caveau et il vaut mieux que nous utilisions la torche électrique.

Ils descendirent les marches qui aboutissaient à une arche où une porte de bois vermoulu donnait accès à la crypte.

À l'intérieur, l'air était lourd et oppressant. Le rayon de la torche électrique tenue par Mark se déplaça dans le caveau. Celui-ci n'avait été ouvert que dix jours auparavant et l'on y respirait encore l'odeur des fleurs.

Le rayon lumineux révéla un mausolée oblong, d'environ sept mètres sur cinq, aux parois faites de blocs de granit. Au centre, un pilier octogonal, également de granit, supportait l'arc de la voûte. Dans le mur le plus long, qui faisait face à l'entrée, et dans celui de droite, plus court, des niches avaient été aménagées, à peine plus larges que les cercueils qu'elles contenaient. Vers le haut, où se trouvaient les cercueils des ancêtres, la plupart des niches étaient ornées de bas-reliefs et d'inscriptions latines, mais, vers le bas, leur aspect devenait plus sévère. Certaines rangées de niches étaient remplies, d'autres presque vides et chacune pouvait contenir huit cercueils.

À gauche, le rayon de la torche découvrit une grande plaque de marbre encastrée dans le mur, sur laquelle étaient inscrits les noms des défunts, surmontée d'un ange de marbre qui se voilait la face. De chaque côté de la plaque, il y avait une urne de marbre contenant des fleurs fanées dont une partie était tombée sur le sol. Stevens nota que le premier nom inscrit était celui de *Paul Desprez*, 1650-1706. Le nom s'était mué en *Despard* au milieu du XVIIIe siècle et l'on pouvait supposer que la famille, s'étant rangée du côté des Britanniques durant la guerre contre les Français et les Indiens, avait jugé préférable d'angliciser son nom. Le dernier nom inscrit était celui de *Miles Bannister Despard*, 1873-1929.

Le rayon lumineux chercha le cercueil de Miles Despard. Il se trouvait en face de l'entrée, dans la rangée du bas. Les niches à sa gauche étaient toutes occupées et il y en avait encore quelques-unes de vides à sa droite. Il se remarquait immédiatement, non seulement parce qu'il était neuf et luisant, alors que les autres étaient poussiéreux et rouillés, mais aussi parce qu'il était le seul cercueil de la rangée à être fait de bois.

Les trois hommes demeurèrent un moment silencieux, puis Mark tendit la torche électrique à Henderson.

— Éclairez-nous, dit-il. (Sa voix réveilla de tels échos qu'il sursauta.) Viens, Ted. Tu vas prendre un bout et moi l'autre.

Comme ils allaient s'approcher du cercueil, ils entendirent des pas descendre les marches. Ils se retournèrent d'un bloc : c'était Partington portant son sac et la boîte de cuir sur laquelle deux bocaux étaient posés. Rassurés, Stevens et Mark Despard saisirent le cercueil et le soulevèrent...

— C'est rudement léger, se surprit à dire Stevens.

Mark demeura silencieux, mais parut encore plus troublé qu'il ne l'avait été tout au long de la soirée. Le cercueil, fait de chêne poli, n'était pas très grand. Sur le dessus, il y avait une plaque d'argent où l'on pouvait lire le nom du défunt avec ses deux dates extrêmes. Ils le déposèrent sur le sol.

— Il est bien trop léger ! répéta Stevens comme malgré lui. Nous n'aurons pas besoin du tournevis. Ça ferme par deux verrous.

Partington déposa ses bocaux à terre, avec un linge dans lequel il avait sans doute l'intention d'envelopper quelque chose.

Mark et Stevens tirèrent les verrous et soulevèrent le couvercle...

Le cercueil était vide.

Le satin blanc qui le capitonnait étincela sous le rayon de la torche que Henderson tenait d'une main tremblante, mais le cercueil était incontestablement vide.

Personne ne dit mot, mais chacun entendait les respirations sifflantes de ses voisins.

— Nous serions-nous trompés de cercueil ? balbutia Mark.

Une même impulsion poussa Mark et Stevens à rabattre le couvercle pour lire le nom sur la plaque. Mais il n'y avait pas d'erreur.

— Sainte Mère de Dieu ! s'exclama Henderson tandis que sa main tremblait de plus belle, au point que Mark lui reprit la torche. Je l'ai, de mes yeux, vu mettre dans ce cercueil ! Tenez, voici la trace du choc qu'il a reçu quand ils l'ont descendu dans l'escalier. D'ailleurs, il n'y a pas d'autre cercueil en bois ! acheva-t-il en montrant les rangées de niches.

— Oui, dit Mark, il n'y a pas de doute, c'est bien son cercueil. Mais où est passé le corps ?

Ils regardèrent autour d'eux avec malaise. Seul Partington demeurait impassible, mais on n'eût su dire si c'était l'effet du raisonnement ou celui du whisky. Il se montra même légèrement impatienté :

— Hé là ! N'allez pas vous mettre des idées en tête ! Si le corps a disparu, cela ne peut signifier qu'une seule chose : quelqu'un nous a devancés et a emporté le corps hors du caveau... pour une raison quelconque.

— Comment cela ? demanda Henderson d'un ton belliqueux. Oui, comment quelqu'un a-t-il pu entrer ici et en ressortir ? répéta le vieil homme en s'essuyant le front du revers de sa manche. Voilà ce que je voudrais bien savoir, docteur Partington. Réfléchissez donc, il a fallu que nous nous mettions à quatre et travaillions pendant deux heures en faisant un boucan de tous les diables pour ouvrir cette crypte. Croyez-vous que quelqu'un d'autre aurait pu non seulement faire cela, avec ma femme et moi dormant, toutes fenêtres ouvertes, à vingt mètres de là, mais encore remettre tout en ordre et recimenter les dalles ? Qui plus est, je puis vous dire que c'est moi qui ai remis ces dalles en place voilà une semaine et je suis prêt à jurer devant Dieu que personne n'y a touché depuis lors !

Partington le regarda sans colère.

— Je ne mets pas votre parole en doute, mon ami, mais ne vous emballez pas ainsi. Si les voleurs de cadavre ne sont pas passés par là, c'est qu'ils ont emprunté quelque autre chemin.

— Les murs, le plafond, le sol, tout est en granit, dit lentement Mark. Si tu songes à quelque passage secret, nous ferons des recherches, mais je suis d'ores et déjà certain qu'il n'y en a pas.

— Puis-je te demander, dit Partington, ce que tu penses qu'il s'est passé ici ? Crois-tu que ton oncle soit sorti de son cercueil et ait quitté la crypte par ses propres moyens ?

— Ou bien peut-être, suggéra timidement Henderson, quelqu'un a-t-il pris le corps et l'a mis dans un autre cercueil ?

— Cela me paraît peu probable, repartit Partington, car, dans ce cas, le problème demeure le même. Comment quelqu'un a-t-il pu entrer dans ce caveau et en ressortir ? (Il réfléchit un court instant et ajouta :) À moins, bien sûr, que le corps n'ait été volé entre le moment où le cercueil a été déposé dans cette niche et celui où la crypte a été scellée de nouveau.

— Cette hypothèse est à éliminer, dit Mark en secouant la tête. L'absoute a été lue ici même, en présence de nombreuses personnes. Après quoi, nous avons remonté l'escalier...

— Quelle a été la dernière personne à quitter la crypte ?

— Moi, dit Mark, sardonique. J'ai soufflé les cierges et emporté les candélabres, mais étant donné que tout cela ne m'a guère pris plus d'une minute et que le vénérable pasteur de l'église St. Pierre m'attendait sur les marches, il est peu probable que je sois coupable !

— Il n'en est pas question. Mais après ton départ ?

— Dès que nous fûmes tous sortis, Henderson et ses aides se sont mis au travail pour resceller l'entrée. Bien sûr, tu peux dire aussi qu'ils étaient complices, mais il se trouve que plusieurs personnes sont demeurées à les regarder travailler...

— Bon, n'en parlons plus ! grommela Partington en haussant une épaule. Il n'en reste pas moins, Mark, que si quelqu'un a volé le corps pour le détruire ou le cacher ailleurs, c'est qu'il avait une bonne raison d'agir ainsi. Autrement dit, c'est qu'il avait prévu ce que nous avions l'intention de faire ce soir.

» Je n'ai donc plus le moindre doute : ton oncle a bien été empoisonné. Et maintenant, à moins que l'on ne retrouve le corps, l'assassin ne risque plus rien. Ton médecin a certifié que le vieux Miles était mort de mort naturelle et maintenant le *corpus delicti*, si j'ose dire, a disparu. Quelle preuve pouvons-nous avoir désormais que ton oncle n'est pas mort de maladie ? Nous avons des indices accessoires, certes, mais sont-ils suffisants ? Tu as trouvé 130 mg d'arsenic dans un restant de mélange d'œuf, de lait et de porto, contenu dans une tasse qui se trouvait dans sa chambre. Fort bien, mais quelqu'un l'a-t-il vu absorber cette mixture ? Peut-on prouver qu'il l'a absorbée ? N'y aurait-il pas fait allusion lui-même s'il avait pensé qu'elle contenait quoi que ce fût d'anormal ? La seule chose que l'on sache pertinemment avoir été absorbée par lui, c'est un verre de lait qui s'est révélé ultérieurement inoffensif.

— Vous auriez dû être avocat ! dit Henderson avec une inflexion déplaisante.

— Je vous dis tout cela, reprit Partington, pour vous montrer les raisons que l'assassin avait de désirer faire disparaître le corps. Il nous faut découvrir comment il s'y est pris. Pour l'instant, nous n'avons qu'un cercueil vide...

— Pas entièrement vide, dit Stevens.

Pendant tout ce temps, il était demeuré les yeux fixés sur l'intérieur du cercueil, sans même se rendre compte qu'il le regardait. Et voilà que quelque chose, qui s'était jusqu'alors confondu avec le satin, lui apparaissait avec netteté. Cela se trouvait le long d'un des côtés, là où la main droite du mort aurait dû reposer.

Stevens se pencha et brandit sa trouvaille aux yeux de ses compagnons.

C'était un morceau de ficelle ordinaire, d'une trentaine de centimètres de longueur, comportant neuf nœuds à égale distance l'un de l'autre.

7

Une heure plus tard, lorsqu'ils remontèrent les marches et respirèrent à nouveau l'air frais du parc, ils étaient convaincus de deux choses :

1° il n'y avait pas de porte secrète, ni aucun moyen d'entrer dans le caveau ou d'en sortir ;

2° le corps n'était pas caché dans l'un des autres cercueils. Tous ceux qui se trouvaient dans les rangées inférieures furent sortis de leurs alvéoles et soigneusement examinés. Bien qu'il fût impossible de les ouvrir, la rouille aussi bien que la poussière les recouvrant attestaient que personne n'y avait touché depuis qu'ils avaient été mis dans le caveau.

Partington, dégoûté, préféra aller s'administrer une rasade de whisky à la maison, mais Henderson et Stevens n'eurent de cesse avant d'être allés chercher des escabeaux qui leur permirent de se hisser à hauteur des rangées supérieures de cercueils et d'examiner également ceux-ci. Mark, mal à son aise, refusa de les aider dans ces investigations qui ne donnèrent pas plus de résultat que les précédentes. Finalement Mark arracha les fleurs qui se trouvaient dans les urnes et ils allèrent même jusqu'à culbuter ces dernières pour voir si le corps n'y était point caché.

Après la rude épreuve qu'avait été leur long séjour dans ce caveau, ils eurent tous plus ou moins la nausée. Puis ils se rendirent dans la petite maison de Henderson et celui-ci se mit en devoir de leur préparer du café. Il était alors 0 h 55.

— Allons, messieurs ! dit Partington en affectant un entrain qu'il était loin de ressentir et en allumant une cigarette. Nous voici devant un beau petit problème et je suggère que nous essayions de le résoudre avant que Mark se remette à avoir des idées morbides...

— Laisse mes idées morbides en paix ! riposta Despard avec humeur. Où veux-tu en venir ? Pouvons-nous douter du témoignage de nos yeux ? Quel est ton avis, Ted ?

— Je n'aimerais pas vous dire ce que je pense, répondit Stevens.

C'était la pure vérité, car il pensait aux paroles de Marie : « *Vous allez ouvrir une tombe cette nuit et mon idée est que vous n'y trouverez rien...* »

Il s'efforça de ne rien laisser paraître sur son visage et, vidant sa tasse de café, il se renversa contre le dossier de sa chaise. Ce faisant, il sentit une grosseur dans sa poche et se rendit compte qu'il s'agissait du petit entonnoir à l'aide duquel il avait garni les deux lanternes de pétrole. Pour avoir les mains libres quand Mark lui avait fait passer des leviers et un marteau de forgeron, il l'avait machinalement empoché. Brusquement, cela lui remémora l'étrange phobie que Marie nourrissait à l'endroit des entonnoirs. Il avait déjà entendu dire que certaines personnes ne pouvaient supporter la vue d'un chat ou de certaines fleurs ou de bijoux... mais la crainte de Marie dépassait vraiment l'entendement. C'était un peu comme si l'on avait reculé devant une pelle à charbon ou refusé de rester dans la même pièce qu'un billard.

— Vous avez une théorie, docteur ? demanda-t-il pour s'arracher à ses pensées.

— Pas de « docteur », s'il vous plaît, dit Partington en contemplant l'extrémité incandescente de sa cigarette. Ma foi, il me semble que nous nous trouvons, une fois de plus, en présence du fameux problème de la chambre close, mais sous une forme plus compliquée. Il nous faut non seulement expliquer comment un assassin a pu entrer dans une pièce fermée et en ressortir sans rien déranger, mais encore nous nous trouvons en présence d'une chambre close très particulière : une crypte de granit, sans fenêtre et fermée, non point par une porte, mais par une dalle pesant une demi-tonne sur laquelle il y a une couche de gravier et de terre d'une vingtaine de centimètres d'épaisseur, le tout surmonté d'un dallage qu'un témoin certifie n'avoir pas été dérangé...

— Et je le maintiens ! dit Henderson.

— Fort bien. Il nous faut donc expliquer non seulement comment l'assassin a pu entrer et sortir, mais aussi comment le corps a pu disparaître. Un très joli problème, en vérité, pour lequel quatre solutions et quatre seulement peuvent être envisagées. Nous en avons déjà écarté deux, car, même sans avoir encore eu recours à l'examen d'un architecte, je crois que nous pouvons, d'ores et déjà, tenir pour assuré qu'il n'y a pas de passage secret et que le corps ne se trouve plus dans la crypte. D'accord ?

— Oui, dit Mark.

— Il ne nous reste donc que deux solutions possibles. La première : qu'en dépit des affirmations de Mr Henderson – dont la sincérité n'est pas mise en doute –, et en dépit du fait que sa femme et lui dorment à proximité de l'endroit, quelqu'un soit parvenu à entrer dans la crypte au cours d'une nuit et ait tout remis en état.

Henderson ne dit rien, mais toute son attitude exprima le plus profond mépris pour cette hypothèse ridicule.

— J'avoue ne pas y croire beaucoup moi-même, admit Partington. Et ainsi, il ne nous reste qu'une seule possibilité, à savoir : que le corps n'ait jamais été dans la crypte.

— Ah !... s'exclama Mark en frappant sur la table. Puis il ajouta comme à regret : Non, je ne crois pas non plus cela possible.

— Ni moi, dit Henderson. Mr Partington, je ne voudrais pas vous contredire sans cesse, mais c'est aussi invraisemblable que le reste. Car si vous dites que le corps n'a pas été mis dans la crypte, cela revient à m'accuser non seulement moi, mais aussi l'entrepreneur de pompes funèbres et ses deux assistants. Voici comment cela s'est passé : miss Edith m'a demandé de rester avec les employés des pompes funèbres et de ne pas quitter le corps de Mr Miles un seul instant, pour le cas où l'on aurait besoin de moi. Et c'est ce que j'ai fait.

» De nos jours, voyez-vous, ils ne mettent plus le corps dans le cercueil et le cercueil dans le salon pour que les gens défilent devant. Non, maintenant ils laissent le corps exposé sur le lit jusqu'au moment de l'enterrement, puis ils le mettent dans le cercueil, le ferment et on l'emporte. C'est ce qui a été fait pour Mr Miles, et moi j'étais dans la chambre avec eux quand ils ont mis le corps dans le cercueil... En fait, je n'ai pour ainsi dire pas quitté la chambre funèbre, puisque ma femme et moi avons veillé le mort toute la nuit qui a précédé l'enterrement... Bref, ils ont refermé le couvercle du cercueil et, aussitôt, les porteurs sont arrivés et l'ont emporté. Parmi eux, il y avait un juge, un avocat, un médecin, j'espère que vous n'allez pas les suspecter ?

» D'ailleurs, je les ai suivis depuis la chambre jusqu'à la crypte. Ceux qui n'y sont pas entrés sont restés en haut des marches à écouter l'officiant. Quand la cérémonie a été terminée, Barry et Mac Kelsie, aidés par le jeune Tom Robinson, se sont mis à resceller les dalles. Moi, j'ai juste été me changer de vêtements et suis revenu aussitôt avec eux. Voilà !

— Mais enfin s'écria Partington, il faut que ce soit une chose ou l'autre ! Vous ne croyez pas aux revenants, tout de même ?

— Excusez-moi, dit Henderson avec lenteur, mais je crois bien que si.

— Allons donc ! c'est ridicule !

— Remarquez bien, poursuivit Henderson avec gravité, que je ne suis pas superstitieux. C'est être superstitieux que d'avoir peur des revenants, aussi n'ai-je pas peur d'eux, quand bien même il en entrerait un dans cette pièce à l'instant même. Ce sont les vivants qu'il faut craindre, car les morts ne peuvent plus faire de mal. Mais pour ce qui est de savoir si les revenants existent ou non, j'entendais l'autre jour encore, à la radio, ce que Shakespeare disait à ce sujet : « Il y a plus de choses dans le ciel et sur la terre... »

Mark le regardait avec curiosité, car que ce fût des vivants ou des morts, le vieil homme avait indubitablement peur.

— Est-ce que Mrs Henderson vous a raconté la même histoire qu'à moi ? demanda-t-il vivement.

— Au sujet de la femme qui était dans la chambre de Mr Miles, la nuit où il est mort ? demanda l'autre qui gardait les yeux obstinément fixés sur l'angle de la table devant lui.

— Oui.

Henderson parut réfléchir :

— Oui, elle me l'a racontée, reconnut-il enfin.

Mark se tourna vers les deux autres :

— Je vous avais dit, au début de la soirée, que je ne voulais pas vous raconter cette histoire, car vous pourriez ne plus me croire. Mais autant vous la dire maintenant, puisque je ne sais plus que croire moi-même !

» Le point important, c'est que Mrs Henderson, ainsi que je vous l'ai dit, était absente depuis une semaine et n'est rentrée cette nuit-là qu'après notre départ pour le bal travesti. En conséquence de quoi, elle ignorait quel pouvait être le costume d'Edith ou de Lucy… Oh ! j'y pense ! s'interrompit Mark en se tournant vers Henderson. À moins que vous ne le lui ayez dit en revenant de la gare ?

— Moi ? Certes non ! grommela l'autre. J'ignorais moi-même comment elles étaient habillées. Je savais qu'elles travaillaient à des travestis, mais, pour moi, ils se ressemblent tous ! Non, je n'ai rien dit.

Mark acquiesça et reprit :

— Voici donc le récit qu'elle me fit. Ce mercredi soir, elle revint de la gare aux environs de 21 h 40. Son premier soin fut de faire un tour dans la maison pour s'assurer que tout était en ordre, ce qui était le cas. Elle frappa à la porte d'oncle Miles. Il ne lui ouvrit pas, mais lui répondit à travers la porte. Tout comme Edith, Mrs Henderson était préoccupée par le fait qu'elle ne pourrait entendre oncle Miles appeler que s'il ouvrait sa fenêtre et criait au-dehors. Elle lui proposa donc de s'installer dans le couloir ou, à tout le moins, au rez-de-chaussée. Miles ne voulut rien savoir. « Me prenez-vous pour un invalide ? s'emporta-t-il. Combien de fois me faudra-t-il répéter que je me porte très bien ? » Cette sortie surprit Mrs Henderson, car mon oncle était ordinairement d'une extrême courtoisie. « Fort bien, dit-elle, mais je reviendrai à 23 heures voir comment vous allez. »

» Elle revint à 23 heures, et c'est alors que commence l'histoire.

» Depuis un an, il existe une certaine émission de radio que Mrs Henderson ne manque jamais d'écouter le mercredi soir à 23 heures...

— Oui, intervint Henderson, nous avons un poste ici, mais il était en réparation depuis un mois et ma femme avait la permission d'écouter l'émission sur celui qui se trouve dans la maison... Elle s'est dépêchée pour ne pas la manquer...

— Oui, dit Mark, et je dois vous dire que notre poste se trouve dans une véranda, au premier étage. Je ne vous en ferai pas une description détaillée, car j'ai l'intention de vous mener sur les lieux. Je mentionnerai simplement qu'à une des extrémités de cette véranda il y a une porte vitrée donnant dans la chambre d'oncle Miles. Nous lui avions souvent suggéré de s'installer dans la véranda, mais, pour une raison quelconque, il ne l'aimait pas et gardait d'ordinaire un épais rideau tiré derrière sa porte.

» Mrs Henderson monta donc au premier étage. Ayant peur de manquer le début de l'émission, elle se contenta de frapper à la porte de mon oncle en demandant : "Ça va ?" et quand il répondit : "Oui, oui, très bien", elle tourna l'angle du couloir pour se rendre dans la véranda. Je dois mentionner que mon oncle ne voyait aucun inconvénient à ce que l'on fît marcher la radio, disant même qu'il aimait à l'entendre. Aussi Mrs Henderson ne craignait-elle pas de le déranger. Elle alluma la lampe basse qui se trouve à côté du poste – lequel est situé à l'opposé de la porte vitrée donnant dans la chambre –, puis s'installa. Et, durant les quelques secondes que met le poste de radio à "chauffer", Mrs Henderson entendit une voix de femme dans la chambre de mon oncle.

» Cela avait de quoi la surprendre. Non seulement elle savait que mon oncle n'aimait pas à recevoir dans sa chambre, mais aussi que tout le monde, ce soir-là, était sorti ou censé l'être. La première idée qui lui vint à l'esprit, me confia-t-elle le lendemain matin, fut qu'il s'agissait de Margaret, la femme de chambre. Elle connaissait la réputation de paillardise de mon oncle. Margaret est jolie fille et Mrs Henderson avait remarqué que Miles faisait parfois une exception en sa faveur et la laissait entrer dans sa chambre. (Il y tolérait aussi, par force, miss Corbett, l'infirmière, mais celle-ci n'est pas précisément jolie, ni portée au badinage !) Mrs Henderson se souvint de l'insistance que le vieux Miles avait mise à demeurer seul ce soir-là, sa mauvaise humeur quand quelqu'un frappait à sa porte, et la conclusion qu'elle tira de tout cela fut loin de lui plaire.

» Elle se leva donc aussi silencieusement que possible et s'approcha de la porte vitrée. Il y avait un léger bruit, comme si la femme parlait encore, mais la radio s'était mise à fonctionner et Mrs Henderson ne put comprendre ce qui se disait. À ce moment-là, elle découvrit un moyen de voir ce qui se passait dans la chambre. Le rideau était tiré, mais son épais velours brun offrait une encoche à gauche, vers le haut, et une autre à droite, vers le bas, suffisantes pour qu'on pût y risquer un œil. Mrs Henderson regarda d'abord à gauche, puis à droite. Seule la lampe basse était allumée dans la véranda, si bien qu'il y avait peu de chances pour qu'on pût l'apercevoir de l'autre côté... Ce qu'elle vit calma ses appréhensions quant au caractère luxurieux de la visite...

» Par l'encoche de gauche, elle ne vit rien, sinon le mur de la chambre lui faisant face. Dans ce mur – qui est le mur arrière de la maison – il y a deux fenêtres, entre lesquelles se trouve une cathèdre sculptée à haut dossier. Sur le mur, qui est recouvert de panneaux de noyer, se trouve accroché un petit portrait par Greuze que mon oncle aimait beaucoup. Mrs Henderson pouvait voir la chaise, ainsi que le tableau, mais ni oncle Miles ni la femme. C'est alors qu'elle regarda par l'encoche de droite : elle vit le lit dont le haut s'appuyait contre le mur, à sa droite, et qui se présentait à elle de côté. La chambre n'était éclairée que par la lampe voilée qui se trouve à la tête du lit. Oncle Miles était assis dans son lit, enveloppé dans sa robe de chambre, avec un livre ouvert qu'il avait retourné à plat sur ses genoux pour en garder la page. Il regardait du côté de la porte vitrée, mais non Mrs Henderson.

» En effet, lui faisant face et tournant le dos à la porte, il y avait une femme, de petite taille, que la faible clarté de la lampe silhouettait. Chose étrange, elle ne faisait pas le moindre geste, ne bougeait pas. Toutefois, Mrs Henderson était suffisamment proche pour pouvoir détailler son costume et elle me l'a décrit en ces termes : "En tous points semblable à celui du portrait de la galerie."

Elle m'expliqua qu'elle faisait allusion au portrait qui est censé être celui de la marquise de Brinvilliers.

» Ce qui me déconcerta fut que Mrs Henderson ait trouvé quelque chose de bizarre à cela. Elle savait en effet qu'Edith et Lucy s'étaient rendues ce soir-là à un bal travesti. Même si elle ignorait la nature de leurs costumes, il eût été normal qu'elle pensât immédiatement à elles. Elle reconnut, en effet, qu'elle aurait dû y penser, mais ce sur quoi je tiens à attirer votre attention, c'est que si cette scène lui a paru "bizarre", c'est à cause de l'expression de mon oncle. Elle a vu très distinctement son visage puisqu'il était assis juste audessous de la lampe... et il avait une expression terrifiée.

Il y eut une pause au cours de laquelle les quatre hommes purent entendre, par les fenêtres ouvertes, le murmure du vent dans les arbres.

— Mais enfin, Mark ! s'écria Stevens en s'efforçant de ne rien trahir de son agitation, Mrs Henderson n'a-t-elle pu donner davantage de précisions sur cette femme ? Par exemple, étaitelle blonde ou brune ?

— C'est bien là l'ennui, répondit Mark. Mrs Henderson n'a même pas pu me dire ça. Il paraît que cette femme avait sur la tête un voile qui couvrait ses cheveux et descendait dans le dos jusqu'à l'orée de son décolleté en carré.

» Toutes ces impressions, bien entendu, furent rapides et simultanées dans l'esprit de Mrs Henderson. Elle trouva aussi qu'il y avait quelque chose d'anormal en ce qui concernait le cou de cette femme. J'ai eu beaucoup de mal à lui faire préciser cette impression et ce n'est qu'au bout de plusieurs jours que Mrs Henderson me livra le fond de sa pensée : son impression est que ce cou n'était pas complètement rattaché aux épaules de la femme.

8

— Grand Dieu ! dit Henderson dont le visage devint terreux. Elle ne m'avait pas dit ça !

— Et pour cause ! lança Partington. Mark, mon vieux, pour ton bien, je devrais te flanquer un bon coup de poing à la pointe du menton, afin d'arrêter ce flot d'insanités...

— Je te comprends, Part. Moi-même, je pense que tout cela ne tient pas debout et je m'efforce de vous répéter, le plus impartialement possible, ce qui m'a été dit et suggéré, car, de toute façon, il faut tirer la chose au clair. Je continue ?

— Oui, dit Partington, c'est préférable, mais je commence à comprendre pourquoi tu n'as pas voulu nous raconter ça au début de la soirée.

— Oui, n'est-ce pas ? Mais lorsque Mrs Henderson a vu cela et même lorsqu'elle me l'a répété, ça ne nous a pas fait le même effet que maintenant. Depuis, mon esprit a travaillé et, si je me tracasse tellement à présent, c'est parce que Lucy portait une robe exactement semblable et que si la police intervient jamais dans cette affaire, elle ne verra qu'une seule conclusion à tirer...

» Bref, comme je le disais, Mrs Henderson a vu la silhouette d'une femme qui pouvait être Lucy ou Edith. Elle n'y aurait pas attaché autrement d'importance, encore une fois, si la scène ne lui avait paru "bizarre". Elle retourna donc s'asseoir près du poste de radio et écouta sa fameuse émission. Il ne lui était guère possible de révéler qu'elle avait regardé dans la chambre par un interstice, en frappant au carreau pour demander : "C'est vous, Mrs Despard ?" Pourtant, elle ne devait pas se sentir tout à fait tranquille. Aussi, quand au bout d'un quart d'heure, il y eut dans l'émission un entracte réservé à la publicité, elle s'approcha une nouvelle fois de la porte et regarda par l'encoche de droite.

» La femme habillée en marquise de Brinvilliers s'était déplacée, mais de quelques centimètres à peine en avant vers le lit et se tenait de nouveau parfaitement immobile. C'était comme si elle progressait insensiblement, à l'insu de son interlocuteur. Toutefois, elle s'était quelque peu tournée vers la droite, si bien que sa main droite était devenue visible. Cette main tenait une tasse d'argent, vraisemblablement celle que j'ai trouvée dans le placard. Mrs Henderson pense que, à ce moment-là, il n'y avait plus d'expression terrifiée sur le visage de mon oncle – ce qui la rassura – mais, en quelque sorte, plus d'expression du tout.

» À cet instant, Mrs Henderson sentit qu'elle n'allait pas pouvoir se retenir de tousser. Elle s'éloigna donc vivement de la porte vers le milieu de la véranda et toussa en faisant aussi peu de bruit que possible. Mais, quand elle revint à son poste d'observation, la femme avait disparu.

» Oncle Miles était toujours assis dans son lit, la tête appuyée contre le montant de bois. Il tenait la tasse d'argent dans la main gauche, mais son bras droit était devant ses yeux, comme pour s'empêcher de voir.

» Mrs Henderson se sentit gagnée par la panique et essaya de mieux voir, mais l'encoche était trop petite, aussi se porta-t-elle vers celle de gauche...

» Dans le mur opposé, que je vous ai décrit et qui est percé de deux fenêtres, il existait jadis une porte. Cette porte fut murée et recouverte par la boiserie, voilà deux cents ans, mais on peut encore distinguer les contours du chambranle. Cette porte se trouvait entre les deux fenêtres et donnait accès à une aile de la maison qui fut (Mark hésita)... détruite à l'époque où la porte fut murée. Afin de demeurer sur le terrain de la raison, je dirai qu'il pourrait y avoir là une porte secrète, quoique je ne voie pas très bien à quoi elle servirait, mais je n'en ai jamais découvert le fonctionnement et demeure convaincu qu'il s'agit purement et simplement d'une porte murée.

» Mrs Henderson a affirmé avec emphase qu'elle n'avait pu se tromper et était certaine de ce qu'elle avait vu, à savoir : la toile de Greuze accrochée au milieu de l'emplacement de la porte, tout ce qui se trouvait entre cette toile et le dossier de la cathèdre sur lequel elle remarqua même que les vêtements de mon oncle étaient soigneusement rangés… Mais la fameuse porte murée était ouverte et la femme qui portait le costume de la marquise de Brinvilliers l'utilisait pour s'en aller.

» La porte s'ouvrait vers l'intérieur et le Greuze suivit son mouvement de rotation. Le battant vint toucher le dossier de la cathèdre tandis que la femme quittait la chambre. Jusqu'alors, c'était l'immobilité de cette femme qui avait effrayé Mrs Henderson, mais en la voyant marcher – ou plutôt glisser – elle ne se sentit pas pour autant rassurée, bien au contraire. Je comprends assez bien son effroi. J'ai essayé de lui poser des questions concernant la porte, lui demandant, par exemple, s'il y avait une poignée ou un bouton. Ce qui aurait été important, s'il s'était agi d'une brave et honnête porte dérobée, avec juste un ressort secret quelque part. Mais Mrs Henderson ne put rien se rappeler. Quoi qu'il en soit, la porte se referma sans qu'elle eût vu le visage de la femme. Tout ce qu'elle a pu me dire, c'est que, une seconde plus tard, elle vit de nouveau le mur qu'elle avait toujours connu, comme sous l'effet d'un coup de baguette magique.

» Mrs Henderson revint s'asseoir près de la radio, mais, fait mémorable, coupa le contact avant la fin de l'émission et essaya d'ordonner ses pensées. Après un moment, elle se releva et alla frapper à la porte vitrée : "J'ai fini d'écouter la radio. Avez-vous besoin de quelque chose ?" Et oncle Miles lui répondit posément, sans la moindre colère : "Non, rien, merci. Allez vous coucher, vous devez être exténuée." Alors, prenant son courage à deux mains, elle demanda : "Qui était avec vous ? Il m'a semblé entendre des voix." Oncle Miles se mit à rire et dit : "Vous avez dû rêver, il n'y a personne ici. Allez vous coucher !" Mais Mrs Henderson eut l'impression que sa voix tremblait.

» Elle finit par avoir peur de rester un instant de plus dans la maison et se hâta de revenir ici. Vous connaissez la suite, nous découvrîmes oncle Miles agonisant à 2 h 30, la tasse d'argent dans le placard, etc. Mrs Henderson vint me trouver le lendemain matin, encore toute bouleversée, et me raconta son histoire sous le sceau du secret. Quand elle apprit quel costume portait Lucy cette nuit-là, elle ne sut plus que penser. Enfin, n'oubliez pas qu'elle ignore encore que mon oncle a été empoisonné.

» Comme je vous l'ai dit, il est possible qu'une porte secrète existe dans le mur, mais, dans ce cas, il faut qu'elle communique avec un conduit s'enfonçant dans le mur même, puisqu'elle se trouve entre deux fenêtres, l'aile à laquelle elle donnait jadis accès ayant disparu. Voici tout le problème, Part, j'ai essayé de vous le poser aussi sobrement que possible.

— C'est bien ce que ma femme m'a raconté, dit Henderson. Ah ! ce qu'elle a pu me la ressasser lorsque nous avons dû veiller Mr Miles avant l'enterrement ! Elle aurait fini par me faire voir des choses, à moi aussi !

— Ted, dit brusquement Mark, comment se fait-il que tu demeures aussi calme et impassible ? Tout le monde ici a émis des suggestions, sauf toi. Que penses-tu de tout cela ?

Stevens se ressaisit en réalisant qu'il lui fallait montrer des signes d'intérêt et hasarder des théories, ne fût-ce que pour obtenir un renseignement qu'il lui fallait avoir à l'insu des autres. Il chercha sa blague à tabac et caressa sa pipe :

— Puisque tu me le demandes, voici mon avis. Envisageons ce que Partington appellerait « les seules solutions possibles ». Pourras-tu supporter de voir accuser Lucy, comme la police ne manquerait pas de le faire ? Comprends-moi bien, je ne crois pas plus à la culpabilité de Lucy que je ne croirais à celle de... Marie, par exemple !

Ted eut un petit rire et Mark acquiesça comme si la comparaison lui ôtait un souci de l'esprit.

— Oui, oui, dresse l'accusation.

— Bon. En premier lieu, il y a l'hypothèse selon laquelle Lucy donna à ton oncle de l'arsenic dans la tasse d'argent, puis quitta la chambre en utilisant une porte dérobée, ou par quelque moyen que nous n'arrivons pas à découvrir pour l'instant. Il y a ensuite l'hypothèse selon laquelle quelqu'un, personnifiant Lucy, portait ce singulier costume parce que Lucy en portait elle-même un semblable cette nuit-là. Cette hypothèse suppose aussi que les encoches dans le rideau ne furent pas accidentelles, mais délibérément provoquées. L'assassin ayant calculé que Mrs Henderson les utiliserait pour regarder dans la chambre et verrait la silhouette d'une femme lui tournant le dos, si bien qu'elle pourrait ensuite jurer avoir vu Lucy.

— Ah ! fit Mark. Voilà qui me paraît intéressant.

— Troisième et dernière hypothèse, cette histoire est, non pas surnaturelle, car les gens regimbent devant ce qualificatif, mais disons qu'elle ressortit à la quatrième dimension.

— Vous aussi ? dit Partington en laissant retomber sa main sur la table.

— Non, simplement je suis comme Mark et estime que nous devons envisager toutes les théories possibles, quitte à les démolir ensuite. Autrement dit, ne rejetons aucun indice uniquement parce qu'il nous mène à une conclusion qu'il nous est impossible d'accepter. Aussi longtemps qu'il s'agit d'indices réels, palpables en quelque sorte, considérons-les comme parfaitement normaux et raisonnons à partir d'eux. Supposons que Mrs Henderson ait dit avoir vu Lucy – ou Edith, ou n'importe quelle femme de notre connaissance – donner au vieux Miles la tasse contenant le poison. Supposons ensuite qu'elle ait dit lui avoir vu donner la tasse par une femme morte depuis deux cents ans, et faisons à Lucy la grâce d'estimer que cette dernière théorie n'est pas plus invraisemblable que l'autre. Il faut bien le dire : si nous nous en tenons uniquement aux indices, ils pointent davantage vers le surnaturel que vers le naturel.

Partington le regarda avec une ironie sceptique :

— Nous nous lançons dans les sophismes académiques ? Bon, allez-y !

— Prenons la première théorie, dit Stevens en mordant le tuyau de sa pipe. (Si vif était son désir de se libérer de ce qu'il avait sur le cœur que, s'il n'y prenait garde, il risquait d'en dire trop et s'en rendait bien compte.) Selon cette théorie, Lucy est coupable. L'objection, c'est qu'elle a un solide alibi. Elle ne t'a pas quitté de la soirée, n'est-ce pas ?

— En quelque sorte, oui. Ou bien, si elle l'a fait, ç'a été pour se rendre avec d'autres personnes qui pourraient tout aussi bien témoigner de sa présence à leurs côtés, assura Mark avec emphase. Autrement dit, elle n'aurait pu s'absenter sans que je le sache.

— Bon. Étiez-vous masqués ?

— Oui. Cela faisait partie du jeu ; il fallait que nous laissions les autres dans l'incertitude quant à notre iden...

Mark s'interrompit et son regard devint fixe.

— Quand avez-vous retiré vos masques ?

— À minuit, selon la tradition.

— Et le poison a été administré – si tant est qu'il ait été administré – à 23 h 15, dit Stevens. Et une personne pourrait se rendre d'ici à St. David en moins de trois quarts d'heure, afin d'arriver à temps pour se démasquer. Aussi, dans un roman policier, l'enquêteur se dirait-il : « Et si la femme que son mari a vue, que les invités ont vue, n'était pas Lucy Despard ? S'il y avait deux femmes portant le même costume de la Brinvilliers et qui se seraient substituées l'une à l'autre, au moment où l'on a ôté les masques ? »

Mark demeura impassible :

— Tu m'as demandé si je pourrais supporter de voir accuser Lucy ; tu vois que oui. Mais, mon vieux, crois-tu que je ne saurais pas distinguer ma femme d'une autre femme, quand bien même elles porteraient le même travesti ? Et crois-tu que ses amis auraient pu s'y tromper ? Les loups que portaient les dames ne pouvaient abuser les intimes.

— Non, je ne le crois pas, répondit Stevens avec sincérité, mais c'était pour te montrer comme on peut se laisser emporter à formuler des théories en ne se fondant que sur les indices matériels. Par ailleurs, poursuivit Stevens, il y a encore une possibilité que nous n'avons pas envisagée...

Elle venait seulement de lui être suggérée et il se rendait compte que, en s'y prenant adroitement, elle lui permettrait de jeter de la poudre aux yeux et d'empêcher le blâme de retomber sur quiconque.

— Et c'est ?

— Qu'il peut très bien ne pas s'agir d'un crime. La femme, surnaturelle ou naturelle, peut ne rien avoir à faire dans cette histoire, et ton oncle être simplement mort comme l'a dit le médecin.

Partington se caressa le menton. Quelque chose semblait le préoccuper tandis qu'il observait Stevens. Puis il releva la tête et fronça les sourcils en souriant à demi, comme si la chose était trop ridicule pour pouvoir être exposée.

— J'aimerais bien qu'il pût en être ainsi, dit-il, et je crois qu'il en va de même pour chacun de nous, mais comment expliquer la disparition du corps ? Par ailleurs, vous n'arriverez jamais à convaincre la police que l'histoire de cette femme tenant une tasse remplie d'arsenic puisse être une simple plaisanterie ou un fantôme.

— La police n'aura pas l'occasion de s'interroger à cet égard ! repartit sèchement Mark. Continue, Ted. Seconde théorie : quelqu'un personnifiant Lucy.

— À toi de la développer, mon vieux. Qui aurait pu agir ainsi ?

— N'importe lequel d'entre nous, dit Mark en frappant sur la table, mais c'est justement ce que je ne peux avaler. Je ne trouve pas plus fou de voir Lucy dans ce rôle qu'Edith ou Margaret ! Voyons, Part, crois-tu qu'Edith pourrait être l'assassin ?

— Pourquoi pas ? Il y a dix ans qu'elle est sortie de ma vie et je peux envisager la chose objectivement. Lucy, Edith, Margaret ou même…

— Marie, dit Mark.

Stevens éprouva un certain malaise quand il rencontra le regard de Partington, bien que celui-ci parût simplement énumérer des noms au hasard.

— Oui, je ne me souvenais plus très bien du prénom, dit le docteur d'un ton léger. Du point de vue scientifique, n'importe lequel d'entre nous est capable de meurtre, et c'est à cela que je voulais en arriver.

— Eh bien, moi, dit Mark lentement comme s'il agitait en son esprit un problème différent de celui qui était en discussion, je pourrais croire plus facilement à une explication surnaturelle que voir l'un de nous dans la peau d'un assassin.

— Oui, dit Stevens, envisageons un instant la troisième solution, même si nous n'y croyons pas. Supposons que les non-morts puissent avoir quelque chose à voir dans cette histoire et raisonnons comme nous l'avons fait pour les deux précédentes théories...

— Pourquoi, demanda Mark, dis-tu les « non-morts » ?

Stevens regarda son ami. L'expression lui avait échappé, bien qu'il eût cru surveiller ses paroles, et elle n'était pas de celles que l'on emploie communément. Il se souvint du manuscrit de Cross et de *L'Affaire de la maîtresse non morte.* Était-ce une réminiscence de sa lecture ?

— Je te demande cela, dit Mark, parce que je n'ai rencontré qu'une autre personne utilisant cette expression. La plupart des gens disent « fantômes », « revenants », « spectres » ou même « vampires », mais les « *non-morts* » ! Oui, je ne connais qu'une autre personne...

— Qui ?

— L'oncle Miles, figure-toi ! C'est survenu au cours d'une conversation que j'avais avec Welden, voilà quelque deux ans.

» Tu te souviens de Welden, de l'université, oui ? Bon, eh bien, nous étions assis dans le jardin, un samedi matin, et la conversation en vint à rouler sur les fantômes. Autant que je me rappelle, Welden était en train d'énumérer les différentes catégories de spectres. Oncle Miles nous avait rejoints, l'air plus absent que jamais, et nous écoutait sans rien dire depuis quelques instants, lorsqu'il remarqua... Il y a longtemps de cela, mais je m'en suis toujours souvenu parce que cette parole m'avait surpris de la part d'oncle Miles qui ne lisait pour ainsi dire jamais. Donc mon oncle déclara : "Il y a encore une catégorie que vous avez oubliée : les non-morts." J'objectai : "Mais c'est le cas de tout ce qui est vivant, mon oncle. Welden est vivant, moi aussi, mais il ne nous viendrait pas à l'idée de nous qualifier de non-morts." Oncle Miles me regarda de son air vague en marmottant : *"Tu as peut-être tort"*, puis il s'éloigna. Welden pensa qu'il s'agissait d'une simple boutade de vieillard et changea de sujet. Tu viens de me remémorer la chose. Que signifie exactement cette expression ? Où l'as-tu pêchée ?

— Oh ! je l'ai lue dans un livre, dit négligemment Stevens, mais n'ergotons pas sur les mots. Disons fantômes, si tu le préfères. À ta connaissance, la maison n'a jamais passé pour être hantée ?

— Jamais. Bien entendu, j'ai mon opinion sur les événements qui se sont jadis déroulés ici, mais Part te dirait que c'est uniquement parce que je vois le crime partout, même dans une colique due à l'ingestion de pommes pas mûres !

— Voyons, ne m'as-tu pas dit que ta famille avait été en rapport avec la marquise de Brinvilliers ? Tu m'as parlé du portrait défiguré qui est censé être le sien et qu'Edith semblait préférer appeler « Madame de Montespan » quand Lucy en copiait le costume. Mrs Henderson elle-même paraît éviter d'en prononcer le nom. Quel rapport y a-t-il entre vous ? Cette empoisonneuse du XVIIe siècle aurait-elle assassiné un « Desprez » par hasard ?

— Non, dit Mark. Nos rapports sont beaucoup plus importants. C'est un Desprez qui l'a prise.

— Prise ?

— Oui. Mme de Brinvilliers avait fui Paris et la police qui la poursuivait, pour se réfugier dans un couvent, à Liège. Tant qu'elle séjournait au couvent, ils ne pouvaient pas la prendre. Mais l'astucieux Desprez, représentant le gouvernement français, trouva un moyen. C'était un beau gaillard et Marie de Brinvilliers – comme vous l'avez peut-être lu – n'avait jamais pu résister à la vue d'un bel homme. Desprez entra dans le couvent, déguisé en moine, rencontra la dame qui s'enflamma à sa vue. Il lui suggéra alors de sortir pour aller faire un petit tour avec lui du côté de la rivière. Elle s'empressa d'obtempérer, mais la suite fut assez différente de ce qu'elle escomptait. Desprez siffla et un garde survint. Quelques heures plus tard, Marie de Brinvilliers s'en retournait vers Paris dans une voiture fermée et sous bonne escorte. Elle fut décapitée et brûlée en 1676.

Mark fit une pause et roula une cigarette :

— C'était un citoyen vertueux ayant capturé une criminelle qui méritait la mort, mais, à mon avis, il n'en était pas moins aussi méprisable que Judas. C'est lui, ce fameux Desprez, qui, cinq ans plus tard, vint en Amérique et planta les premiers arbres de ce parc. Il mourut en 1706, et la crypte fut construite pour recevoir son cercueil.

D'une voix calme, Stevens demanda :

— Comment mourut-il ?

— De mort naturelle, pour autant qu'on sache. Le seul détail curieux, c'est qu'une femme, qui ne put jamais être identifiée par la suite, semble lui avoir rendu visite dans sa chambre avant qu'il ne meure. Cela n'éveilla aucun soupçon à l'époque et n'était, probablement, qu'une simple coïncidence.

— Et maintenant, n'est-ce pas, dit Partington goguenard, tu vas nous dire que la chambre qu'il occupait était la même que celle où est mort ton oncle ?

— Non, répondit Mark avec gravité, mais il occupait l'aile communiquant avec la chambre de mon oncle par la fameuse porte qui fut murée en 1707, après l'incendie de ladite aile.

À ce moment, il y eut un coup sec à la porte de la pièce où les quatre hommes se trouvaient réunis. Le battant pivota et livra passage à Lucy Despard.

Ils s'étaient dressés, d'un seul bloc, en entendant frapper. Lucy Despard, très pâle, semblait s'être hâtivement habillée pour le voyage.

— Ainsi donc, ils ont ouvert la crypte ! dit-elle. Ils ont ouvert la crypte !

Mark fut un moment avant de pouvoir parler. Il s'avança vers sa femme, en esquissant un geste apaisant.

— Tout va bien, ma chérie, ce n'est rien. C'est nous qui avons ouvert la crypte. Juste un…

— Mark, tu sais bien que c'est grave. Dis-moi ce qui se passe. Où est la police ?

Les quatre hommes semblèrent se figer à ces mots et l'on n'entendit plus que le tic-tac de la pendule au-dessus de la cheminée.

— La police ? dit enfin Mark. Quelle police ? De quoi veux-tu parler ?

— Nous sommes revenues aussi vite que possible, dit Lucy d'un ton d'excuse. Nous avons réussi à attraper le dernier train. Edith sera ici dans un instant... Mark, qu'est-ce que cela signifie ? Tiens, lis.

Elle sortit un télégramme de son sac à main et le tendit à Despard. Celui-ci le parcourut deux fois du regard avant d'en lire le texte à haute voix :

« Mrs Mark Despard, c/o Mrs E.R. Leverton, 31, East 64th St., New York. DÉCOUVERTE CONCERNANT MILES DESPARD. SUGGÈRE RETOUR IMMÉDIAT. Brennan, de la police de Philadelphie. »

9

— Il ne peut s'agir que d'une plaisanterie, dit Stevens. Ce télégramme est un faux. Aucun policier ne ferait montre de cette courtoisie digne d'un vieux notaire de famille. Il aurait téléphoné à New York et on vous aurait dépêché un inspecteur. Mark, il y a dans cette histoire quelque chose de louche !

— À qui le dis-tu ! opina Mark en faisant quelques pas dans la pièce. Il est certain que ça n'est pas un flic qui a envoyé ce télégramme... Voyons... il a été posté au bureau de la Western Union, dans Market Street, à 7 h 35. Cela ne nous renseigne guère...

— Mais qu'avez-vous ? s'écria Lucy. La crypte est bien ouverte... La police n'est-elle pas... (Sur quoi la jeune femme regarda par-dessus l'épaule de Mark :) Tom Partington ! s'exclama-t-elle, stupéfaite.

— Bonsoir, Lucy, dit Partington avec aisance. (Il se détacha de la cheminée et elle lui tendit machinalement la main.) Il y a longtemps que nous ne nous étions vus, n'est-ce pas ?

— Certes, Tom... Mais que faites-vous ici ? Je vous croyais en Angleterre. Vous n'avez pas changé... si, un petit peu, tout de même...

— Je ne suis là qu'en passant, expliqua-t-il. Je suis arrivé cet après-midi. J'ai pensé que, après dix ans, vous ne m'en voudriez pas de vous encombrer durant un jour ou deux...

— Bien sûr que non ! Nous sommes ra...

On entendit un bruit de pas et Edith fit son entrée.

Edith avait l'air plus posé que Lucy, mais la différence essentielle, c'est qu'avec Edith on n'était jamais très sûr de ce qu'elle pouvait penser ou de ce qu'elle allait faire. Stevens n'aimait pas à imaginer ce qu'elle serait dans une vingtaine d'années. Elle avait l'air de famille, les cheveux châtains, les yeux bleus, les façons décidées qui caractérisaient Mark et elle était fort jolie, bien que ses orbites eussent tendance à se creuser.

Dès qu'il la vit, Henderson recula au fond de la pièce, d'un air coupable ; pourtant Stevens avait souvent l'étrange impression qu'Edith était plus faible que ses airs assurés eussent pu le donner à penser. Nu-tête, elle était vêtue d'un manteau de fourrure. Quand elle vit Partington, elle s'immobilisa, mais son expression ne changea pas.

— Edith, dit vivement Lucy tout en ouvrant et fermant son sac, ils affirment que tout va bien, que le télégramme est un faux et que la police n'est pas là.

Mais Edith regardait Partington en souriant :

— Cette fois, déclara-t-elle, d'un ton plaisant, je puis dire en toute sincérité qu'une de mes prémonitions s'est vérifiée. Vous amenez le trouble avec vous, n'est-il pas vrai ? (Elle lui tendit sa main gauche, puis regarda le petit groupe :) Vous semblez tous être dans le secret, remarqua-t-elle. Eh bien, Mark, quel est-il, ce secret ? Lucy et moi avons été très inquiètes et nous avons le droit de savoir...

— C'est une plaisanterie, voyons ! Ce télégramme...

— Mark, est-ce qu'oncle Miles a été empoisonné ?

Une pause.

— Empoisonné ? Seigneur, non ! Qu'est-ce qui a pu te mettre cette idée en tête ?

Mark la regarda et il lui vint à l'esprit un mensonge assez astucieux, pour l'instant du moins. Il glissa un bras autour de la taille de Lucy et se tourna vers Edith d'un air détaché :

— Oh ! comme vous le saurez tôt ou tard, autant vous le dire à présent. Il n'y a vraiment rien de grave, pas le moindre crime... je me demande vraiment ce qui a pu te donner cette idée... Ça n'est rien qui puisse concerner la police, mais c'est déplaisant néanmoins. Il semble que quelqu'un aime à envoyer des télégrammes... et des lettres. J'ai reçu une lettre... une lettre anonyme, disant que le corps d'oncle Miles avait été enlevé de la crypte...

Se rendant compte combien ce mensonge était frêle, il se hâta de poursuivre :

— Je n'aurais pas attaché la moindre importance à cette lettre si Henderson n'avait remarqué quelques bizarreries. Nous décidâmes donc d'ouvrir la crypte et de voir ce qu'il en était. Et j'ai le regret de devoir vous dire que c'est vrai : le corps a disparu.

— Disparu ? répéta Edith. Mais comment... pourquoi... je...

Partington intervint doucement :

— Oui, c'est une sale histoire, mais pas nouvelle... bien que depuis une cinquantaine d'années on n'ait plus entendu parler de ce genre de délit. Edith, avez-vous jamais entendu raconter l'affaire Stewart ? Cela se passait en 1878. On avait volé le cadavre d'un millionnaire afin d'obtenir une rançon...

— Mais c'est horrible ! s'exclama Lucy. Voler un mort... pour une rançon.

— Mrs Stewart offrit 25 000 dollars pour le récupérer, poursuivit Partington. Dans le cas présent, les ravisseurs ont dû penser que vous consentiriez un sacrifice pour conserver au complet l'effectif de votre crypte familiale !

Lucy se détacha du bras de Mark et s'appuya sur la table :

— Enfin, j'aime mieux cela que... que l'autre chose. Oui, c'est un vrai soulagement. Edith, tu m'avais fait peur. (Elle eut un petit rire.) Bien entendu, nous allons devoir informer la police, mais...

— Nous ne ferons rien de tel, dit Mark. Penses-tu que je veuille voir le corps de notre pauvre oncle pourchassé comme un vieux renard par une meute ? Si on l'a volé, comme le suggère Part, pour obtenir une rançon, je suis prêt à la payer pour éviter les commérages. Et maintenant, ressaisissez-vous, tous autant que vous êtes, que diable !

— Je préfère vous dire tout de suite, fit Edith avec douceur, que je ne crois pas un traître mot de cette histoire.

— Vraiment ? rétorqua Mark. Tu n'as tout de même pas encore des hallucinations concernant le poison, si ?

— Venez tous à la maison, dit Edith sans répondre. (Elle se tourna vers Henderson :) Joe, il ne fait pas chaud là-bas. Voulez-vous allumer le calorifère ?

— Oui, m'ame. Tout de suite, répondit Henderson avec soumission.

— Il se fait tard, commença Stevens, et si vous voulez bien m'excuser…

— Non, trancha Edith en se tournant vivement vers lui. Il faut que vous veniez, Ted, *il le faut.* Ne comprenez-vous pas qu'il se passe quelque chose d'horrible ? Quiconque a envoyé ce télégramme est en train de jouer avec nous comme si nous étions des pions sur un échiquier. Il ne s'agit aucunement de gangsters visant une rançon. Pourquoi auraient-ils envoyé un pareil télégramme ? Non, j'avais le sentiment que quelque chose de la sorte se produirait depuis…

Elle s'interrompit et, regardant par la porte ouverte les deux lanternes qui continuaient à brûler dans l'allée, elle frissonna.

Ce fut un groupe silencieux qui remonta en direction de la maison. Stevens ne cessait de penser aux paroles d'Edith : « Quiconque a envoyé ce télégramme est en train de jouer avec nous, comme si nous étions des pions sur un échiquier... »

Ils se réunirent dans la bibliothèque et ce fut une erreur, car cette pièce leur rendait trop sensible la présence du passé. Elle était vaste, mais avec un plafond bas aux poutres apparentes et des recoins qui demeuraient dans l'ombre.

Edith s'assit près d'un guéridon supportant une lampe, avec pour arrière-plan une fenêtre aux volets clos.

— Écoute, Edith, lança Lucy d'un ton pressant, pourquoi insister de la sorte ? Je n'aime pas l'attitude que tu adoptes, non plus que ce que tu m'as dit dans le train. Ne pouvons-nous simplement oublier...

— Non, nous ne le pouvons pas, repartit Edith d'un ton bref. Dans tout le village, tu le sais aussi bien que moi, on raconte qu'il se passe ici « des choses ».

— Les racontars vont déjà bon train ? fit Mark.

— Oui, et si tu me demandes qui est à l'origine de ces rumeurs, poursuivit Edith, je te dirai que c'est Margaret. Oh ! sans aucune mauvaise intention, j'en suis sûre, mais elle aura entendu l'infirmière me parler ou parler au médecin... N'aie pas cet air surpris, Mark. Ignorais-tu que l'infirmière se montrait soupçonneuse à notre égard, et que c'est la raison pour laquelle elle barricadait sa chambre chaque fois qu'elle s'absentait ?

Mark jeta un coup d'œil gêné du côté de Partington et de Stevens :

— Par exemple ! Il semble que chacun ait eu de noirs secrets... Et pourquoi se montrait-elle soupçonneuse à notre égard ?

— Parce que quelqu'un lui avait volé Dieu sait quoi dans sa chambre.

— J'aimerais bien que tu parles de façon moins elliptique. On lui a volé quoi et quand ?

— Le samedi qui a précédé la mort d'oncle Miles, le 8, je crois, dit Edith qui ajouta, en se tournant vers Stevens : Vous vous rappelez, Ted ? Marie et vous étiez ici pour jouer au bridge, mais Mark a tout gâché en se mettant à raconter des histoires de fantômes, et chacun a renchéri sur ce sujet.

— Je m'en souviens ! dit Lucy qui essayait de dissimuler son malaise sous un air enjoué. Mark avait trop bu et c'est la raison... mais pourquoi dis-tu « gâché » ? Nous nous sommes bien amusés...

— Le lendemain matin, poursuivit Edith, miss Corbett est venue me trouver et m'a dit qu'elle pensait avoir égaré quelque chose. Il m'a semblé qu'elle me parlait avec un peu d'aigreur et je lui ai demandé pourquoi. Elle s'est faite alors plus précise et m'a demandé si quelqu'un n'avait pas pris par mégarde un flacon dans sa chambre, que le docteur avait ordonné pour oncle Miles dans certaines circonstances – elle ne spécifia pas lesquelles. Elle m'a dit qu'il s'agissait d'un petit flacon carré, ajoutant qu'il ne pouvait être utile à personne et que c'était un poison violent si on dépassait la dose médicale. Elle a conclu en disant que, si quelqu'un l'avait pris pour un flacon de sels – ce qui lui paraissait toutefois peu vraisemblable –, elle aimerait qu'on le lui restituât. Un point, c'est tout. Je ne pense pas qu'elle se soit montrée exactement soupçonneuse, mais elle pensait que quelqu'un avait fureté dans ses affaires.

Mark faillit se couper. Stevens se rendit compte qu'il était sur le point de dire : « Mais cet arsenic... »

Il se rattrapa juste à temps et regarda Partington d'un air intrigué, puis se tournant vers Lucy :

— Tu avais entendu parler de ça, Lucy ?

— Non, répondit-elle d'un air troublé, mais cela n'a rien de surprenant. Il est tout naturel qu'on en ait fait part à Edith plutôt qu'à moi... c'est l'habitude.

— Mais, sapristi, quelqu'un a dû... (Il s'interrompit.) Qu'as-tu dit à miss Corbett, Edith ?

— Je lui ai dit que j'effectuerais des recherches.

— Et tu en as fait ?

— Non...

La faiblesse, le doute et l'indécision transparurent sur le visage d'Edith.

— Non... J'ai eu... peur. Oh ! je sais que cela paraît ridicule, mais c'est la vérité. J'ai bien posé quelques questions, mais sans insister, comme s'il s'agissait d'un quelconque médicament d'oncle

Miles. Personne n'a pu établir de rapprochement. Je n'ai pas parlé de poison. *Je ne le pouvais pas !*

— C'est un bel embrouillamini, mais ce ne pouvait être... Voyons, Part, voilà qui est de ton ressort. De quelle drogue pouvait-il s'agir ?

— Cela dépend de l'opinion du médecin quant à l'évolution de la maladie, dit-il en fronçant les sourcils. Il faudrait que je connaisse son diagnostic, car il pouvait s'agir de divers médicaments ou substances... Un instant ! Dites-moi, Edith, l'infirmière a-t-elle fait part de cela au médecin ?

— Au Dr Baker ? Oui, bien sûr, c'est pourquoi je n'ai pas pensé...

— Et le Dr Baker n'a pas hésité à certifier que votre oncle était mort d'une gastro-entérite ? Autrement dit, il n'avait aucun soupçon ?

— Pas le moindre.

— Alors, déclara Partington, cessez de vous tracasser, car c'est qu'il ne pouvait s'agir d'aucune drogue susceptible de provoquer des symptômes semblables à ceux de la gastro-entérite... comme l'antimoine, par exemple. C'est évident, voyons, car, dans le cas contraire, le médecin aussi bien que l'infirmière auraient immédiatement... Non, il devait s'agir d'un sédatif, ou alors, d'un stimulant cardiaque, comme la digitaline ou la strychnine. Ces drogues, vous ne l'ignorez pas, peuvent provoquer la mort, mais avec des symptômes totalement différents de ceux manifestés par votre oncle !

— Je le sais, dit Edith d'un air malheureux en caressant le bras de son fauteuil, je n'ai cessé de me répéter tout cela... D'ailleurs, qui aurait pu faire une chose pareille ? ajouta-t-elle en s'efforçant de sourire : Miss Corbett fermait sa chambre à clef chaque fois qu'elle s'en absentait et elle a même continué de le faire, la nuit où oncle Miles est mort, après que le petit flacon eut reparu...

— Reparu ? dit vivement Mark. On a retrouvé la bouteille ? Je me doutais bien aussi que Baker n'avait pas dû laisser les choses en rester là...

— Oui, on l'a retrouvée dans la nuit du dimanche. Elle n'avait manqué que pendant vingt-quatre heures et c'est pourquoi il n'y a pas eu grand remue-ménage à ce propos. Je m'en souviens très bien, parce que Marie était justement montée nous dire bonjour, en nous annonçant que Ted et elle repartaient pour New York le lendemain matin. Je suis sortie de ma chambre vers 21 heures et j'ai rencontré miss Corbett sur le palier du premier étage. Elle m'a dit : « Vous pourrez remercier pour moi la personne qui a remis la bouteille sur la petite table, devant la porte de Mr Despard. » (Elle parlait d'oncle Miles, bien entendu.) Je lui ai dit : « Donc, tout est en ordre ? » et elle m'a répondu : « Je pense que oui. »

— Alors, déclara Mark, c'était oncle Miles qui l'avait volée.

— Oncle Miles ? répéta Edith, déconcertée.

— Bien sûr ! Dis-moi, Part, cette bouteille aurait-elle pu contenir des comprimés de *morphine* ?

— Certainement, puisque tu m'as dit que ton oncle souffrait beaucoup et ne dormait pas bien.

— Et vous souvenez-vous, s'exclama Mark en se tournant vers les autres, qu'oncle Miles réclamait toujours plus de morphine que le médecin ne voulait lui en donner quand il souffrait ? Supposez qu'il ait volé le flacon dans la chambre de l'infirmière et subtilisé quelques comprimés avant de le remettre sur la petite table du couloir ? La nuit où il est mort, n'a-t-il pas réclamé « *ces comprimés qui me calment* » et qui se trouvaient dans la salle de bains ? Supposez qu'il se soit agi des comprimés de morphine qu'il avait subtilisés et cachés dans l'armoire à pharmacie de la salle de bains afin que l'infirmière ne les découvrît pas dans la chambre de son malade.

— Non, dit Lucy, ça ne colle pas. Il n'y avait dans la salle de bains que les comprimés de Véronal, que nous y rangeons ordinairement.

— Soit, mais le reste de mon explication n'est-il pas vraisemblable ?

— Si ! dit Partington.

— Mais qu'avez-vous donc tous ? demanda Edith dont la voix se fit brusquement aiguë. Ne voyez-vous pas ce qui s'est passé ? La première des choses que vous m'avez apprises, c'est que le corps d'oncle Miles avait été volé. *Volé !* Et néanmoins, vous continuez à parler très calmement et à essayer de me mettre des œillères... Oui, oui, parfaitement ! Je sais ce que je dis. Même toi, Lucy. Et ça, je ne le supporterai pas ! Je veux savoir ce qui se passe, car je suis sûre qu'il s'agit de quelque chose d'horrible... J'en ai trop enduré au cours de ces quinze derniers jours ! Tom Partington, pourquoi êtes-vous revenu et me tourmentez-vous ? Pour que ce soit complet, il ne manque plus qu'Ogden et ses plaisanteries ! Non, non, je ne le supporterai pas !

Ses mains se mirent à trembler et Stevens remarqua que Lucy la regardait avec, semblait-il, une sympathie trop grande pour pouvoir être exprimée. Mark s'approcha de sa sœur et lui posa la main sur l'épaule.

— Allons, allons, Edith ! dit-il avec douceur. Tu as toi-même besoin d'un de ces comprimés de Véronal et d'une bonne nuit de sommeil, voilà tout. Monte avec Lucy et elle t'en donnera un. Pour le reste, laisse-nous faire. Tu sais que tu peux avoir confiance en nous, n'est-ce pas ?

— Oui, bien sûr, convint Edith après un temps. Je me rends compte que je suis ridicule de m'être laissée aller ainsi, mais ça m'a soulagée. Seulement on ne peut pas s'empêcher de penser... Oh ! je ne prétends pas être sensible aux impondérables, bien qu'une bohémienne me l'ait, jadis, affirmé, mais, Lucy, j'ai toujours senti que ça te porterait malchance de copier la robe de ce portrait pour t'en revêtir... Ce sont de ces choses qu'on sent... D'ailleurs, n'est-ce pas un fait scientifiquement établi que les changements de lune ont une influence directe sur le comportement de certains individus ?

— On le prétend, dit Partington, rêveur. Car la lune est la mère des lunatiques et leur a donné son nom.

— Vous avez toujours été matérialiste, Tom. Pourtant, il y a un fond de vérité là-dedans. Alors est-il plus surnaturel (à ce mot, Stevens eut l'impression que les visages de ses compagnons changeaient à l'unisson du sien) que l'esprit de quelqu'un puisse être affecté à distance... Tu te rappelles, Lucy, qu'il y avait pleine lune la nuit où oncle Miles est mort ? Nous l'avons admirée, et Mark et toi chantiez pendant le trajet du retour... Quand une personne commence à penser aux non-morts...

Mark intervint aussitôt comme s'il entendait cette expression pour la première fois, mais sa voix était un tantinet trop élevée :

— Les quoi ? Où as-tu pêché ce genre d'expression ?

— Oh ! je l'ai lue dans un livre... Maintenant, je vais chercher quelque chose à manger. Je suis affamée et exténuée. Viens, Lucy, nous allons préparer des sandwiches.

Lucy se leva aussitôt, en clignant de l'œil à l'intention de Mark. Quand elles furent parties, Mark fit deux fois le tour de la pièce, d'un air songeur, et, s'arrêtant devant la cheminée, se mit à rouler une cigarette. Quelque part, dans un coin sombre, on entendit tinter un radiateur tandis que Henderson devait s'agiter dans la cave, autour du calorifère.

— Nous sommes tous en train de nous cacher quelque chose, dit Mark en frottant une allumette contre le montant de la cheminée. Vous avez remarqué que la disparition du corps d'oncle Miles ne semble pas les avoir beaucoup surprises, Edith du moins... Elles n'ont pas demandé de détails, ni à pénétrer dans la crypte... Qu'est-ce qu'Edith peut avoir en tête ? La même chose que nous ? Ou est-ce simplement l'effet de la nuit ? Je voudrais bien le savoir ! Et elle a lu dans un livre... comme toi, Ted ! Les non-morts ! Je suppose qu'il s'agit du même livre ?

— C'est peu plausible, car le mien est encore à l'état de manuscrit. Il s'agit du nouveau bouquin de Cross... Gaudan Cross. Tu as certainement déjà lu quelque chose de lui ?

Mark s'immobilisa, l'allumette à la main, et ne la lâcha que lorsqu'elle fut sur le point de lui brûler les doigts. Ses yeux ne quittaient pas Stevens.

— Épelle ce nom..., demanda-t-il. (Puis quand ce fut fait :) Voilà qui prouve où l'on peut en venir quand on laisse libre cours à son imagination ! J'ai lu ce nom des douzaines de fois et il ne m'était jamais venu à l'idée auparavant – quand j'étais en pleine possession de mon bon sens – de lui trouver une ressemblance avec Gaudin Sainte-Croix.

— Et alors ?

— Ne vois-tu pas ? Quand on en est arrivé au point où j'en suis, il n'y a plus qu'à laisser vagabonder la folle du logis. Tu prends Gaudan Cross, probablement un vieux type inoffensif qui écrit de bons bouquins, et il te suffit de regarder ce nom pour pouvoir reconstituer tout un cycle concernant les non-morts, le retour des égorgeurs et de l'égorgé... Gaudan Cross... Gaudin Sainte-Croix, pour le cas où cela vous intéresserait, était le célèbre amant de Marie d'Aubray, marquise de Brinvilliers, et c'est lui qui l'initia aux secrets des poisons. Il mourut avant elle, dans son laboratoire, en distillant ses philtres, sans quoi il eût été roué vif ou envoyé au bûcher par le tribunal qui avait été institué pour s'occuper des affaires d'empoisonnement et que l'on appelait la Chambre ardente. C'est à la suite de la mort de Sainte-Croix que l'on découvrit dans certaine boîte en bois de teck des indices qui amenèrent à soupçonner Mme de Brinvilliers. Elle en était venue à se lasser de son amant et à le haïr, mais cela n'a rien à voir ici… Quoi qu'il en soit, Sainte-Croix mourut… Dumas prétend qu'il était en train d'essayer de préparer un gaz empoisonné lorsque son masque de verre se détacha et qu'il fut tué par ses propres artifices ; après quoi on donna la chasse à madame la marquise.

— J'en ai assez pour cette nuit, dit Stevens. Si vous n'y voyez pas d'inconvénient, je vais rentrer chez moi et nous pourrons murer la tombe demain matin.

— Il fait une belle nuit, dit Partington en le regardant. Je vais vous raccompagner jusqu'à la grille.

10

Ils descendirent en silence l'allée qui serpentait sous les grands arbres noirs. Mark était parti rejoindre Henderson, afin de mettre avec lui, au-dessus de la crypte, la bâche que l'on utilisait d'ordinaire pour le court de tennis. Stevens, se demandant ce que Partington pouvait avoir en tête, passa à l'attaque :

— Avez-vous une idée concernant la disparition et la réapparition du flacon en dehors de ce que vous avez dit aux femmes ?

— Eh ! fit Partington, comme s'arrachant à sa songerie. Ma foi, comme vous le savez, j'aime à mettre les choses bien au net. Or, jusqu'à ce que nous voyions cette infirmière, nous ne saurons même pas si le contenu de ce flacon était solide ou liquide, ce qui est le point le plus important.

» Deux hypothèses sont à envisager : la première, c'est qu'il s'agit d'un stimulant cardiaque, strychnine ou digitaline. Si c'est le cas, eh bien, très franchement, c'est grave, car cela peut signifier que l'empoisonneur – s'il s'agit d'un empoisonneur – n'a pas fini son œuvre.

— Oui, dit Stevens, c'est bien ce que j'ai pensé, moi aussi.

— Mais je puis vous dire, coupa sèchement Partington, que cela ne me paraît guère possible. Si un produit aussi dangereux avait été volé, le médecin n'aurait eu de cesse avant qu'on l'eût retrouvé. Or, ni lui ni l'infirmière ne semblent avoir manifesté beaucoup d'inquiétude, tout au plus quelque irritation. Vous me suivez ? Par un raisonnement semblable, on peut affirmer qu'il ne s'agit pas non plus d'un poison irritant, comme l'antimoine par exemple, sans quoi, je vous en fiche mon billet, le médecin n'aurait jamais certifié que le vieux Miles était mort de mort naturelle.

» Non, la seconde hypothèse est la plus plausible et c'est celle de Mark, selon laquelle quelques comprimés de morphine ont été volés.

— Par Miles ?

Partington fronça les sourcils. Ce point semblait l'embarrasser plus que tout autre.

— Oui, c'est bien possible et c'est l'explication la plus simple... Or, nous recherchons les explications simples, n'est-ce pas ? remarqua Partington, et son visage, à la clarté des étoiles, prit une expression étrange. Toutefois, il y a quelques détails qui contredisent cette hypothèse. Le retour du flacon, notamment. Nous savons que la chambre de Miles était contiguë à celle de l'infirmière, et il est probable qu'elle ne verrouillait pas la porte de communication avec la chambre de son malade, comme celle qui donnait sur le couloir. Aussi, en admettant que Miles ait volé le flacon et désiré le restituer, pourquoi n'est-il pas allé tout simplement le replacer dans la chambre de l'infirmière, au lieu de le poser sur la petite table du couloir ?

— La réponse est facile, dit Stevens. Parce que l'infirmière aurait su immédiatement qui avait pris la bouteille, car il eût été le seul à avoir pu pénétrer dans sa chambre !

Partington s'arrêta et jura à mi-voix :

— Je me fais vieux, ma parole ! dit-il. Vous avez raison, c'est évident. D'ailleurs, je me demande si l'infirmière n'aurait pas également fermé à clef la porte de communication, car il n'y avait aucune raison pour qu'elle ne soupçonne pas aussi son malade.

— Et où cela nous mène-t-il, par conséquent ?

— Au mobile ! insista Partington, avec entêtement. La raison pour laquelle la morphine a été volée, par Miles ou par quelqu'un d'autre. Si c'est Miles, le mobile est évident. Mais s'il s'agit de quelqu'un d'autre ? À quoi pouvait-il la destiner ?

» Pas à un autre crime, en tout cas ! On n'a pas dû voler plus de deux ou trois comprimés, sans quoi le médecin ou l'infirmière auraient fait du raffut. Or, les comprimés sont de 20 mg et il faut 120 à 200 mg pour mettre la vie d'un homme en danger, 250 mg pour être sûr de son affaire. Nous pouvons rejeter également l'hypothèse selon laquelle il y aurait un morphinomane dans la maison, car, dans ce cas, vous pouvez être sûr que le flacon n'aurait jamais reparu. Quelqu'un souffrait-il simplement d'insomnie ? Possible, mais alors, pourquoi utiliser un remède aussi violent alors qu'il y avait des comprimés de Véronal dans la salle de bains ? D'ailleurs, en ce cas, il n'y aurait pas eu lieu de faire tant de mystère et de voler la morphine. Puisque aucune de ces hypothèses ne paraît raisonnable, pour quelle raison a-t-on volé la morphine ?

— Mmm ?

— Eh bien, supposez que vous ayez à accomplir certain travail nocturne et que vous redoutiez d'être vu ou entendu pendant que vous le faites ? Si vous administrez 20 mg de morphine à l'éventuel importun, vous ne courrez aucun risque d'être dérangé, n'est-ce pas ?

De nouveau, Partington s'immobilisa, les yeux fixés sur Stevens, et ce dernier se prépara à ce qu'il sentait venir, car il revoyait cette nuit où Miles Despard était mort, cette nuit où Marie et lui se trouvaient au cottage, à trois cents mètres de là, cette nuit où il s'était senti tomber de sommeil dès 10 h 30…

Mais Partington dit simplement :

— Vous comprenez, je songeais à notre problème le plus important : l'ouverture de la crypte et la disparition du corps. Si Mr et Mrs Henderson avaient été drogués avec de la morphine, croyez-vous qu'ils auraient entendu quoi que ce soit ?

— Mais, bon Dieu, c'est vrai ! s'exclama Stevens avec la violence du soulagement. Cependant…, ajouta-t-il avec hésitation.

— Vous voulez dire que les autres, dans la maison, auraient pu entendre le vacarme ? Et aussi que Henderson jure qu'on n'a pas touché à l'entrée de la crypte ? Soit, je veux bien croire à sa sincérité. Mais s'il est vrai que nous avons fait beaucoup de bruit et de dégâts, souvenez-vous que nous nous sommes servis de leviers et de marteaux de forgeron. Or, j'imagine que vous vous remémorez ce dallage ? Il s'agit de dalles de toutes formes, assemblées par du mortier coulé dans les crevasses les séparant, un peu comme les pièces d'un puzzle. Il n'y a pas de ciment dessus. Alors, n'était-il pas possible d'ôter tout bonnement le ciment sur le pourtour et de soulever l'ensemble des dalles, à la façon d'un couvercle, comme on l'a fait pour la dalle qui ferme l'entrée de la crypte ? De la sorte, il n'y aurait eu à remettre du ciment que sur le pourtour, et la supercherie aurait fort bien pu échapper à Henderson. La couche de gravier et de terre qu'il fallait enlever et remettre aurait certainement laissé des traces... mais n'oubliez pas qu'il en subsistait depuis l'enterrement et qu'on pouvait fort bien les confondre.

Tout comme Partington, Stevens ne demandait qu'à se convaincre de cette possibilité, mais il avait une autre préoccupation en tête, beaucoup plus personnelle, et il n'arrivait pas à réfléchir de façon cohérente.

Ils étaient arrivés aux grilles du parc. King's Avenue, sous la clarté espacée des réverbères, luisait comme un fleuve sombre.

— Excusez-moi de m'être ainsi laissé aller à parler, dit Partington, mais, au point où nous en sommes, nous avons besoin de croire à quelque chose de ce genre. Edith m'a traité de matérialiste, et je ne vois aucune raison d'en rougir. Elle a toujours cru que, si j'avais pratiqué cet avortement, c'était parce que cette fille, qui travaillait chez moi, était enceinte de mes œuvres. Qui se montrait alors matérialiste, voulez-vous me le dire ?

Avant de quitter la maison, Partington avait encore bu un verre et ce dernier semblait lui avoir délié la langue.

— Vous pouvez être assuré que j'ai mis le doigt sur la bonne explication, en ce qui concerne la crypte. À moins, bien entendu, qu'il n'y ait eu quelque machination de la part de l'entrepreneur de pompes funèbres.

— L'entrepreneur de pompes funèbres ? Vous voulez parler de J. Atkinson ?

Il vit le médecin hausser les sourcils :

— Le vieux Jonah ? Oui, vous devez le connaître. Ah ! c'est un type peu banal ! Il a enterré plusieurs générations de Despard et il est maintenant très âgé. C'est parce qu'il s'agissait d'Atkinson que notre ami Henderson était si sûr qu'il ne pouvait y avoir eu aucun tour de passe-passe de la part des croque-morts. Mark m'a montré la boutique, en venant ici ce soir. Il m'a dit que le fils du vieux Jonah avait pris en charge la partie active de l'affaire. Le vieux Jonah voyait souvent le père de Mark qui avait l'habitude de lui demander, sans doute à la suite de quelque plaisanterie, s'il était toujours dans son « salon de thé » ou dans son « coin [1] ». J'ignore ce qu'il entendait par là. Peut-être... Oh ! bonne nuit.

Stevens, convaincu que son compagnon n'avait plus les idées très nettes, lui avait souhaité une bonne nuit et s'était éloigné rapidement. Mais il désirait surtout être seul et il ralentit sa marche quand il entendit le pas de Partington remonter l'allée.

Il se sentait l'esprit confus et il était en proie à une terrible perplexité. Il aurait aimé que quelqu'un pût être là, à lui poser des questions précises, afin qu'il tente d'ordonner ses pensées. Par exemple : penses-tu qu'il y ait quelque chose d'anormal concernant Marie ? Mais qu'entendre par là ? C'était à cet endroit que Stevens éprouvait une répugnance presque physique, comme on recule d'instinct devant le feu, et son esprit se fermait. Il ne pouvait répondre aux questions, parce qu'il se refusait à les formuler. Elles étaient trop fantastiques. Et, d'ailleurs, qu'y avait-il pour les étayer ? Tout se centrait sur une photographie, une similitude de noms, une étonnante ressemblance... et aussi le fait que la photographie avait disparu. Mais c'était tout.

Stevens s'immobilisa devant son cottage. Il n'y avait de lumière nulle part, sauf une clarté rougeâtre qui filtrait par la fenêtre du living-room. De toute évidence, Marie avait dû allumer du feu

---

1. Allusion au personnage de la baronne Orczy *The old man in the corner*, héros d'une série de nouvelles où il éclaircit des mystères, tout en s'ingéniant à faire et défaire des nœuds sur une cordelette. *(N.d.T.)*

dans la cheminée. Et c'était étrange, parce qu'elle craignait d'ordinaire les flammes.

Il en éprouva un soudain sentiment d'angoisse.

La porte d'entrée était demeurée simplement fermée au loquet. Il la poussa et entra dans le hall qu'éclairait seulement le reflet du feu allumé dans le living-room, à droite. Il n'y avait aucun bruit, sauf le crépitement du bois sous la morsure des flammes. Ce devait être du bois vert.

— Marie ! appela-t-il.

Rien ne répondit. Avec un sentiment de malaise, Stevens entra dans le living-room. Sans aucun doute, le feu avait été alimenté avec du bois vert. Il se mourait presque sous une fumée grasse et jaunâtre dans les spires de laquelle ne subsistaient que des flammes courtes et vacillantes. On entendait le bois siffler et craquer. À cette clarté fuligineuse, la pièce semblait différente, mais on y voyait cependant assez pour que Stevens pût distinguer près de la cheminée un tabouret supportant une assiette garnie de sandwiches, une bouteille Thermos et une tasse.

— Marie !

Quand il revint dans le hall, il lui sembla que son pas était si lourd qu'il faisait craquer le parquet. Il passa près de la petite table du téléphone et sa main se posa automatiquement sur la serviette de cuir qui s'y trouvait encore. Le rabat était ouvert et le manuscrit à demi sorti, comme s'il avait été hâtivement pris et replacé.

— Marie !

L'escalier gémit quand il se mit à le gravir. Une lampe de chevet brûlait dans leur chambre, à l'arrière de la maison, mais la pièce était déserte et le couvre-lit n'avait pas été dérangé. Sur la cheminée, une pendulette égrenait fébrilement le temps. Elle marquait 3 h 5.

C'est alors que Stevens vit l'enveloppe posée sur le bureau.

Ted chéri,

Il fallait que je m'absente cette nuit. Notre tranquillité d'esprit en dépendait.

Je serai de retour demain matin et te supplie de ne pas te tracasser, mais c'est horriblement difficile à expliquer. Quoi que tu puisses penser, ÇA N'EST PAS CE QUE TU PENSES.

Je t'aime,

MARIE

P.-S. Je prends la voiture. Je t'ai préparé des sandwiches et du café dans la bouteille Thermos. Tu trouveras le tout dans le living-room. Ellen sera là demain matin, pour ton petit déjeuner.

Il plia la lettre et la reposa sur le bureau. Soudain très las, il se laissa tomber sur le bord du lit. Quand il se releva, il descendit au rez-de-chaussée, allumant toutes les lampes sur son passage.

En examinant la serviette, il découvrit ce qu'il s'attendait à trouver. Le manuscrit de Cross comportait originellement douze chapitres. Il n'en comptait plus désormais que onze.

Celui concernant Marie d'Aubray, guillotinée pour meurtre en 1861, avait disparu.

TROISIÈME PARTIE

ARGUMENT

« Lawrence, se trouvant un jour dans la chambre à coucher, prit un petit masque recouvert de velours noir et, le mettant par amusement, alla pour se regarder dans la glace. Il n'eut pas le temps de le faire, car, depuis son lit, le vieux Baxter lui cria : "Posez ça, fou que vous êtes ! Voulez-vous donc regarder par les yeux d'un mort ?" »

Montague R. JAMES, *A View from a Hill.*

11

À 7 h 30, le lendemain matin, Stevens, rafraîchi par une douche et ayant changé de vêtements, descendait l'escalier lorsqu'il entendit le heurtoir résonner de façon hésitante.

Il s'immobilisa, la main sur la rampe, se sentant soudain la langue liée et répugnant à répondre. Si c'était Marie, il ne savait que lui dire en dépit des admonestations qu'il avait retournées en son esprit durant la nuit. Les lampes du rez-de-chaussée étaient encore allumées et le living-room était empli de fumée refroidie. Le hall lui-même sembla différent à Stevens.

Le seul bruit réconfortant était le doux sifflement de la cafetière électrique que Stevens avait branchée dans la salle à manger. Il alla retirer la prise de courant et l'arôme du café le réconforta.

Après quoi il s'en fut répondre à la porte d'entrée.

— Je vous demande pardon, dit une voix qu'il ne connaissait pas. Je me demandais…

Stevens se trouvait en présence d'une femme au visage résolu, vêtue d'un long manteau bleu. Bien qu'elle fût hésitante, on devinait en elle une irritation latente. Sous le rebord du petit feutre bleu, le visage n'était pas beau, mais néanmoins d'une intelligence attirante. Il parut vaguement familier à Ted.

— J'ignore si vous vous souvenez de moi, Mr Stevens, mais je vous ai vu plusieurs fois à Despard Park. J'ai remarqué que l'électricité était allumée, aussi je... Je suis Myra Corbett et j'ai soigné Mr Miles Despard.

— Oh ! oui, oui... bien sûr ! Entrez donc.

— Voyez-vous, dit-elle en tirant machinalement sur le bord de son chapeau tout en regardant du côté de Despard Park, il semble que quelque chose n'aille pas là-bas... La nuit dernière, quelqu'un m'a envoyé un message me demandant de venir précipitamment...

De nouveau, elle hésita, et Stevens pensa : « Encore un de ces satanés télégrammes ! »

— ... mais j'étais auprès d'un malade et je ne l'ai lu qu'il y a une heure à peine, en rentrant chez moi. Alors, pour différentes raisons (son irritation parut s'accentuer), je me suis dit qu'il me fallait aller sur-le-champ à Despard Park. Mais j'ai eu beau frapper à coups redoublés, personne ne m'a répondu. Je n'arrive pas à imaginer ce qui peut se passer... Aussi, quand j'ai vu de la lumière chez vous, j'ai pensé que vous ne verriez peut-être pas d'inconvénient à ce que j'entre m'asseoir, pour attendre un moment...

— Certainement pas. Entrez donc...

Il s'attarda sur le seuil, regardant la route. Dans la brume matinale, une automobile gravissait la colline, phares allumés. La voiture ralentit et s'arrêta.

— Hé-ho ! Hé-ho ! Hé-ho ! claironna une voix qui ne pouvait être que celle d'Ogden Despard.

Une portière claqua et la haute silhouette d'Ogden s'avança vers Stevens. Il portait un pardessus en poil de chameau, duquel émergeait son pantalon de smoking. Ogden était un de ces garçons comme on en rencontre dans nombre de familles et qui ne ressemblent pas à leurs frères. Il avait des cheveux d'un noir de jais, des joues un peu creuses et un menton bleuâtre. Ce matin-là, il avait grand besoin de se raser, mais ses cheveux étaient soigneusement lissés. Ses yeux noirs allèrent de Stevens à l'infirmière. Bien qu'il n'eût que 25 ans, il paraissait plus âgé que Mark.

— Bonjour ! dit-il en enfonçant les mains dans ses poches. Le retour du débauché ! Mais qu'est ceci ? Un rendez-vous galant ?

Ogden était coutumier de ce genre de plaisanteries. Stevens, ne se sentant pas d'humeur à lui répondre, introduisit miss Corbett dans le hall et Ogden les suivit en refermant la porte.

— La maison n'est pas très en ordre, dit Stevens à l'infirmière, car j'ai travaillé une grande partie de la nuit. Mais je viens de faire du café. En voulez-vous une tasse ?

— Avec grand plaisir, dit miss Corbett qui se prit à frissonner.

— Du café ! fit Ogden avec une moue. Est-ce là façon d'accueillir un joyeux drille rentrant d'une nuit de fête ?

— Le whisky est à sa place habituelle. Servez-vous.

Stevens vit que l'infirmière et Ogden se regardaient avec curiosité, mais ni l'un ni l'autre ne parlèrent et l'on sentit croître une soudaine tension. Le visage impassible, miss Corbett entra dans le living-room. Stevens emporta la cafetière dans la cuisine et se mit à fourrager parmi les tasses. Ogden l'y rejoignit, avec un verre à demi rempli de whisky. Tout en fredonnant, il ouvrit la porte du réfrigérateur, en quête de *ginger ale*, puis dit sur le ton de la conversation :

— Ainsi donc, notre chère Myra a également reçu un télégramme de la police, lui demandant de venir ici. Tout comme moi.

Stevens ne dit rien.

— J'ai reçu le mien la nuit dernière, poursuivit Ogden, mais je m'amusais bien et n'avais nulle envie d'interrompre ma beuverie. Je n'en suis pas moins aise que les flics soient enfin sur place. Cela confirme ce que chacun soupçonnait déjà.

Il prit un cube de glace et le laissa tomber dans son verre :

— Au fait, je vois que vous avez passé votre nuit à aider Mark à ouvrir la crypte.

— Qu'est-ce qui vous le donne à penser ?

— Je ne suis pas un imbécile.

— Loin de là ! Mais j'aime autant vous dire tout de suite que, dans mon humeur présente, je vous casserais volontiers la figure... vous ou n'importe qui m'en fournissant le prétexte... Alors, vous feriez mieux de me passer la crème qui se trouve dans le réfrigérateur.

Ogden se mit à rire :

— Je m'excuse, mon vieux, mais je ne vois pas pourquoi vous êtes si irritable. Je me suis tout bonnement fié à mon flair de détective. Il y avait derrière votre bureau, où vous rangez le whisky, deux des cigarettes roulées qu'affectionne Mark et j'ai vu également un croquis du dallage qui dissimule la crypte évidemment dû à la main de Mark. Oh ! rien ne m'échappe. Or, je me doutais que Mark préméditait quelque chose de ce genre et que c'était la raison pour laquelle il désirait nous voir tous absents de la maison, la nuit dernière.

Son visage prit une expression malicieuse :

— Qu'a dit la police quand elle vous a découverts en train de démolir ce dallage ?

— La police n'est pas venue.

— Quoi ?

— Et qui plus est, il semble de toute évidence que ces télégrammes n'émanent pas d'elle.

Mordillant sa lèvre inférieure, Ogden le regarda vivement, puis battit des paupières.

— Oui... c'est bien ce qu'il me semblait aussi, mais... Écoutez, Ted, vous pouvez me le dire, puisque, aussi bien, je l'apprendrai en arrivant à la maison. Il y avait trois personnes dans votre bureau, puisque j'y ai vu trois verres. Quelle était la troisième ?

— Un certain Dr Partington.

— Diable ! fit Ogden. (Son regard devint pensif.) Alors, c'est qu'il se prépare un coup de Trafalgar ! Le défroqué ! Et moi qui le croyais en Angleterre ! Si jamais il découvre... Oh ! je comprends tout, maintenant. Mark avait besoin de lui pour charcuter le cher vieux Miles... Alors, dites-moi, qu'avez-vous découvert ?

— Rien.

— Eh ?

— Littéralement rien. Le corps ne se trouvait pas dans la crypte.

Le visage d'Ogden refléta un évident scepticisme et Stevens pensa qu'il n'avait jamais autant détesté ce visage.

— Vous voulez dire que vous avez trouvé le pauvre vieil oncle Miles plein de poison et que vous avez caché son cadavre, pour que personne ne l'apprenne jamais. Je connais l'opinion de Mark concernant la police. Voulez-vous la mienne ?

— Non. Je vous ai juste dit ce qui s'était passé. Voulez-vous me tenir la porte pendant que j'emporte ces tasses ?

Ogden, l'esprit ailleurs, obéit machinalement. Puis, regardant fixement son hôte, il s'enquit :

— Au fait, où est Marie ?

— Elle... elle est encore au lit.

— Curieux !

Stevens savait qu'il n'y avait probablement rien derrière cette remarque et qu'Ogden disait cela pour demeurer fidèle à son habitude de chercher à embarrasser les gens. Néanmoins, le mot porta.

Ogden suivit Stevens dans le living-room et salua miss Corbett en levant son verre :

— Je désirais vous parler, ma chère, mais j'avais besoin, d'abord, d'un réconfort liquide. À votre santé !

Miss Corbett, assise les mains sur les genoux, ne parut guère impressionnée par cette désinvolture.

— Au sujet de ces télégrammes, quel est votre avis ? demanda Ogden.

— Qu'est-ce qui vous donne à penser que j'ai reçu un télégramme ? s'enquit l'infirmière.

— Me faut-il donc tout vous expliquer ? Soit. C'est parce que j'en ai moi-même reçu un la nuit dernière. Mais j'allais de boîte en boîte, en pleine tournée des grands-ducs…

— Dans ce cas, observa miss Corbett, pratique, comment le télégramme a-t-il pu vous joindre ?

Les yeux d'Ogden s'étrécirent et il parut sur le point de riposter par un sarcasme, mais il dut se rendre compte que ce serait en pure perte et préféra s'abstenir.

— Vous aimeriez me prendre en défaut, hein ? Eh bien, il se trouve tout simplement que je suis passé au Haverford Club et que le télégramme m'y attendait. Allons, pourquoi tourner autour du pot ? Vous pouvez parler devant Ted Stevens, il est au courant de tout. Je crois que c'est une bonne chose que vous ayez été appelée ici, car votre témoignage pourrait se révéler important, sait-on jamais…

— Mon témoignage concernant quoi ?

— L'empoisonnement d'oncle Miles, bien entendu.

— Rien ne vous permet une telle affirmation ! s'écria l'infirmière tandis qu'un peu de café se renversait dans la soucoupe. Si vous avez quoi que ce soit à dire, voyez le Dr Baker ! Il n'y a aucune raison de penser... (Elle s'interrompit, puis reprit :) Je reconnais que je me suis tracassée, non pas pour une raison de cet ordre, mais parce que j'étais absente la nuit où cela s'est produit et que...

— ... et que, poursuivit posément Ogden, vous aviez si soigneusement barricadé votre chambre que personne n'aurait pu avoir accès aux remèdes s'il avait eu une attaque. En un sens, vous pourriez être tenue pour responsable et, quand ce détail sera connu, je ne pense pas que cela vous fasse une bonne réputation.

Les deux hommes se rendaient compte que c'était bien cela qui préoccupait miss Corbett, et Ogden continua :

— Oh ! je reconnais que vous aviez raison de procéder ainsi. Oncle Miles semblait pratiquement rétabli et l'on venait juste de dérober un poison mortel dans votre chambre. Vous avez sans doute bien agi en voulant empêcher que ce fait puisse se reproduire, mais, enfin, comment cela n'a-t-il pas éveillé vos soupçons ? On vous vole du poison le samedi et, dans la nuit du mercredi suivant, votre malade meurt. Moi, ça m'aurait paru à tout le moins bizarre !

Ogden cherchait davantage à semer le trouble qu'à se livrer à la détection. Il s'écoutait parler avec un tel plaisir que l'infirmière finit par en avoir conscience et reprit son impassibilité :

— Vous semblez beaucoup mieux renseigné que quiconque, dit-elle d'un ton las, vous devriez donc savoir aussi que, *si* l'on a volé quelque chose, ce quelque chose ne pouvait pas, *primo*, causer la mort de quelqu'un et, *secundo*, provoquer aucun des symptômes manifestés par Mr Despard.

— Ah ? Ce n'était donc pas de l'arsenic ? Qu'était-ce alors ?

Elle ne répondit pas.

— Par ailleurs, vous devez bien vous douter qui l'a pris...

Avec beaucoup de soin, miss Corbett reposa sa tasse vide sur la table. Stevens qui était, ce matin-là, particulièrement sensible à l'atmosphère, sentit qu'un élément nouveau intervenait dans l'interrogatoire. L'infirmière regardait autour d'elle, vers l'escalier, comme si elle attendait ou écoutait quelque chose. De toute évidence, elle eût aimé parler si Ogden n'avait pas été là.

— Je n'en ai pas la moindre idée, répondit-elle calmement.

— Vous feriez mieux de me le dire, fit Ogden d'un ton qui se voulait persuasif. Cela soulagerait votre conscience et je ne cherche...

— Cessez ce jeu, Ogden, coupa sèchement Stevens. Vous n'êtes pas de la police et, d'ailleurs, vous vous moquez comme d'une guigne de ce qui est arrivé à votre oncle...

L'autre se tourna vers lui, en souriant :

— Vous, je me demande ce que vous avez à cacher ! Je me rends très bien compte que vous n'êtes pas dans votre état habituel... Il peut s'agir de cette histoire de corps disparu... ou de tout autre chose encore. Je réserve mon jugement.

Comme l'infirmière se levait, il ajouta :

— Vous partez ? Permettez-moi de vous faire un brin de conduite jusqu'à la maison.

— Non, merci.

La tension s'accrut. Ogden continua de les observer, son même sourire sceptique sur les lèvres, puis, remerciant Stevens pour son whisky, il s'en alla. Lorsque la porte d'entrée se fut refermée sur lui, l'infirmière rejoignit Stevens dans le hall. Elle lui posa la main sur le bras et dit rapidement :

— La véritable raison pour laquelle je suis venue, c'est que je désirais vous parler. Je sais que c'est sans importance, mais j'ai néanmoins préféré vous avertir que...

La porte se rouvrit et la tête d'Ogden apparut dans l'entrebâillement :

— Excusez-moi, dit-il avec un large sourire. Ma parole, ça m'a tout l'air d'un rendez-vous galant. Toutefois, si votre femme dort au premier étage, c'est assez scabreux... Mais peut-être n'y est-elle pas ? J'ai remarqué que la voiture n'était pas au garage et j'estime préférable que vous ayez un chaperon...

— Fichez-moi le camp ! dit Stevens d'un ton froid.

— Tut, tut ! J'ai aussi remarqué que l'électricité était allumée dans votre chambre. Est-ce l'habitude quand Marie dort ?

— Fichez-moi le camp ! répéta Stevens.

Quelque chose dans le ton de Ted conseilla la prudence à Ogden. Néanmoins, quand ils se dirigèrent vers Despard Park, il les suivit dans sa voiture, roulant au ralenti. La vaste demeure était enveloppée dans un silence ouaté de brume et de fumée. Le bruit du heurtoir se répercuta dans ce silence, puis il y mourut de façon déplaisante.

— Bon Dieu ! fit brusquement Ogden en descendant de voiture. Vous ne supposez pas qu'ils soient tous...

Sous le porche, l'homme qui agitait le heurtoir se retourna à leur approche. Il tenait une serviette de cuir à la main et les regarda d'un air hésitant. Il était très correctement vêtu d'un pardessus bleu marine et coiffé d'un feutre gris. Son teint de blond le faisait paraître plus jeune qu'il ne devait l'être, car ses tempes s'argentaient.

— Est-ce que l'un de vous habite ici ? s'enquit-il. Je sais que je suis en avance, mais il semble n'y avoir personne... Je m'appelle Brennan et j'appartiens à la police.

Ogden émit un petit sifflement et Stevens eut l'impression qu'il se mettait sur la défensive :

— Je suppose qu'ils ont dû veiller tard et qu'ils dorment à poings fermés. Peu importe, j'ai une clef. Je suis Ogden Despard et j'habite ici. Qu'est-ce qui nous vaut votre visite ce matin, inspecteur ?

— Capitaine, corrigea Brennan comme si Ogden lui inspirait une soudaine antipathie. C'est votre frère que je désire voir. Si...

La porte d'entrée s'ouvrit si brusquement que la main de Brennan, posée sur le heurtoir, demeura en l'air. Partington, vêtu et rasé de si près qu'il semblait poncé, apparut sur le seuil.

— Je m'appelle Brennan, dit le capitaine en s'éclaircissant la gorge. J'appartiens à la police...

À cet instant, Stevens eut la sensation que la scène tournait au cauchemar. Le visage de Partington devint d'un gris terreux. Si sa main ne s'était pas agrippée au chambranle, ses jambes se fussent certainement dérobées sous lui.

12

— Quelque chose ne va pas ? s'enquit Brennan d'un ton très naturel en lui tendant un bras secourable.

— La police… répéta Partington avant de répondre. Non, rien. Si je vous disais ce qui ne va pas, vous ne me croiriez pas.

— Pourquoi donc ?

Partington battit des paupières et Stevens se demanda, un instant, s'il n'était pas ivre, mais il n'en était rien.

— Brennan ! fit Partington. Il me semblait bien aussi que ce nom… Dites donc, est-ce vous qui avez envoyé des télégrammes à tous ces gens, en leur demandant de venir ici ?

— Il semble que nous ne soyons pas sur la même longueur d'onde, dit le capitaine. Je n'ai expédié aucun message. Ce que je voudrais savoir, c'est qui m'en a expédié un, à moi. Je désire parler à Mr Despard, Mr Mark Despard. Le commissaire m'a envoyé le voir.

— Je ne pense pas que le docteur soit tout à fait lui-même, ce matin, capitaine Brennan, intervint Ogden avec onction. Au cas où vous m'auriez oublié, docteur Partington, je suis Ogden. J'étais au collège quand vous... nous avez quittés. Et voici, toujours au cas où vous l'auriez oublié, Ted Stevens que vous avez rencontré la nuit dernière, et miss Corbett qui a soigné oncle Miles.

— Je vois, dit Partington. Mark !

Une clarté blonde illumina le hall obscur lorsqu'une porte s'ouvrit pour livrer passage à Mark Despard. Il avait enfilé un épais chandail gris à col roulé...

— Mon cher frère, dit Ogden, il semble que nous ayons quelque ennui en perspective. Je te présente le capitaine Brennan, du bureau des homicides.

— Je n'appartiens pas au bureau des homicides, rectifia Brennan avec un soupçon d'irritation dans la voix. C'est le commissaire de police qui m'envoie. Êtes-vous Mr Mark Despard ?

— Oui. Entrez donc, je vous en prie.

Il s'effaça en ajoutant d'un ton impersonnel qui ne lui était pas habituel :

— Nous sommes un peu désorganisés ce matin. Ma sœur a passé une assez mauvaise nuit... Miss Corbett, voulez-vous monter la voir ?... En outre, la cuisinière et la femme de chambre sont absentes, si bien que nous nous efforçons de préparer seuls notre petit déjeuner. Par ici, s'il vous plaît. Ted... Partington, voulez-vous venir aussi ? Non, Ogden, pas toi.

Ogden avait peine à en croire ses oreilles :

— Qu'est-ce qui te prend, Mark ? Bien sûr que je vais entrer avec vous !

— Ogden, il y a des jours où tu es l'âme d'une réunion, mais il y a aussi des circonstances dans lesquelles ta présence ne peut être qu'une gêne. C'est le cas. Tiens-le-toi pour dit.

Il referma la porte au nez de son frère. Dans la pièce où les quatre hommes venaient d'entrer, les lampes étaient allumées, car les persiennes étaient demeurées closes. Sur un geste de Mark, Brennan s'assit dans un fauteuil en déposant son feutre et sa serviette sur le parquet près de lui. Sans son chapeau, il révélait un début de calvitie, mais son visage demeurait jeune et sa bouche était d'un dessin agréable.

Brennan parut chercher comment aborder le sujet qui l'amenait, puis, prenant la serviette, il l'ouvrit tout en disant :

— Vous savez pourquoi je suis, ici, Mr Despard, et je suppose que je puis parler en présence de vos amis. J'ai reçu cette lettre, hier matin. Je vais vous demander de la lire à haute voix. Comme vous pouvez le constater, elle m'était adressée personnellement et avait été postée à Crispen, dans la nuit de jeudi.

Mark déplia la lettre sans hâte et parut l'étudier un instant avant de lire :

Miles Despard, qui est mort à Despard Park, Crispen, le 12 avril dernier, n'est pas décédé de mort naturelle. Il a été empoisonné. Si vous en désirez la preuve, il vous suffit de vous rendre chez Joyce & Redfern, pharmaciens, 218 Walnut

Street. Le lendemain du meurtre, Mark Despard leur apporta un verre ayant contenu du lait, et une tasse d'argent ayant contenu des œufs au porto. Dans la tasse, il y avait de l'arsenic. Elle se trouve maintenant enfermée dans le tiroir du bureau de Mark Despard et il l'avait découverte dans la chambre de Miles Despard, après le meurtre. Le cadavre d'un chat ayant appartenu à la maisonnée se trouve enterré dans une plate-bande, à l'est de la maison, par les soins de Mark Despard. Ce chat avait vraisemblablement absorbé un peu de la mixture contenant l'arsenic. Mark n'a pas commis le crime, mais il essaie de le cacher.

Le crime a été perpétré par une femme. Si vous en voulez la preuve, interrogez Mrs Henderson, la cuisinière. Elle a vu dans la chambre de Miles Despard, la nuit du crime, cette femme lui tendre la même tasse d'argent. Comme elle ignore qu'il s'agit d'un meurtre, si vous agissez avec circonspection, vous pourrez apprendre pas mal de choses. Elle est actuellement chez des amis, 92 Lees Street, Frankford.

AMOR JUSTITIÆ

— J'adore la signature, dit Mark en reposant la lettre.

— L'important, Mr Despard, c'est que cette lettre dit vrai, fit Brennan. Nous avons interrogé hier Mrs Henderson et j'ai été envoyé ici par le commissaire, parce qu'il est de vos amis, pour vous aider.

— Vous êtes un drôle de flic, vous, fit Mark – et il se mit à rire.

Brennan sourit à son tour et Stevens pensa qu'il n'avait jamais assisté à une aussi brusque cessation des hostilités.

— Oui, dit Brennan, je comprends ce que vous avez pu penser en me voyant arriver ici. Vous vous attendiez peut-être à ce que je me mette à interroger les gens en les injuriant, comme un limier assoiffé de sang ? Laissez-moi vous dire qu'un policier qui procéderait ainsi ne ferait pas long feu dans le métier, surtout s'agissant de personnes ayant une once d'influence ou se trouvant être en relations amicales avec le commissaire, comme c'est votre cas. Donc, ainsi que je vous le disais, je suis ici en qualité de représentant de Mr Cartell, le commissaire.

— Cartell, répéta Mark en se redressant. Bien sûr ! Il était...

— Donc, poursuivit Brennan avec un geste large, je vous ai fait lire ceci pour que vous connaissiez la situation. Le commissaire désire que je fasse mon possible pour vous aider dans les limites de la loi. Nous sommes bien d'accord ?

Mark acquiesça tandis que Stevens pensait qu'aucune attitude n'était mieux à même de conquérir son ami. Brennan était un homme habile.

— Quand j'ai reçu cette lettre hier, je l'ai aussitôt transmise au commissaire. Il ne pensait pas qu'elle rimait à grand-chose, ni moi non plus, mais j'ai estimé néanmoins qu'il valait mieux me rendre chez Joyce & Redfern.

Il prit une feuille dactylographiée dans sa serviette :

— Et cette partie de la lettre s'est révélée exacte. Vous êtes bien allé chez eux le jeudi 13 avril, pour leur porter un verre et une tasse aux fins d'analyse. Vous leur avez dit que votre chat avait dû être empoisonné et qu'il avait touché au contenu de ces deux récipients. Vous leur avez demandé de ne rien dire si quelqu'un venait leur poser des questions. Vous êtes revenu le lendemain et le rapport a été le suivant : Rien à signaler pour le verre, mais la tasse contenait 130 mg d'arsenic. C'est bien cela, n'est-ce pas ?

Brennan savait incontestablement y faire. Il parvenait à soutirer autant de renseignements qu'il en donnait. Mine de rien, il se fit raconter par Mark toute l'histoire de la maladie et de la mort de Miles Despard, puis il établit que, s'il y avait eu empoisonnement, le poison avait dû être absorbé par le truchement de cette tasse d'argent.

Il dit ensuite comment il avait amené Mrs Henderson à témoigner. Bien qu'il demeurât vague sur ce point, Stevens devina qu'il s'était contenté d'encourager la tendance naturelle de Mrs Henderson aux commérages, après s'être présenté à elle comme un ami de Mark. Il reconnut, en effet, que Mrs Henderson ne s'était doutée de rien jusqu'à ce qu'elle eût été invitée à comparaître devant le commissaire de police. Mais alors, elle avait eu une véritable crise de nerfs, s'écriant qu'elle avait trahi la confiance des Despard et que jamais plus elle n'oserait se présenter devant eux.

Il lut la déposition de Mrs Henderson et y trouva bien tout ce qu'elle avait raconté à Mark. La seule différence, c'est que l'étrangeté de l'atmosphère était absente de ce rapport. Le texte dactylographié ne suggérait rien qui fût surnaturel ou même anormal jusqu'à ce que Brennan remarquât d'un ton de confidence :

— Mr Despard, il y a un détail bizarre. Mrs Henderson dit – ce sont ses propres mots – que « la femme est partie à travers le mur ». Elle n'a pas pu – ou n'a pas voulu – se montrer plus précise. Elle a déclaré que « le mur lui avait paru changer, puis changer encore ». Le commissaire est alors intervenu : « Je crois vous comprendre, madame. Vous voulez parler d'un passage secret, n'est-ce pas ? Ce qui était assez naturel, étant donné que votre maison est très ancienne… »

Mark était demeuré assis, les mains dans les poches. Ses yeux ne quittaient pas le détective. Son visage était aussi dénué d'expression que celui de Brennan :

— Et qu'a répondu Mrs Henderson ?

— Elle a dit : « Oui ; je crois que ce doit être ça. » Et c'est ce que je voulais vous demander. J'ai beaucoup entendu parler de passages secrets, mais je dois avouer que je n'en ai jamais vu un. Aussi ai-je été particulièrement intéressé par ce détail. Y a-t-il vraiment une porte secrète dans cette chambre, Mr Despard ?

— C'est ce que j'ai entendu dire.

— Mais est-ce vrai ? Pourriez-vous me la montrer ?

— Je regrette, capitaine. Cette porte a, jadis, existé et donnait accès à une aile, aujourd'hui détruite, mais je n'ai jamais pu trouver le ressort ou quoi que ce soit qui la faisait fonctionner.

— Bien, dit Brennan. La raison pour laquelle je vous ai demandé cela, c'est que si vous aviez pu nous démontrer que Mrs Henderson avait menti sans l'ombre d'un doute, nous n'aurions pas eu besoin de porter nos soupçons sur une autre personne qu'elle-même.

Il y eut une brève pause, puis le capitaine reprit :

— Donc, nous savons que le crime a dû se perpétrer vers 23 h 15. Nous avons vu la tasse qui a contenu le poison. Nous avons une description de la robe portée par la femme qui...

— En bref, coupa Mark, nous avons tout ce qu'il faut, sauf la preuve qu'il y ait vraiment eu un crime.

— C'est exact, convint Brennan. (Il semblait ravi que Mark eût ainsi apprécié la situation et poursuivit :) Nous avons téléphoné au Dr Baker en lui demandant s'il pensait que Mr Miles Despard ait pu être empoisonné. Il nous a répondu que nous étions fous, que c'était impossible ; il a reconnu néanmoins que les symptômes présentés par Mr Miles Despard au moment de sa mort correspondaient à ceux provoqués par un empoisonnement à l'arsenic. Bien entendu, nous avons compris son attitude. Aucun médecin de famille, s'il peut l'éviter, ne souhaite lever ce genre de lièvre. Le commissaire a ensuite cherché à vous joindre afin de savoir ce que vous aviez à dire à ce sujet. Mais il n'a pu y parvenir ni à votre bureau ni chez vous...

— En effet, dit Mark en soutenant son regard, je me trouvais à New York où j'étais allé attendre un de mes amis qui arrivait d'Angleterre... Mr Partington, ici présent.

Partington, qui était assis près de la cheminée, releva la tête, mais ne fit aucun commentaire.

— Oui, dit brièvement Brennan, c'est ce que nous avons découvert. Bon, et maintenant, examinons les faits. Une femme en travesti se trouvait dans la chambre. Nous savons, par Mrs Henderson, que votre femme, votre sœur et vous-même assistiez, cette nuit-là, à un bal costumé qui se donnait à St. David. Il semblait donc que ce devait être votre femme, car, le lendemain, Mrs Henderson a eu l'occasion de voir le costume de Mrs Despard et a reconnu qu'il était en tous points semblable à celui de la femme... Du calme ! Je vous dis simplement les faits.

» Mais hier nous n'avons pu joindre ni votre femme ni votre sœur parce qu'elles se trouvaient également à New York. Aussi le commissaire décida-t-il de vérifier tous vos faits et gestes dans la nuit du 12. Cela lui était facile, car il savait qui avait donné ce bal et connaissait bon nombre des participants. J'ai eu ainsi un rapport détaillé concernant chacun de vous, plus particulièrement au moment critique, vers 23 h 15. Je vais vous en donner la substance.

Il y eut une sorte de pause au cours de laquelle chacun découvrit qu'il faisait très chaud dans la pièce. Du coin de l'œil, Stevens avait vu la porte bouger ; quelqu'un devait écouter depuis le début. Il pensa à Ogden. Mais quand la porte acheva de s'ouvrir, il vit que c'était Lucy. Elle entra doucement et demeura debout près de la porte, les bras pendant le long du corps. Ses cheveux sombres faisaient ressortir son intense pâleur.

— Commençons par vous, Mr Despard, poursuivit Brennan sans paraître remarquer sa présence. Oui, oui, je sais bien que personne ne pourrait vous prendre pour une *petite* femme, qui plus est, en robe très décolletée, mais c'était pour le principe et nous vous avons établi un alibi solide pour toute la soirée, d'autant plus facilement que vous ne portiez pas de masque. Deux douzaines de personnes sont prêtes à jurer que vous avez été constamment présent. Et voilà pour vous.

— Ensuite, dit Mark.

— Ensuite, il y a miss Edith Despard, dit Brennan en parcourant la feuille du regard. Elle est arrivée avec vous, vers 21 h 50. Elle portait un costume blanc, avec un petit bonnet d'infirmière et un loup. Elle a dansé de 22 heures à 22 h 30, heure à laquelle la maîtresse de maison lui a parlé. Votre sœur avait déchiré son jupon de dentelle ou je ne sais quoi...

— Oui, dit Mark, elle en était encore contrariée quand nous sommes repartis.

— La maîtresse de maison lui ayant demandé si elle aimerait bridger, elle répondit par l'affirmative et, passant dans la pièce où avaient été installées les tables de bridge, ôta tout naturellement son loup. De 22 h 30 jusqu'à près de 2 heures du matin, heure à laquelle vous êtes tous repartis, elle n'a cessé de bridger, quantité de gens sont prêts à en témoigner. Donc : un alibi en béton.

Brennan s'éclaircit la gorge :

— Nous en arrivons maintenant à votre femme, Mr Despard. Elle portait une robe de soie rouge et bleu, à la jupe très ample, ornée de sortes de pierreries. Elle avait pour coiffure un voile qui lui couvrait la nuque. Elle portait aussi un loup bleu bordé de dentelle. Elle s'est mise aussitôt à danser et, vers 22 h 35 ou 40, elle a reçu une communication téléphonique...

— Une communication téléphonique ! s'exclama Mark. Dans une maison étrangère ? De qui émanait-elle donc ?

— C'est ce que nous n'avons pu établir. On s'en est souvenu parce qu'un homme habillé en crieur public – personne ne semble savoir qui il était, pas même les maîtres de maison – se mit à passer parmi les danseurs, en jouant le rôle de son costume et disant que Mrs Mark Despard était demandée au téléphone. Votre femme quitta la salle de bal et le maître d'hôtel l'aperçut dans le hall vers 22 h 45. Elle se dirigeait vers le perron et ne portait plus son loup. Le maître d'hôtel, voyant qu'elle sortait, voulut aller lui ouvrir la porte, mais elle fut dehors avant qu'il l'eût rejointe. Il se trouve que ce maître d'hôtel resta dans le hall et, environ cinq minutes plus tard, Mrs Despard revint, toujours sans son loup. Elle rentra dans la salle de bal et fut invitée à danser par un homme costumé en Tarzan. Après lui, elle eut deux autres cavaliers dont nous avons les noms. À 23 h 15, elle dansait avec quelqu'un que tout le monde remarqua, un homme de haute taille, mince comme un fil, avec une tête de mort...

— Mais oui ! dit Mark en frappant du plat de la main l'accoudoir de son fauteuil. Je m'en souviens à présent. C'était le vieux Kenyon, le juge Kenyon. J'ai pris ensuite un verre en sa compagnie...

— Oui, nous savons également cela. Quoi qu'il en soit, le fait fut remarqué parce que le maître de maison dit à quelqu'un : « Regardez, Lucy Despard qui danse avec la Mort. » Votre femme renversait la tête et soulevait légèrement son masque pour mieux voir la Mort. Comme je vous l'ai dit, il était à ce moment-là 23 h 15. Donc... alibi sans faille ! conclut Brennan en reposant sa feuille.

13

Mark Despard se sentit soulagé d'un grand poids. Il se leva et se dirigea vers Lucy en disant d'un ton théâtral :

— Permettez-moi de vous présenter celle qui a dansé avec la Mort. Le capitaine Brennan, ma femme.

Il gâta quelque peu son effet, en ajoutant :

— Pourquoi diable ne pas nous avoir dit cela en arrivant, au lieu de tergiverser au point de nous donner le sentiment d'être des criminels ?

Mais l'attention de Stevens s'était fixée sur Lucy et Brennan.

Lucy s'était immédiatement avancée avec son aisance habituelle, mais bien qu'il y eût dans son regard une étincelle amusée, elle était encore très pâle et ne semblait pas aussi soulagée qu'on aurait été en droit de s'y attendre. Stevens remarqua qu'elle jetait un rapide coup d'œil à Mark.

— Vous savez, je pense, capitaine, que j'ai entendu tout ce que vous disiez. Vous vous étiez probablement arrangé pour qu'il en fût ainsi. Mais il y a quantité de choses qui auraient déjà dû être discutées… (Elle parut sur le point de fondre en larmes.) J'ignorais que ce fût si grave et il eût été préférable que je le sache… Je ne vous en suis pas moins extrêmement reconnaissante.

— Oh ! c'est tout à fait normal, Mrs Despard, dit Brennan, non sans surprise.

Il se tenait devant elle, se balançant d'un pied sur l'autre et évitant de la regarder.

— Mais je peux vous dire que vous avez été bien inspirée de revenir peu après être sortie ce soir-là, et c'est une bonne chose que le maître d'hôtel vous ait vue revenir. Sans cela, vous vous seriez trouvée dans une situation délicate…

— Au fait, Lucy, dit Mark d'un air détaché, qui te téléphonait, et où allais-tu ?

Elle esquissa un geste vers lui, sans le regarder :

— Oh ! c'est sans importance. Je te le dirai plus tard. Mr Brennan, Mark vous a demandé, il y a un instant, pourquoi vous ne lui aviez pas dit tout cela en arrivant. Je crois en connaître la raison. J'ai entendu parler de vous. En fait on m'a, dans un certain sens, mise en garde contre vous. (Elle sourit.) Je ne voudrais pas vous offenser, mais est-ce exact que vos collègues vous ont surnommé *le Renard* ?

Brennan ne parut pas décontenancé. Il lui rendit son sourire, et sa main esquissa un petit geste détaché :

— Oh ! il ne faut pas croire tout ce que l'on dit, Mrs Despard. Mes jeunes collègues…

— … affirment que vous gardez toujours quelque atout dans votre manche. Est-ce le cas actuellement ? demanda Lucy, sans plus sourire.

— Si c'est le cas, je vais vous dire quel est cet atout, répondit-il. Puis s'interrompant net, il s'enquit : Où avez-vous entendu parler de moi ?

— Je ne saurais dire. Cela semble toutefois m'être resté présent à la mémoire. Par le commissaire, peut-être… Pourquoi ? Lorsque nous avons reçu tous ces télégrammes signés de vous, nous demandant de rentrer à la maison…

— Oui, justement. Je n'ai envoyé aucun télégramme ou message, mais quelqu'un m'en a expédié un. Je veux parler de cette lettre signée AMOR JUSTITIÆ. L'auteur est certainement au courant de tout. Qui a pu écrire cette lettre ?

— Je crois être en mesure de vous le dire, lança Mark.

Il se dirigea vivement vers un petit secrétaire dont le couvercle, en se rabattant, découvrit une machine à écrire Smith Premier, un peu poussiéreuse. Mark chercha en vain une feuille de papier et finit par prendre une vieille lettre dans sa poche, qu'il glissa dans le rouleau de la machine.

— Essayez cette machine, suggéra-t-il, et comparez la frappe avec celle de la lettre qui est en votre possession.

Brennan chaussa gravement une paire de lunettes à monture de corne et, tel un virtuose devant son piano, se mit à taper : « Paix sur la terre aux hommes de bonne volonté. » Il étudia un moment les caractères, puis déclara :

— Je ne suis pas un expert, mais l'identité des deux frappes saute aux yeux. C'est sur cette machine qu'on a tapé ma lettre. Qui, selon vous ?

— Ogden, de toute évidence, répondit Mark. Je l'ai su dès que j'ai eu la lettre entre les mains. C'est Ogden, parce qu'il est le seul dans cette maison à avoir pu l'écrire. (Il se tourna vers Stevens et Partington.) Il s'est trahi en parlant du chat. Rappelez-vous. En vous relatant les faits, la nuit dernière, je vous ai dit que, au moment où j'achevais d'enterrer l'animal, la voiture d'Ogden gravissait la colline et que j'avais craint qu'il ne m'ait vu. Eh bien, il m'avait vu, seulement il s'était bien gardé de le dire.

— Et, selon toi, il aurait également envoyé les télégrammes que nous avons reçus ? s'exclama Lucy. Mais c'est horrible, Mark ! Pourquoi aurait-il fait une chose pareille ?

— Je l'ignore, dit Mark en se laissant retomber avec lassitude dans son fauteuil. Ogden n'est pas vraiment méchant. Il n'a pas dû faire cela *intentionnellement*... je me fais mal comprendre, sans doute... D'après moi, il n'a pas pensé qu'il pût y avoir *vraiment* quelque chose... Il adore jouer des tours comme ça, pour voir comment réagiront les gens. Ogden est le genre d'homme qui, s'il donnait un dîner, inviterait deux ennemis notoires et les mettrait à table l'un à côté de l'autre. C'est plus fort que lui, il est ainsi...

— Allons donc, Mark ! coupa Lucy avec une pointe d'aigreur. Tu sembles incapable de croire que quiconque puisse mal agir. Il y a quelque chose qui ne va pas chez Ogden. Il a changé et n'a jamais été comme ça auparavant. Il semble haïr Marie Stevens. (Je m'excuse, Ted.) Peux-tu soutenir qu'il a écrit une lettre pareille – où il accuse pratiquement un membre de sa famille d'avoir commis un crime – sans penser à mal ?

— Comment le saurais-je ? Il semble évidemment s'être montré un espion de première force, le jeune gredin ! Je me demande s'il n'a pas deviné que nous allions ouvrir la cryp...

Mark s'arrêta net. Il y eut un silence presque palpable, que rompit un tapotement rythmé. Brennan avait retiré ses lunettes et en frappait le secrétaire à petits coups. Il regarda les autres et leur sourit avec affabilité :

— Continuez, continuez, Mr Despard, ne vous arrêtez pas là. Vous alliez dire « ouvrir la crypte ». J'ai joué franc jeu avec vous et j'entends que vous agissiez de même.

— *Le Renard*..., murmura Mark. Seriez-vous également au courant de cela ?

— Oui. Et c'est ce qui me préoccupe le plus. J'attends que vous me disiez ce que vous avez trouvé dans la crypte.

— Si je vous le dis, vous ne voudrez pas me croire.

— Soyez assuré du contraire. Mr Despard, je suis au courant de tous les faits et gestes de vous et vos amis, depuis que vous avez été attendre le Dr Partington, hier, au quai 57 à New York. Vous étiez filé.

— Vous êtes au courant de ce qui s'est passé cette nuit ?

— Oui. Je peux vous dire tout depuis 18 h 25 – heure à laquelle vous êtes revenu ici en compagnie du Dr Partington – jusqu'à 21 h 40, heure à laquelle vous vous êtes mis en devoir d'ouvrir la crypte dans laquelle vous avez pénétré à 23 h 45.

— Henderson ne se trompait pas quand il disait avoir l'impression que quelqu'un nous épiait ! remarqua Mark, mal à l'aise.

— À 0 h 28, poursuivit Brennan, le Dr Partington, Mr Stevens et Henderson en sont ressortis si haletants que notre homme crut que quelque chose n'allait pas et les a suivis. Mais ce n'était dû, de toute évidence, qu'à l'atmosphère confinée de la crypte. Les deux derniers sont venus ici avec le Dr Partington et en sont repartis, porteurs d'escabeaux, à 0 h 32. Le Dr Partington, lui, n'a été de retour qu'à 0 h 35. À 0 h 40, notre homme vous a entendus renverser, avec fracas, les urnes de marbre. À 0 h 55, vous avez renoncé définitivement et vous êtes rendus chez Henderson…

— Vous pouvez nous épargner ces détails, grommela Mark. Nous les connaissons. Peu importe ce que nous avons fait ; ce que j'aimerais savoir, c'est si notre « suiveur » nous a entendus parler. A-t-il pu comprendre ce que nous disions ?

— Oui, il a à peu près tout entendu, aussi bien durant que vous étiez dans la crypte sonore que lorsque vous discutiez dans le living-room de Henderson dont les fenêtres étaient ouvertes.

Et comme Mark paraissait abattu par cette affirmation, il s'empressa d'enchaîner en reprenant ses lunettes :

— Je vous ai dit tout cela simplement pour que vous compreniez pourquoi je suis venu si tôt chez vous, ce matin. À 3 heures, lorsque Burke, votre suiveur, vous a quittés, obéissant aux ordres qu'il avait reçus de ne pas intervenir, il s'est rendu directement chez moi et m'a réveillé. Je ne l'avais jamais vu aussi agité : « Capitaine, me dit-il, ils sont fous à lier ! Ils parlent de morts qui reviennent à la vie ! Ils disent que le vieux a dû sortir tout seul de son cercueil et que c'est pour cela qu'il ne s'y trouve plus ! » En apprenant cela, j'ai estimé urgent de vous rendre visite.

— Nous y voici ! fit Mark en le regardant d'un air sarcastique. Vous pensez que nous sommes une bande de toqués ?

— Pas nécessairement, non, dit Brennan en regardant le bout de son nez.

— Mais vous reconnaissez que le corps a disparu de la crypte ?

— Il le faut bien ! Burke a été particulièrement catégorique sur ce point. Il m'a dit que vous aviez envisagé toutes les hypothèses possibles. Il a dû avoir trop peur pour se hasarder seul dans la crypte après votre départ. Cependant…

Il s'interrompit et regarda sa serviette de cuir.

— Cependant quoi ? s'enquit Mark avec acidité. Depuis le début de cet entretien, vous êtes comme un prestidigitateur qui fait surgir des lapins de son chapeau. En avez-vous encore d'autres ?

— Oui, dit calmement Brennan. J'ai, par exemple, le détail de tout ce qu'ont fait les membres de cette maison, au cours de la nuit du 12 avril.

» Votre tort, Mr Despard, poursuivit-il après une pause, c'est de vous être laissé hypnotiser par Mrs Despard. Je veux dire, se hâta-t-il de rectifier, de vous être laissé hypnotiser par la possibilité de sa culpabilité ou de celle de votre sœur. Mais il y a d'autres personnes à considérer. Commençons par votre frère, Mr Ogden Despard. Mrs Henderson nous a dit hier qu'il était en ville et, par un coup de chance, nous avons réussi à découvrir ce qu'il avait fait durant la nuit du meurtre.

— Autant que je me le rappelle, dit Mark, il avait l'intention d'aller à un dîner d'anciens élèves, au Bellevue-Stratford, mais nous l'avons retenu si longtemps, en lui faisant attendre le retour de Mrs Henderson, qu'il a dû le manquer. Je me souviens parfaitement qu'il était encore ici, à 21 h 30, quand nous sommes partis pour le bal.

— Je me demande... commença Lucy – mais elle s'interrompit.

— Vous vous demandez quoi, Mrs Despard ?

— Rien, rien. Continuez.

— Ce que vous dites est exact. Mrs Henderson s'en est souvenue et nous l'a dit, ce qui a grandement facilité notre tâche. Il est arrivé au Bellevue-Stratford vers 22 h 35. Le dîner était terminé, mais le speech était en cours. On l'a vu entrer. Après cela, quelques-uns des anciens élèves, ayant des chambres dans cet hôtel, organisèrent chez eux une petite beuverie à laquelle il prit part. Il est resté avec eux jusqu'à 2 heures du matin. Résultat : là aussi, alibi à toute épreuve. J'admets que personne n'aurait pu le prendre pour la mystérieuse visiteuse de votre oncle, mais je tiens à ce que ma revue soit complète.

» Nous avons ensuite miss Myra Corbett, infirmière diplômée. (Brennan releva la tête de sur sa feuille, en souriant.) Je ne pense pas que les infirmières aient intérêt à tuer leurs malades, mais cela aussi était à vérifier. Nous l'avons interrogée et avons ensuite contrôlé ses dires.

— Vous... vous voulez dire que vous l'avez interrogée – sur... sur ce qui s'était produit durant qu'elle était ici ?

— Oui.

Lucy le regarda comme si elle flairait un piège.

— Vous avez encore une carte dans votre manche ! l'accusa-t-elle. Miss Corbett a-t-elle parlé d'un petit flacon rempli d'un produit quelconque qui avait disparu de sa chambre ?

— Oui.

— Eh bien, demanda Mark impatienté, sait-elle qui avait pris ce flacon ?

— Elle soupçonne deux personnes, répondit *le Renard*, mais nous y reviendrons. D'abord, ses faits et gestes. La nuit du 12 était sa nuit de congé. Elle est arrivée chez elle, dans Spring Garden Street, à 19 heures. Après avoir dîné, elle est allée au cinéma avec une amie, en est revenue à 22 heures et s'est couchée. Cela a été confirmé par une autre infirmière qui partage sa chambre. Un alibi de plus.

» Enfin, pour terminer, nous avons Margaret Lightner, votre femme de chambre, originaire de la Pennsylvanie hollandaise.

— Margaret ? s'écria Lucy. Même à son sujet, vous avez enquêté ? Je me souviens que je l'avais autorisée à aller à un rendez-vous que lui avait donné son amoureux.

— Oui. Nous avons retrouvé ledit amoureux ainsi qu'un autre couple ayant passé la soirée avec eux. Ils étaient en voiture et ne se sont pas quittés de 22 h 30 à minuit. Donc Margaret Lightner ne peut pas être non plus la femme qui se trouvait dans la chambre de votre oncle à 23 h 15.

— Dans ce cas, mon cher, dit Mark, vous avez éliminé tout le monde. Il ne reste personne qui ait pu faire le coup.

— Personne de la maison, non, dit calmement Brennan.

Il savoura le silence qui suivit, puis reprit :

— Quelle mine vous faites tous ! N'est-ce pas une bonne nouvelle ? Réfléchissez un peu. Votre oncle a été empoisonné par une femme. Cette femme savait que, dans la nuit du 12, vous seriez presque tous absents, que Mrs Despard se rendait à un bal masqué, et quel costume elle porterait. Elle est donc venue ici vêtue comme elle, y compris le voile sur la nuque et, sans doute aussi, un loup, sachant bien que, si on la voyait, on ne manquerait pas de la prendre pour Mrs Despard. Et c'est effectivement ce qui s'est produit.

» Toutefois, elle ne s'en est pas tenue là. Mrs Despard se rendait à un bal où elle porterait un masque, mais il n'en demeurait pas moins possible qu'elle fût reconnue et que quelqu'un pût lui fournir un alibi à toute épreuve. L'empoisonneuse téléphona donc à St. David... Nous ignorons qui a téléphoné et ce qui a été dit. Mrs Despard, par ailleurs, semble peu désireuse d'en parler.

Lucy ouvrit la bouche, rougit, hésita, se tut.

— Peu importe, dit Brennan avec douceur. Je vous parie tout ce que vous voudrez que cet appel téléphonique n'avait d'autre but que de faire sortir Mrs Despard, afin de la mettre dans l'impossibilité, ultérieurement, de prouver ce qu'elle avait fait à ce moment-là. Souvenez-vous que cette communication téléphonique est intervenue à 22 h 40... Si Mrs Despard sortait et demeurait absente trois quarts d'heure ou une heure... Vous m'avez saisi ? Mais Mrs Despard se ravisa et ne partit pas.

» Notre empoisonneuse ne craignait guère d'être vue et je vais vous dire pourquoi. Parce qu'elle est venue par un passage secret. Mais Mrs Henderson voulut écouter la radio, et l'empoisonneuse sut alors qu'elle était dans la véranda, séparée d'elle seulement par une porte vitrée et un rideau plus ou moins bien tiré. Mrs Henderson a beaucoup insisté sur le fait étrange que cette femme n'avait pas bougé et ne s'était pas retournée, durant tout le temps qu'elle était restée dans la chambre. Et c'est tout simplement parce que, si elle s'était retournée, elle aurait pu être reconnue.

» C'est à vous maintenant de vous livrer à un petit travail de réflexion. Il vous faut trouver quelqu'un de vos intimes, connaissant parfaitement la maison et sachant ce que vous deviez faire cette nuit-là. Voyez-vous qui cela peut être ?

Lucy et Mark se regardèrent.

— Mais c'est impossible ! s'exclama Lucy. Nous vivons ici très à l'écart et ne sortons guère. Ce bal masqué était une exception et nous n'avons pas d'intimes, sauf...

Elle s'arrêta.

— Sauf ? insista Brennan.

Lucy se tourna lentement vers Stevens.

14

Il avait senti venir le coup, un peu à l'aveuglette, avec des avancées et des reculs, mais n'en continuant pas moins à progresser. Et maintenant, ça y était, le sort en était jeté !

— Sauf Ted et Marie, bien entendu, dit Lucy avec un sourire mal assuré.

Stevens pouvait presque lire ce qui se passait dans l'esprit de Mark. Il se représentait visuellement Marie. Son visage reflétait l'incrédulité. Il y réfléchissait à nouveau et un sourire fleurissait sur ses lèvres…

— Ma foi, Ted, dit-il, tu m'as demandé hier soir si je pourrais supporter d'entendre accuser ma femme. Il semble que maintenant les rôles soient intervertis et que je puisse, à mon tour, te poser cette question.

— C'est juste, dit Stevens en s'efforçant de paraître naturel. J'avoue que je n'y avais pas pensé, mais je vois ce que tu veux dire.

Cependant ce n'était pas Mark qui le préoccupait. Du coin de l'œil, il continuait à observer

Brennan et il se demandait ce que pouvait dissimuler la courtoise expression de son visage. Que savait-il ? Cette scène lui donnait une étrange impression de déjà vu... Il comprit que les minutes qui allaient suivre compteraient parmi les plus critiques de sa vie, car il allait devoir se mesurer au *Renard*... Comme il faisait chaud dans cette pièce !

— Ted et Marie ? répéta Brennan avec juste l'intonation qu'escomptait Stevens. Je suppose qu'il s'agit de votre épouse et de vous, Mr Stevens ?

— Oui, parfaitement.

— Bon. D'homme à homme, auriez-vous eu, l'un ou l'autre, quelque raison d'empoisonner Miles Despard ?

— Mais non. Justement. Nous le connaissions à peine. Je ne dois pas lui avoir adressé la parole plus d'une dizaine de fois, et Marie encore bien moins. N'importe qui ici pourra le confirmer.

— Vous ne semblez pas très surpris.

— Surpris de quoi ?

— D'être accusé, dit Brennan.

— Cela dépend de ce que vous entendez par surpris. Je ne vais pas bondir en hurlant : « Qu'insinuez-vous, je vous prie ? » Je sais ce que vous recherchez et je comprends que vous envisagiez toutes les possibilités. Mais la solution n'est pas encore là.

— Je suis heureux de vous trouver si compréhensif. Je n'ai jamais eu le plaisir de rencontrer votre femme, Mr Stevens. Est-elle de la taille et de la corpulence de Mrs Despard ?... Vous disiez, Mrs Despard ?

Les yeux de Lucy brillaient étrangement et Stevens ne lui avait jamais vu une expression semblable, ce qui ne laissa pas de l'inquiéter.

— Oui, elle est à peu près de ma taille, admit-elle. Mais... Oh ! c'est absurde ! Vous ne connaissez pas Marie ! D'ailleurs...

— Merci, Lucy, dit Stevens. Ce que Mrs Despard allait dire, très probablement, est quelque chose qui, je le crains, risque de démolir votre hypothèse, capitaine. Nous nous comprenons bien, n'est-ce pas ? Vous pensez que la femme qui est venue ici avait revêtu un costume exactement semblable à celui porté par Lucy, afin qu'on pût éventuellement la prendre pour elle ?

— Oui, parfaitement.

— Bon. Et il est bien établi que cette femme ne portait pas de chapeau, rien d'autre qu'un voile, n'est-ce pas ?

— Oui, puisque le costume de Mrs Despard n'en comportait pas.

— Alors, dit Stevens, vous pouvez éliminer Marie du nombre de vos suspects. Lucy, comme vous pouvez le constater, a des cheveux que les poètes comparent à l'aile du corbeau, tandis que Marie est blonde. Par conséquent...

— Pas si vite ! dit Brennan en élevant la main. Nous avons interrogé Mrs Henderson à cet égard et elle a dit qu'elle ne pouvait se prononcer sur la couleur des cheveux de cette femme. Elle a dit qu'il ne faisait pas assez clair. Cela ne prouve donc rien.

— La lumière ne lui permettait pas de distinguer la teinte des cheveux, alors qu'elle a pu vous décrire les couleurs de la robe ? Qui plus est, la silhouette de cette femme se découpait sur la clarté de la lampe et dans cette position, voile ou pas voile, si elle était blonde, il y aurait eu comme un nimbe autour de sa tête. Pourtant, Mrs Henderson n'a rien remarqué. C'est donc qu'il s'agit d'une femme aux cheveux noirs comme Lucy, ou châtain foncé comme ceux d'Edith.

Il marqua un temps :

— Mais supposons que Marie ait voulu se faire passer pour Lucy, une blonde pour une brune ; est-il raisonnable de penser que, après avoir revêtu un travesti, s'être masquée d'un loup, elle se fût contentée de porter un simple voile sur une chevelure qui pouvait difficilement passer pour noire ?

— Fin du premier round ! lança Mark. Il vous tient, capitaine ! Je pensais t'assister comme *amicus curiae*, Ted, mais cela ne me paraît pas nécessaire. Je vous préviens, capitaine, que ce garçon rendrait des points aux jésuites !

— Cela me paraît assez vrai, en un sens, admit Brennan, quoique nous nous soyons quelque peu écartés de l'essentiel. Revenons-y, voulez-vous ? Où étiez-vous, votre femme et vous, pendant la nuit du 12 ?

— Ici même, à Crispen, je l'admets.

— Pourquoi dites-vous : *je l'admets* ?

— Parce que c'était plutôt inhabituel. Nous ne venons guère ici que pour les week-ends, et le 12 était un mercredi. J'avais eu des affaires à régler à Philadelphie.

— Mrs Stevens savait-elle que vous alliez à ce bal travesti, demanda Brennan en se tournant vers Lucy, et quel costume vous deviez y porter ?

— Oui. Marie est venue dans l'après-midi nous informer qu'ils passeraient la nuit au cottage et nous demander ce que nous avions l'intention de faire dans la soirée. Je lui ai montré la robe que j'étais en train d'achever. Je l'ai confectionnée moi-même d'après un tableau qui se trouve dans la galerie.

— Puis-je vous demander quelque chose, Lucy ? intervint Stevens. Est-ce mercredi après-midi que Marie a entendu parler pour la première fois de cette robe ?

— Oui. Je ne me suis décidée à la confectionner que le lundi seulement.

— Quelqu'un aurait-il pu se procurer une robe identique chez un costumier, un couturier ou je ne sais qui ?

— Certainement pas ! rétorqua Lucy d'un ton un peu acerbe. C'était trop spécial et trop compliqué. Je vous ai dit que j'en avais pris le modèle sur un tableau. Je n'avais jamais rien vu de semblable et c'est pourquoi...

— Entre le moment où vous avez montré cette fameuse robe à Marie et celui où une mystérieuse visiteuse a été vue la portant dans la chambre de votre oncle, quelqu'un aurait-il eu le temps d'en confectionner une semblable ?

— Seigneur, non ! s'exclama Lucy. Mais oui, c'est évident... Comment n'y avais-je pas pensé ? Il m'a fallu trois jours pour en venir à bout. Elle n'aurait même pas eu le temps d'en rassembler les éléments. D'ailleurs, je m'en souviens à présent, elle est restée avec moi jusqu'à 18 h 30. Puis elle est allée vous attendre à la gare.

Stevens se renversa contre son dossier et regarda Brennan. Pour la première fois depuis le début de l'entretien, celui-ci paraissait déconcerté. Il s'efforça toutefois de dissimuler sa déconvenue sous des sourires et un air bonhomme.

— Je peux m'en remettre à vous sur ce point, n'est-ce pas, Mrs Despard ? Les questions de couture me sont assez étrangères, mais tout de même, il me semble qu'en travaillant vite...

— C'est absolument impossible ! dit Lucy d'un ton péremptoire. Songez donc, cher monsieur : rien que pour coudre les strass, il m'a fallu presque toute une journée. Demandez plutôt à Edith !

Brennan se gratta la nuque :

— Pourtant, il faut bien que quelqu'un ait copié la robe ! Mais laissons cela pour l'instant ou nous allons encore nous écarter de l'essentiel. Mr Stevens, comment avez-vous passé la soirée du 12 ?

— Avec ma femme. Nous sommes restés à la maison et allés nous coucher de bonne heure.

— À quelle heure ?

— Exactement à 23 h 30, dit Stevens, en exagérant d'une heure.

C'était le premier mensonge tangible qu'il proférait et il lui parut que sa voix le trahissait.

— Comment avez-vous été amené à remarquer l'heure qu'il était ?

— Parce que c'était la première fois que nous couchions à Crispen durant la semaine et j'avais réglé la sonnerie du réveil pour que nous nous levions tôt, afin de nous rendre à New York.

— Avez-vous quelque témoin de ce fait, en dehors de vous-même et de votre femme ? une domestique ?

— Non, nous avons seulement une femme de journée qui ne couche pas au cottage.

Brennan parut prendre une décision. Il remit ses lunettes dans la poche supérieure de son veston et se leva, après s'être donné une claque sur les genoux. Il parut soudain plus dangereux.

— Si vous n'y voyez pas d'inconvénient, Mr Despard, dit-il, il y a un détail se rapportant à toute cette affaire que nous pouvons régler sur-le-champ. Miss Corbett, l'infirmière, se trouve dans la maison. J'aimerais lui poser une question à propos d'un vol.

— Elle est avec Edith. Je vais aller la chercher, dit Mark en le regardant d'un air circonspect. Je suis heureux de voir que vous changez de piste. L'histoire de la robe ne l'eût-elle point clairement démontré, nous n'en étions pas moins tous convaincus que Marie n'était pour rien dans cette affaire...

— ... mais tu n'as pas hésité à croire que je pouvais y être pour quelque chose, moi ! lança Lucy.

Cela lui avait échappé sous l'empire de la colère et elle regretta aussitôt d'avoir parlé. Elle détourna les yeux, évitant de regarder Mark et, les pommettes enflammées, parut s'absorber dans la contemplation d'un tableau qui se trouvait au-dessus de la cheminée de pierre.

— Je n'ai jamais pensé ça, mais il me fallait bien considérer les faits, Lucy ! Il y avait la robe, l'allure générale de cette femme…

— Ce que je te reproche, dit Lucy, les yeux toujours fixés sur le tableau, c'est d'en avoir discuté avec d'autres, avant même de m'en avoir parlé.

Mark se sentit touché et riposta instinctivement :

— Ce ne sont pas des sujets dont on aime à discuter avec qui que ce soit, mais j'étais très tracassé… Et je l'aurais été encore plus si j'avais su qu'un coup de téléphone avait failli te faire quitter le bal. N'en ayant pas entendu parler, je…

— *Tais-toi imbécile*, murmura Lucy, en français, toujours en regardant le tableau, *les flics ont des oreilles. Ce n'était pas un rendez-vous galant, je t'assure !*

Mark hocha la tête et quitta la pièce, mais toute son attitude trahissait une colère rentrée. Sur le seuil, il fit signe à Partington qui, après s'être excusé du geste auprès des autres personnes présentes, le suivit dans le hall.

Durant cet intermède, Stevens se demandait si Brennan avait renoncé ou s'il se préparait à revenir à l'attaque.

Lucy baissa les yeux et sourit.

— Excusez-moi, Mr Brennan, dit-elle. C'était du dernier mauvais goût de parler français, comme l'on épelle certains mots devant les enfants lorsqu'on ne veut pas qu'ils comprennent.

Mais c'était très banal et j'ai idée que vous avez parfaitement compris.

Brennan, de toute évidence, éprouvait une nette sympathie à l'égard de Lucy.

— Vous semblez très préoccupée par cet appel téléphonique, Mrs Despard. Moi pas, je puis vous l'assurer. J'ignore l'exacte vérité sur ce point, mais je ne chercherai pas à vous l'arracher pour l'instant… Nous avons à nous occuper de choses plus importantes…

— Mais lesquelles ? s'exclama Lucy. C'est justement ce que j'allais vous demander. Cette histoire est si pleine de fantômes, d'absurdités et de bizarreries – dont la moindre n'est pas la disparition du corps d'oncle Miles – que je ne vois même pas par où vous allez commencer…

— Par retrouver le corps, bien entendu, dit Brennan. Nous ne pouvons nous passer de lui. Votre oncle a été empoisonné, sans doute possible, et l'assassin, ayant appris que Mr Despard allait ouvrir la crypte, l'y a devancé pour faire disparaître le corps. Or, nous ne pouvons pas prouver qu'il y a eu empoisonnement si nous ne retrouvons pas le cadavre. Et ne me demandez pas comment l'enlèvement a pu s'opérer, car je n'ai pas découvert d'accès secret à la crypte… Du moins, pas encore !

Il se tourna vers Stevens en fronçant les sourcils :

— Je vais toutefois vous donner un petit renseignement… gratis. Je sais que vous quatre, qui avez ouvert la crypte cette nuit, n'êtes pour rien dans la disparition du corps. Si vous étiez venus me raconter votre mésaventure ce matin, j'aurais cru que vous aviez monté cette histoire de toutes pièces, mais j'avais un homme qui vous surveillait et je sais que c'est la vérité.

— Oui, dit Stevens, jusqu'à présent, c'est le seul coup de chance que nous ayons eu.

Lucy semblait mal à son aise :

— Mais comment allez-vous effectuer vos recherches ? demanda-t-elle. Allez-vous creuser des trous...

— S'il le faut, dit Brennan, mais je ne crois pas que ce sera nécessaire. Il y a gros à parier que le corps doit être dans la maison, conclut-il calmement.

— Dans la maison ? répéta Stevens, surpris sans bien savoir pourquoi.

— Mais oui. Il doit y avoir une issue secrète dans la crypte. Il doit aussi exister une porte dérobée dans la chambre de Miles Despard. Mon sentiment personnel est qu'elles sont reliées l'une à l'autre.

— Mais, sapristi, capitaine ! Vous ne supposez tout de même pas que cette femme, après avoir donné à Miles Despard une tasse d'arsenic, s'en est allée par la porte secrète, pour regagner un des cercueils de la crypte ?

— Non, je ne suis pas assez fou pour supposer rien de semblable, dit Brennan en imitant l'intonation de Stevens. Je veux dire que, hier soir, tandis que vous quatre mettiez deux heures à ouvrir la crypte, cette femme s'y est introduite pour en retirer le corps et que celui-ci doit se trouver en quelque point du couloir secret qui relie cette maison à la crypte. Cela vous paraît-il extravagant ?

— Oui, dit Stevens.

— Bon, examinons le problème. Peu importe le coupable, n'envisageons que les possibilités. Si l'on suppose qu'il existe un second moyen d'accès à cette crypte, eût-il été difficile d'ouvrir le cercueil ? Il n'était pas soudé, n'est-ce pas ?

— Non, fut forcé de convenir Stevens, il est en bois et ferme simplement par deux verrous, mais une femme n'aurait pas eu la force de porter le corps…

— Qui vous parle d'une femme ? Et puis, il n'est pas exclu que l'assassin ait été aidé. D'ailleurs, le mort était-il grand ?

Lucy secoua la tête. Son regard avait à nouveau une expression intriguée :

— Non, il était plutôt petit, à peu près de ma taille.

— Gros et lourd ?

— Non. Miles était malade et je me souviens que le médecin l'obligeait à se peser sur une des bascules de la salle de bains, ce qui avait d'ailleurs le don de l'irriter. Si ma mémoire est fidèle, il devait peser dans les 55 kg. Il n'avait plus guère que la peau et les os.

— Alors… commença Brennan, mais il s'arrêta en voyant entrer miss Corbett, suivie de Mark.

L'infirmière était encore vêtue de son manteau, mais elle avait retiré son chapeau. Stevens, toujours obsédé par cette histoire de cheveux, espérait qu'elle serait brune, mais ses cheveux étaient d'un blond délavé, qui contrastait avec son visage carré et ses yeux bruns. L'ensemble n'eût pas été déplaisant, si le visage avait reflété autre chose que l'ennui ou l'unique souci du devoir professionnel. Cérémonieusement, Brennan la pria de s'asseoir :

— Miss Corbett, hier après-midi, un inspecteur de police, nommé Partridge, est allé vous trouver, n'est-ce pas, et vous lui avez fait une déposition ?

— J'ai répondu à ses questions.

— Oui, c'est ce que je voulais dire. (Brennan consulta ses papiers.) Vous avez dit que, dans la soirée du samedi 8 avril, à un moment donné entre 18 et 23 heures, un flacon contenant 55 g de morphine en comprimés de 20 mg a été subtilisé dans votre chambre ?

— C'était donc bien de la morphine ! dit Mark.

— Voulez-vous me laisser parler ? glapit Brennan. Quand vous avez constaté ce vol, à qui avez-vous pensé comme pouvant en être l'auteur ?

— J'ai d'abord pensé que Mr Despard avait pris le flacon, Mr Miles Despard. Il voulait toujours de la morphine mais, bien entendu, le Dr Baker se refusait à lui en donner. Une fois, je l'ai surpris en train de fouiller ma chambre et c'est pourquoi j'ai pensé à lui.

— Qu'avez-vous fait quand vous avez constaté la disparition du flacon ?

— Je l'ai cherché, répondit l'infirmière, comme si elle trouvait que son interlocuteur dépassait vraiment les bornes de la stupidité. J'ai demandé à miss Despard si elle l'avait vu, mais sans insister, car je croyais que Mr Despard l'avait pris et que je parviendrais à le lui faire restituer. Mais il jura qu'il ne l'avait pas et, avant que j'aie eu le loisir de pousser plus loin mes investigations, le flacon reparut, la nuit suivante.

— Avait-on touché à son contenu ?

— Oui. Trois comprimés de 20 mg avaient disparu.

— Mais, sapristi ! s'interposa Mark, pourquoi attachez-vous tant d'importance à cette morphine ? Il n'y a rien qui permette de supposer qu'oncle Miles ait été empoisonné à la morphine, n'est-ce pas ? Et trois comprimés de 20 mg n'auraient pu lui causer grand mal !

— Il faut néanmoins tirer cela au clair, fit Brennan. Miss Corbett, j'aimerais que vous me répétiez ce que vous avez dit hier à Partridge... concernant le retour du flacon et ce que vous avez vu dans la soirée du dimanche 9 avril.

Elle acquiesça.

— Il était environ 20 heures ; je venais d'entrer dans la salle de bains qui se trouve à l'extrémité du couloir, au premier étage. Du seuil de cette salle de bains, on peut voir jusqu'à la porte de Mr Miles Despard, y compris la table qui se trouve placée près d'elle et il y a une lampe à cet endroit. Je ne suis pas restée plus de deux minutes dans la salle de bains et, quand j'en ai rouvert la porte, j'ai vu quelqu'un qui s'éloignait de la porte de Mr Despard, en direction de l'escalier. Je vis aussi, sur la petite table, quelque chose qui ne s'y trouvait pas auparavant, mais, bien entendu, à cette distance, j'étais incapable de dire ce que c'était. Quand je me suis approchée, je me suis rendu compte que le flacon était de retour.

— Qui était la personne que vous avez vue s'éloigner ?

— C'était Mrs Stevens, dit l'infirmière.

Jusqu'alors, elle avait parlé de façon impersonnelle, un peu à la façon d'un sergent de ville déposant en justice ; en achevant ces mots elle se tourna vers Stevens et lui dit avec gravité :

— Je suis navrée. J'ai essayé de vous parler ce matin, à vous ou à votre femme, mais ce cher Mr Ogden Despard s'est constamment interposé. Je voulais vous dire que, lors de ma déposition d'hier, l'inspecteur avait essayé de me faire déclarer que j'avais vu Mrs Stevens *déposer* le flacon sur la table. Mais je me refuse à dire autre chose que ce que j'ai vu !

Il y eut une étincelle dans les yeux de Brennan, mais ce n'était pas une étincelle d'amusement.

— C'est une attitude très louable, mais qui d'autre qu'elle aurait pu déposer le flacon sur la table ?

— Je n'en sais rien. Peut-être Mr Despard.

— Mais qu'avez-vous fait ? Vous n'avez pas parlé à Mrs Stevens ?

— Je n'en ai pas eu l'occasion. Elle était déjà hors de la maison et ils sont aussitôt partis pour New York. Mrs Stevens était juste venue dire au revoir. J'ai pensé qu'il n'y avait qu'à attendre et voir ce qui allait se passer, mais comme je ne voulais pas que ce genre de plaisanterie se renouvelle, j'ai pris mes précautions. Chaque fois que je m'absentais, je verrouillais la porte de communication avec la chambre de Mr Despard ; celle donnant sur le couloir présentait plus de difficultés, car elle était munie d'une serrure extrêmement simple et ordinaire. Mais il se trouve que mon père était serrurier et que je connais quelques trucs fort utiles en la circonstance. Robert Houdin lui-même n'aurait pu entrer dans ma chambre si je ne lui avais montré comment se servir de la clef. Je n'aurais pas pris toute cette peine si Mrs Stevens n'était revenue l'après-midi du mercredi suivant, jour de la semaine où j'ai ma soirée de congé...

— C'était l'après-midi du jour où Mr Miles Despard fut assassiné !

— L'après-midi qui précéda sa mort, dit sèchement l'infirmière, et je commençais à me demander...

— Nous y arrivons ! annonça Brennan en l'interrompant et en se tournant vers Mark. Miss Corbett, poursuivit-il en consultant ses notes, est-ce que Mrs Stevens vous a jamais parlé de poisons, en général ?

— Oui.

— Comment cela ?

— Elle m'a demandé où elle pourrait acheter de l'arsenic.

Un pénible silence suivit, au cours duquel Stevens eut conscience que tous les regards convergeaient vers lui. L'infirmière était écarlate, mais conservait un air résolu.

— C'est une bien lourde accusation, dit Brennan avec douceur.

— Ce n'est pas une accusation ! C'est simplement...

— Accusation qu'il faudra étayer si possible, poursuivit posément Brennan. Quelqu'un d'autre a peut-être entendu Mrs Stevens vous demander cela ?

— Oui, dit l'infirmière en hochant la tête, Mrs Despard.

— Est-ce exact, Mrs Despard ?

Lucy hésita, ouvrit la bouche, hésita de nouveau :

— Oui, dit-elle enfin.

Stevens, les mains à plat sur les accoudoirs de son fauteuil, eut conscience d'être devenu le centre de l'attention générale. Il se rendait également compte qu'Ogden Despard se trouvait à présent dans l'encadrement de la porte.

15

— J'ai essayé de suivre le cheminement de votre pensée, Mrs Despard, dit Brennan en se penchant vers Lucy. À la première insinuation que j'ai faite en ce sens, vous avez paru surprise, mais vous vous êtes mise à penser à Mrs Stevens. Et plus vous y pensiez, plus la possibilité de sa culpabilité s'imposait à vous. Vous vous reprochiez d'envisager pareille chose, mais vous ne pouviez vous empêcher de le faire. Puis quelqu'un a souligné que personne n'aurait pu copier votre robe en si peu de temps et cela a réglé les choses pour vous. Vous avez pensé qu'il était impossible que Mrs Stevens ait à voir dans cette affaire... Mais, maintenant, vous n'en êtes plus si sûre. Ai-je tort ou raison ?

Lucy fit quelques pas dans la pièce avec nervosité.

— Oh ! c'est ridicule... Comment puis-je savoir ? Parlez-lui, Ted.

— Ne te tracasse pas, intervint son mari. Puis-je procéder à un contre-interrogatoire, capitaine ?

C'était là pure bravade, car il avait les idées en déroute.

— Oui, dès qu'il y aura matière à le faire, rétorqua Brennan. Miss Corbett, quand Mrs Stevens vous a-t-elle posé cette question concernant l'arsenic ?

— Il y a environ trois semaines. Il me semble que c'était un dimanche après-midi.

— Racontez-nous comment cela s'est passé.

— Mrs Stevens, Mrs Despard et moi étions assises dans la salle à manger, devant la cheminée où flambait un feu de bois. Nous mangions des tartines beurrées à la cannelle. À l'époque, les journaux étaient remplis de détails sur un crime commis en Californie et nous en parlions, puis la conversation s'aiguilla sur les crimes en général et Mrs Despard me posa des questions concernant les poisons...

— Mrs Stevens, voulez-vous dire, coupa Brennan.

— Non ! rétorqua l'autre en se tournant vivement vers lui. Mrs Despard ici présente, vous pouvez le lui demander...

» Mrs Stevens n'a pas dit un mot de tout le temps... Ah !... si... je leur parlais de mon premier cas, alors que j'étais encore stagiaire, un homme que l'on avait transporté à l'hôpital après qu'il eut absorbé de la strychnine, et je leur disais comment il se comportait. Mrs Stevens m'a alors demandé si je pensais qu'il ait beaucoup souffert.

— Ah ! c'est ce que je désirais savoir. Quelle impression vous a-t-elle alors faite ? Quel air avait-elle ?

— Elle était très belle.

— Quelle réponse à me faire ! Très belle ! Que voulez-vous dire ?

— Exactement ce que je dis. Elle... Puis-je parler franchement ?

— Bien sûr !

— Elle avait l'air, reprit le témoin d'une voix calme et posée, d'une femme en proie à une excitation sexuelle.

Une rage froide envahit Stevens et lui monta au cerveau comme une liqueur trop forte, mais il continua à regarder fixement l'infirmière.

— Un instant, s'interposa-t-il. Cela me semble aller un peu loin. Miss Corbett, verriez-vous un inconvénient à nous préciser votre pensée ?

— Hé là ! protesta Brennan tandis que l'infirmière devenait plus écarlate que jamais. Conduisons-nous en *gentlemen*, s'il vous plaît !

— Je n'avais pas l'intention d'être grossier et si je l'ai été, veuillez m'en excuser. Je voulais simplement faire remarquer que l'expression employée par miss Corbett ne veut rien dire ou, plus exactement, que l'on peut lui faire dire tout ce que l'on veut...

— Oui, dit Mark Despard, en reprenant son rôle de défenseur. Je ne comprends pas très bien où nous allons de ce pas. Écoutez, capitaine, si vous pensez pouvoir formuler une accusation contre Marie Stevens, pourquoi êtes-vous là à nous en entretenir, au lieu de la questionner, *elle* ?

Ted, pourquoi ne téléphones-tu pas à Marie, en lui demandant de nous rejoindre ici, afin qu'elle puisse répondre elle-même à tout ceci ?

— Oui, dit une voix intervenant pour la première fois dans le débat, c'est cela. Demande-lui donc pourquoi il ne lui téléphone pas !

C'était Ogden Despard, toujours vêtu de son pardessus. Il observait Stevens avec une sorte de jubilation.

— Si vous n'y voyez pas d'inconvénient, Brennan, poursuivit-il, je vais poser quelques questions à ce garçon. Et vous y aurez tout avantage, car je garantis vous le livrer pieds et poings liés dans une minute. Eh bien, Stevens, pourquoi ne téléphonez-vous pas à votre femme ?

Il attendait la réponse, comme un professeur qui vient d'interroger un enfant, et Stevens dut se dominer pour cacher sa colère. Il n'en voulait pas à Brennan qui était un brave type dans son genre, mais il en allait différemment avec Ogden.

— Vous voyez, il ne répond pas, dit Ogden. Il va falloir que je l'aide à le faire. C'est parce qu'elle n'est pas là, n'est-ce pas ? Parce qu'elle est partie, hein ?

— En effet, elle n'est pas là.

— Et pourtant, fit Ogden en ouvrant de grands yeux, quand je me suis présenté chez vous ce matin à 7 h 30, vous m'avez dit qu'elle était encore au lit.

— C'est un mensonge, dit calmement Stevens.

Ogden fut pris de court et, l'espace d'une seconde, ne sut que dire. Il avait l'habitude de confirmer ses soupçons avant de mettre la victime en demeure de se justifier – ce qui lui procurait toujours une rare jouissance –, mais voir ladite victime nier l'accusation était une expérience nouvelle pour lui.

— Hé là ! Ne mentez pas vous-même. Vous savez parfaitement que vous m'avez dit ça. Miss Corbett vous a entendu… N'est-ce pas, miss Corbett ?

— Vous étiez tous les deux dans la cuisine, riposta celle-ci, et ignorant ce que vous avez pu vous dire, je ne peux rien confirmer.

— Fort bien. Mais vous n'en admettez pas moins, Stevens, que votre femme n'est pas chez elle. Où est-elle ?

— Elle s'est rendue ce matin à Philadelphie.

— Vraiment ? Et dans quel but ?

— Pour y effectuer quelques achats.

— Voilà ce que je voulais vous entendre dire. A-t-on souvenance que Marie Stevens ait jamais quitté son lit douillet avant 7 h 30 du matin, pour aller « effectuer quelques achats » ?

— Non, en effet, mais je crois vous avoir dit déjà, en présence de miss Corbett, que nous avions été debout toute la nuit…

— Et en dépit de cela, elle a éprouvé le besoin de partir de si bon matin pour aller effectuer quelques achats ! Pourquoi donc ?

— Mais parce que nous sommes samedi et que les magasins ferment à midi.

— Oh ! vraiment ? Quand cesserez-vous de mentir ? Vous savez parfaitement qu'elle est partie la nuit dernière !

— À votre place, conseilla Stevens, je ne dépasserais pas la mesure, ni ne prolongerais ce genre de plaisanterie trop longtemps. Avez-vous autre chose à me demander, capitaine ? poursuivit-il en se tournant vers Brennan. Il est exact que ma femme est partie de bonne heure pour la ville, mais, si elle n'est pas de retour cet après-midi, je suis tout prêt à m'avouer coupable ! Je ne crois pas que vous deviez accorder grand crédit aux dires de notre ami Ogden, car c'est lui qui vous a écrit la lettre anonyme et a signé les télégrammes de votre nom.

Le visage de Brennan reflétait la perplexité, et son regard allait d'Ogden à Stevens.

— Je n'ai pas l'intention de laisser détourner mon attention chaque fois que j'ai mis le doigt sur quelque chose d'important, dit-il. Mais cette déclaration me semble néanmoins mériter qu'on s'y arrête. Est-il exact, jeune homme, que vous ayez écrit cette lettre et expédié ces fameux télégrammes ?

Odgen recula légèrement, en jetant un regard glacial autour de lui :

— Vous ne pouvez rien prouver de semblable, aussi, je vous conseille la méfiance, car cela pourrait aisément relever de la diffamation.

Brennan le considéra un moment, tout en remuant de la monnaie dans la poche de son veston, puis hocha la tête :

— Il me semble, jeune homme, que vous cherchez à imiter les détectives de vos romans favoris. Laissez-moi vous dire que ça ne vaut rien dans la vie courante. Et, pour commencer, sachez que nous n'aurions aucune peine à découvrir l'expéditeur de ces télégrammes.

— Apprenez à connaître la loi, rusé renard, riposta l'autre avec un léger sourire. Il n'y a faux que s'il est démontré qu'un profit personnel pouvait en être tiré. Si j'adresse un mot au directeur de la Chase National Bank disant : « Veuillez remettre, par le débit de mon compte, 10 000 dollars à Mr Ogden Despard » et que je signe « John D. Rockefeller », ça c'est un faux. Mais si j'écris : « Je vous serais reconnaissant de recevoir aimablement Mr Ogden Despard » et que je signe du même nom, ça n'est plus un faux. Un joli point de jurisprudence. Il n'y a pas un mot dans ces télégrammes qui permette de m'intenter des poursuites.

— Vous avouez donc les avoir expédiés ?

— Je n'avoue jamais rien, dit Ogden avec un haussement d'épaules. C'est la meilleure politique. Je ne me flatte pas d'être un dur : j'en suis un.

Stevens se tourna du côté de Mark. Celui-ci s'appuyait à la bibliothèque, près de la cheminée, et le regard de ses yeux bleus était doux et pensif.

— Ogden, il est difficile de comprendre ce qui t'arrive, dit-il, mais Lucy a raison, tu ne t'étais encore jamais montré sous un jour aussi déplaisant. Il est possible que ce soit le fait d'avoir hérité un peu d'argent d'oncle Miles qui te monte à la tête. Quand nous serons seul à seul, je me propose de vérifier jusqu'à quel point tu es un « vrai dur » !

— Je ne te le conseille pas : à force de m'intéresser à tout, je sais tellement de choses ! Ainsi, je pense que tu as été stupide de faire venir Tom Partington. Cela lui allait fort bien de se soûler en Angleterre en songeant à son passé. Il n'a jamais rien su mais, maintenant, il pourrait apprendre quelque chose concernant Jeannette White…

— Qui est Jeannette White ? demanda vivement Brennan.

— Oh ! une dame. Je ne la connais pas personnellement, mais je sais pas mal de choses la concernant.

— Vous savez beaucoup de choses, explosa Brennan, mais en connaissez-vous une seule qui se rapporte à ce dont nous nous occupons ? Non ? Vous en êtes bien sûr ? Parfait, revenons alors à l'arsenic et à Mrs Stevens. Vous nous disiez, miss Corbett, qu'un dimanche, voilà trois semaines, vous étiez en train de parler de poisons. Continuez.

— La conversation se prolongea un peu, reprit l'infirmière après avoir réfléchi, puis j'allai porter à Mr Miles Despard son consommé. Je sortis dans le hall, qui était un peu obscur, et Mrs Stevens m'y suivit. Elle me retint par le poignet, et sa main était brûlante. C'est alors qu'elle me demanda où elle pourrait acheter de l'arsenic…

Miss Corbett hésita :

— Cela m'a paru bizarre sur l'instant, parce que, tout d'abord, je ne comprenais pas ce qu'elle voulait dire. Elle ne parlait pas d'arsenic mais de la recette de quelqu'un. J'ai oublié le nom, mais il me semble qu'il était français. Puis elle s'expliqua.

Mrs Despard est sortie de la salle à manger à peu près à ce moment-là et je pense qu'elle a dû l'entendre...

Brennan paraissait intrigué :

— La recette de quelqu'un ? Pouvez-vous nous éclairer, Mrs Despard ?

Lucy parut mal à l'aise et regarda Stevens comme pour lui demander son aide.

— Non, je ne le pense pas, bien que j'aie entendu Marie. Il me semble que c'était un nom commençant par un g, quelque chose comme *glacé*. Elle parlait très vite et c'est à peine si j'ai reconnu sa voix. Elle semblait différente...

À ce moment, Mark Despard tourna la tête et cligna des yeux, comme s'il était exposé brusquement à une clarté aveuglante et essayait de s'y habituer. Puis, sortant ses mains de ses poches, il en passa une sur son front.

— Ne pouvez-vous, l'une ou l'autre, vous souvenir exactement de ce qu'a dit Mrs Stevens ? C'est très important, vous vous en rendez compte...

— Non, vraiment, dit l'infirmière avec une sorte d'irritation. Elle parlait de façon bizarre, ainsi que l'a remarqué Mrs Despard, et a dit quelque chose comme : « Où s'en procurer à présent ? Là où je vivais, ça n'était pas difficile, mais maintenant le vieil homme est mort. »

Brennan qui prenait des notes fronça les sourcils :

— Ça ne me paraît pas très cohérent et je ne vois pas... Attendez donc ! Vous dites qu'elle s'exprimait bizarrement ? Son prénom est Marie et vous pensez qu'elle a prononcé un mot français. Elle est française, alors ?

— Non, non, dit Lucy. Elle parle l'anglais comme vous et moi. C'est une Canadienne, de souche française. Je crois qu'elle m'a dit une fois que son nom de jeune fille était Marie d'Aubray.

— Marie d'Aubray… fit Mark.

Son visage changea de façon assez effrayante. Il se pencha en avant et ponctua chacun de ses mots d'un mouvement de l'index :

— Je te demande de réfléchir, Lucy, et de bien réfléchir, car il y va de l'âme de quelqu'un. Cette recette dont Marie a parlé… était-ce « la recette de Glaser » ?

— Oui, je crois que c'était ça. Mais pourquoi ? Qu'as-tu ?

— Tu connais Marie, poursuivit Mark, le regard fixe, mieux que la plupart d'entre nous… As-tu jamais remarqué quelque chose de bizarre dans son attitude, en dehors de cela ? Quoi que ce soit ?

Stevens avait l'impression d'être sur des rails et de voir un rapide foncer sur lui, sans qu'il pût s'échapper ni même détourner son regard de la locomotive. Il sentait venir le drame, mais il intervint néanmoins :

— Ne sois pas ridicule, Mark, dit-il. Ce genre de folie semble contagieux, décidément…

— Réponds-moi, Lucy, insista Mark.

— Je n'ai jamais rien remarqué, répondit Lucy. Ted a raison, c'est toi qui finirais par paraître bizarre. Justement, Marie trouvait morbide l'intérêt que tu portes aux procès criminels et stupidités du même acabit. Non, je n'ai rien remarqué de bizarre chez elle. Sauf, bien entendu...

— Sauf ?

— Ce n'est rien, vraiment, mais elle ne peut pas supporter la vue d'un entonnoir. Une fois, Mrs Henderson faisait des confitures dans la cuisine et se servait d'un entonnoir pour le jus... Je n'aurais jamais cru que le visage de Marie puisse se déformer de la sorte, ni qu'elle ait autant de rides autour des yeux...

Il y eut à nouveau un silence, un silence qui avait quelque chose de physique. Mark abritait ses yeux derrière sa main ; quand il la retira, son visage reflétait une extrême gravité.

— Écoutez, Mr Brennan, je voudrais rester seul avec Ted et vous. C'est le seul moyen d'en sortir... Ogden, tu pourras te rendre utile en allant chez Henderson voir ce qu'il fabrique, car il devrait être là. Tu lui diras d'apporter sa hache et un ciseau à froid. Il y a une autre hachette dans la cuisine, plus grande, qui pourra aussi nous servir.

L'expression de Brennan indiquait clairement que le capitaine se demandait si Mark n'était pas devenu subitement fou, mais qu'il était prêt à toute éventualité. Les autres obéirent à l'ordre de Mark et quittèrent la pièce.

— Non, je n'ai l'intention de tuer personne avec une hache, dit Mark. Nous pourrions faire venir un architecte pour qu'il examine le mur entre les deux fenêtres, dans la chambre d'oncle Miles, et voir s'il y existe ou non une porte secrète, mais cela demanderait du temps. Le plus rapide et le plus simple, c'est de démolir le mur et de voir par nous-mêmes.

Brennan respira :

— Ah ! bon, bon ! Si vous ne voyez pas d'inconvénient à ce que l'on détériore le mur...

— Aucun inconvénient. Écoutez, capitaine, je ne veux rien vous dire afin que vous tiriez seul vos conclusions, mais j'aimerais cependant vous poser une question. Supposez que nous ne trouvions pas de porte secrète, qu'en conclurez-vous ?

— Je penserai que la dénommée Henderson a menti, répondit Brennan sans hésiter.

— Rien d'autre ?

— Non.

— Et cela vous convaincra de l'innocence de Marie Stevens ?

— Ça... fit Brennan avec prudence, je n'irais peut-être pas jusque-là... Pourtant, il me semble que si... En tout cas, ça bouleverserait tout, car on ne peut guère se présenter devant un jury avec son principal témoin à charge convaincu de mensonge ! Aucun être humain ne peut traverser un honnête mur de pierre, croyez-moi !

— Bonne nouvelle, n'est-ce pas, Ted ? dit Mark en se tournant vers Stevens. Maintenant, allons-y !

Ils sortirent dans le hall. Brennan et Stevens demeurèrent silencieux tandis que Mark se rendait dans la cuisine et en revenait, porteur d'un panier d'outils et d'une hache à manche court.

Au premier étage, au bout de la galerie faisant face à l'escalier, se trouvait la chambre de Miles Despard. Stevens remarqua les portraits pendus aux murs, mais il faisait trop sombre pour qu'il pût repérer celui qui l'intéressait. Mark ouvrit la porte de la chambre de son oncle et tous trois l'examinèrent dans son ensemble, depuis le seuil.

C'était une pièce d'environ trois mètres sur quatre, mais comme la plupart des pièces de la maison, elle avait un plafond bas à la mode du XVIIe siècle. À terre, il y avait un grand tapis gris et bleu, passé et élimé, autour duquel on voyait le parquet ciré. Des boiseries recouvraient les murs jusqu'à environ deux mètres de hauteur. Au-dessus, le mur était peint en blanc comme le plafond entre les poutres apparentes. À gauche, à la jonction des deux murs[1] était aménagé, en pan coupé, un immense placard. Une des portes de chêne à poignée de cuivre était entrouverte et laissait voir un alignement de vêtements et de chaussures.

Dans le mur de gauche, qui était le mur arrière de la maison, il y avait deux fenêtres, entre lesquelles se trouvait une cathèdre à haut dossier. Au-dessus d'elle, le portrait dû à Greuze était accroché au mur, un tableau circulaire représentant une tête d'enfant aux cheveux bouclés. À cet endroit, une ampoule électrique pendait du plafond au bout d'un fil court. Près de la fenêtre la plus éloignée du seuil, se trouvait un grand fauteuil de cuir.

Contre le mur qui faisait face au seuil, s'appuyait la tête du lit. À l'angle formé par ce mur et celui se trouvant à droite, la fameuse porte

1. Voir plan en début d'ouvrage.

vitrée qui donnait sur la véranda, avec son rideau tiré. Ce mur de droite comportait un hideux radiateur à gaz (il n'y avait pas de cheminée dans la pièce), puis la porte de communication avec la chambre de l'infirmière, munie d'un clou auquel était accrochée la robe de chambre bleue du défunt. Enfin, contre le mur du couloir, pour achever le circuit, il y avait une coiffeuse d'homme presque entièrement recouverte par un amoncellement de cravates en désordre et surmontée d'une glace.

Mais ce qui retint plus particulièrement l'attention des arrivants fut le panneau de bois recouvrant le mur de gauche, entre les deux fenêtres. On y voyait vaguement les contours d'une porte.

Brennan s'en approcha et le heurta du poing.

— Ça semble solide, dit-il, en regardant autour de lui. Sapristi, Mr Despard, si *cela* ne va pas, je me demande…

Il s'approcha de la porte vitrée, de l'autre côté de la chambre, examina le rideau.

— Ce rideau est-il exactement comme lorsque Mrs Henderson a regardé dans la chambre ?

— Oui, dit Mark. Je me suis moi-même livré à des vérifications.

— Hum ! Il n'y a pas grand espace pour regarder. Vous ne pensez pas que Mrs Henderson aurait pu apercevoir quelque autre porte ? Celle du placard par exemple ?

— C'est absolument impossible, dit Mark. Voyez vous-même. On ne peut vraiment apercevoir autre chose que ce qu'elle a dit : le Greuze, le haut de la cathèdre, les contours de la porte. Un point c'est tout, quelque position que vous adoptiez. Et quand bien même il n'y aurait pas le tableau et la cathèdre, personne ne pourrait confondre la grande porte du placard, qui s'ouvre largement dans la chambre et a une poignée de cuivre, avec une issue dérobée... Alors, capitaine, on y va ?

Avec un air de féroce gaieté, Mark prit la hache en main. On eût dit que le mur lui avait fait quelque offense et qu'il le considérait comme un être vivant. On n'eût pas été étonné d'entendre un cri de douleur, quand il planta avec force la hache dans le panneau.

De très loin, semblait-il, une voix demanda :

— Eh bien, capitaine, vous êtes satisfait ?

Dans la pièce, le plâtre et le mortier créaient une sorte de brume à l'âcre senteur. Au-delà des fenêtres, il y avait une autre brume qui estompait l'allée et les arbres en fleurs du parc. Le panneau de bois et le mur qu'il recouvrait étaient défoncés à différents endroits, par lesquels on pouvait également apercevoir les arbres du parc.

Il n'y avait pas de porte secrète.

16

Brennan demeura un moment sans parler, puis, prenant son mouchoir, il s'épongea le front.

— Pensez-vous que le témoin ait pu faire erreur et qu'il nous faille chercher une issue secrète en quelque autre point de cette pièce ?

— Si cela doit vous être agréable, nous pouvons démolir toutes les boiseries, fit Mark, sardonique. Allons, franchement, capitaine, donneriez-vous bien cher, à présent, d'un univers purement matérialiste ?

Brennan fit quelques pas et regarda la porte du placard d'un air malheureux :

— Non, marmotta-t-il, comme pour lui-même, puis il tourna la tête : Je remarque une lampe au-dessus de la partie du mur que nous venons de défoncer. Était-elle allumée quand la visiteuse est partie par la porte qui n'existe pas ? Il me semble que Mrs Henderson a dit que non...

— C'est exact. Cette lampe n'était pas allumée. Il n'y avait d'autre clarté que celle fournie par la lampe à la tête du lit. C'est d'ailleurs la raison pour laquelle nous avons si peu de renseignements sur la mystérieuse visiteuse, quand ce ne serait que la couleur de ses cheveux. Mrs Henderson dit…

Stevens ne savait pas au juste si l'absence d'issue secrète était pour lui un soulagement ou non. Il penchait pour la première hypothèse, mais il se sentait, avant tout, prodigieusement exaspéré.

— Puis-je faire remarquer, intervint-il, qu'il n'y a pas dans cette satanée histoire un seul point qui ne repose sur les dires de Mrs Henderson ? Je commence à en avoir par-dessus la tête des « Mrs Henderson dit que… ». Qu'est-ce que Mrs Henderson ? Un oracle, un augure ou le porte-parole du Très-Haut ? Où est-elle, à propos ? Nous ne l'avons pas vue ici, bien qu'elle sache pertinemment avoir mis la police au fait de son invraisemblable histoire. Capitaine, vous avez accusé de meurtre la femme de Mark, puis ma propre femme. Vous avez vérifié leurs emplois du temps jusqu'en leurs moindres détails, bien que Lucy ait un alibi à toute épreuve et que des témoins impartiaux aient déclaré que Marie n'avait pu se confectionner ou se procurer une robe comme celle de la Brinvilliers. Fort bien. Mais quand Mrs Henderson dit qu'il y a une porte là où nous sommes à même de constater qu'il n'y en a pas, vous la croyez uniquement parce que son histoire est incroyable !

Mark secoua la tête :

— Ce n'est pas aussi paradoxal qu'on pourrait le penser, dit-il. Si elle a menti, pourquoi a-t-elle donné tous ces détails fantastiques ? Pourquoi ne s'est-elle pas contentée de dire qu'elle avait vu la femme dans la chambre, en train de donner à boire à mon oncle ? Pourquoi ajouter des détails dont nous pouvons prouver qu'ils sont faux et, par conséquent, incroyables ?

— Tu réponds toi-même à ta question, puisque c'est pour ces détails que tu crois en ses dires.

Il y eut un silence que rompit Stevens en reprenant :

— Vous me demandez pourquoi Mrs Henderson est prête à jurer qu'une femme morte a traversé un mur de brique ? Laissez-moi vous demander, en retour, pourquoi *Mr* Henderson est prêt à jurer qu'un homme mort a traversé une muraille de granit ? Pourquoi insiste-t-il tellement sur le fait que pas une dalle n'a été dérangée depuis l'enterrement ? Dans cette affaire, nous avons deux impossibilités flagrantes et deux seulement : *primo*, la disparition d'une femme dans cette chambre ; *secundo*, la disparition du corps dans le cercueil. Et le détail curieux, c'est que, pour ces deux disparitions, il n'y ait que deux témoins nommés Henderson !

Brennan sifflotait entre ses dents. Sortant un paquet de cigarettes de sa poche, il le fit circuler à la ronde et chacun se servit.

— Voyons, continua Stevens, examinons les circonstances de ce meurtre, si meurtre il y a. Vous, capitaine, vous supposez que l'assassin doit être venu de l'extérieur. À moi, au contraire, il me semble presque certain que l'assassin doive habiter cette maison, car il y a une chose dont on semble oublier de tenir compte : *la façon* dont a été administré le poison, l'œuf battu dans du lait et du porto.

— Je commence à voir où… fit Brennan.

— Oui, n'est-ce pas ? Est-il vraisemblable que quelqu'un venu de l'extérieur ait été prendre des œufs dans la glacière, les ait battus avec du lait mêlé à du porto provenant de la cave ? Ou bien encore que cette même personne soit venue en portant un récipient plein de ce breuvage pour le verser dans une des tasses d'argent de Mark ? Mais là n'est pas encore la plus grande invraisemblance : comment un étranger pouvait-il espérer persuader Miles Despard de boire cette mixture ? Tu sais, Mark, quelles difficultés vous aviez à lui faire absorber la moindre potion susceptible de lui faire du bien. Un étranger voulant l'empoisonner aurait plus vraisemblablement utilisé du champagne ou du brandy, que le vieillard eût été heureux de boire. Tandis que ce mélange ne peut être dû qu'à quelqu'un de la maisonnée ayant *a)* l'idée de le confectionner, *b)* la possibilité de persuader Miles Despard de l'absorber. Ce pourrait être Lucy, ou Edith, ou l'infirmière ou même la femme de chambre. Mais Lucy dansait à St. David, Edith jouait au bridge, miss Corbett était au cinéma et Margaret se faisait peloter dans une auto. Ce qui nous ramène à la question des alibis. Il y a seulement deux personnes dont vous n'avez pas vérifié les alibis et que vous n'avez même pas questionnées, capitaine. Ai-je besoin de les nommer ? Non ? Je me contenterai donc de vous faire remarquer – en ce qui concerne les œufs au porto – que l'une de ces deux personnes est la cuisinière et – d'une manière générale – que toutes deux, d'après ce que m'a dit Mark, héritent assez substantiellement du défunt.

Mark haussa les épaules :

— Pour moi, rien de tout cela ne tient debout ! Tout d'abord, il y a trop longtemps que les Henderson sont à notre service. En second lieu, s'ils avaient tué oncle Miles pour en hériter, pourquoi auraient-ils imaginé cette histoire surnaturelle ? À quoi bon ? N'était-ce pas un procédé bien subtil, si l'on s'en réfère à ton argumentation, pour des gens aussi simples ?

— Écoute, Mark, laisse-moi te poser une question. La nuit dernière tu nous as répété le récit de Mrs Henderson concernant la mystérieuse visiteuse, sans omettre aucun de ses « scrupules » au sujet de certains détails, dont celui, si plaisant, concernant la possibilité que le cou de la femme ait pu ne pas être très bien rattaché aux épaules...

— *Quoi ?* fit Brennan.

— Réfléchis bien, Mark. Est-ce toi qui lui as mis cette idée en tête, comme nous l'avons pensé la nuit dernière, ou bien est-ce vraiment elle ?

— Je n'en sais rien, dit Mark avec brusquerie. C'est ce que j'essaie de définir depuis lors.

— Mais si Mrs Henderson ne t'avait pas suggéré ce détail, aurait-il pu te venir à l'esprit ?

— Peut-être que non... Je ne sais pas.

— Il y a une chose que nous savons, en tout cas. Nous avons été quatre à ouvrir la crypte, mais quel est celui qui n'a cessé d'introduire le surnaturel dans cette histoire ? Qui avait l'impression qu'on nous observait ? Qui a juré que personne n'avait pu approcher de la crypte avant nous ? Qui, sinon Joe Henderson ?

— Oui, bien sûr, mais c'est ce qui me chiffonne. Comment supposer que deux vieux serviteurs dévoués puissent soudain se métamorphoser en démons ?

— Mais non, ce ne sont pas des démons, c'est toi qui les fais tels. Je reconnais que ce sont des gens très aimables, mais parmi les gens aimables ils ne seraient pas les premiers à avoir commis un crime. J'admets qu'ils te sont tout dévoués, mais ils n'avaient aucune raison de l'être à Miles. Tout comme toi, ils ne le connaissaient guère, étant donné qu'il n'était venu se fixer à Despard Park que depuis relativement peu de temps. Et s'ils héritaient de lui, c'était uniquement par le fait de ton père. Quant à l'histoire surnaturelle, quelle en est l'origine ?

— L'origine ?

Brennan intervint :

— Je crois voir où Mr Stevens veut en venir. Quand Mr Miles Despard est mort, personne n'a soupçonné qu'il avait été empoisonné... sauf vous parce que vous aviez découvert la tasse d'argent dans le placard. Et aussitôt Mrs Henderson vient vous trouver avec une histoire de revenants et de femmes passant à travers les murs... À moi, elle n'a fait aucune allusion concernant le cou qui aurait été coupé ou je ne sais quoi, mais pour le reste, l'histoire coïncide. Pourquoi vous aurait-elle dit ça ? Parce que vous étiez susceptible d'y accorder quelque créance et parce que cela vous engageait encore davantage à étouffer l'affaire. Au maximum, vous ouvririez la crypte et, quand vous découvririez que les lutins avaient volé le corps du défunt, vous auriez moins envie que jamais de divulguer cette histoire... Est-ce que cela ne cadre pas avec tout ce que les Henderson ont pu nous raconter ?

— Ainsi donc, cette histoire n'aurait eu d'autre but que de m'inciter à garder le silence ?

— Cela se pourrait.

— Mais, dans ce cas, dit Mark, expliquez-moi pourquoi hier, avant que la crypte n'ait été ouverte, Mrs Henderson s'en est allée raconter cette même histoire au commissaire de police ?

— Ça, c'est juste ! convint Stevens.

— Je ne suis pas de cet avis, riposta Brennan. N'oubliez pas votre frère Ogden, Mr Despard. C'est un garçon futé qui soupçonnait quelque chose, lui aussi. Or, nous ignorons jusqu'où s'étendait sa connaissance de l'affaire et, surtout, jusqu'où les Henderson supposaient qu'elle s'étendait. Ils savaient, en revanche, qu'Ogden Despard n'était pas homme à se tenir tranquille. Aussi Mrs Henderson, avec la nervosité propre aux femmes, a-t-elle sans doute préféré courir le risque de prendre les devants.

De nouveau Brennan se tourna vers le placard, les sourcils froncés :

— Ce que j'aimerais savoir, c'est le rôle joué par ce placard. Car j'ai comme une vague idée qu'il en a joué un. Je ne veux pas dire qu'il soit truqué, mais n'est-ce pas dans ce placard que vous avez trouvé la tasse ayant contenu le poison ?

Voulez-vous me dire pourquoi l'assassin l'a mise là ? Pourquoi l'inoffensif verre de lait et la beaucoup moins inoffensive tasse se trouvaient ensemble dans ce placard ? Pourquoi le chat y est entré aussi et a bu dans la tasse ? (Sa main joua avec les vêtements suspendus.) Votre oncle avait une quantité de vêtements, Mr Despard…

— Oui, je disais justement hier soir à mes amis qu'il passait une grande partie de son temps à en changer, pour son seul plaisir. Mais il n'aimait pas que nous ayons l'air d'être au courant de cette manie…

— Ce n'était pas là son unique passe-temps, dit une voix nouvelle.

Sans qu'aucun d'eux l'eût entendue venir, Edith Despard venait d'entrer par la porte du couloir. Il y avait sur son visage une expression qu'ils ne purent définir et comprendre que plus tard. Néanmoins, si ses yeux étaient encore rougis par le manque de sommeil, son regard exprimait l'assurance de la certitude. À Stevens, Edith parut plus jeune que la nuit précédente. Elle portait deux livres sous son bras.

— Edith ! s'exclama Mark. Tu ne devrais pas être ici ! Tu m'avais promis de rester au lit aujourd'hui. Lucy m'a dit que tu n'avais pas dormi cette nuit, sauf le temps d'un cauchemar…

— C'est exact, dit Edith. (Elle se tourna vers Brennan avec une politesse de commande :) Le capitaine Brennan, n'est-ce pas ? Les autres m'ont parlé de vous, il y a un moment, quand vous les avez renvoyés. (Elle eut un sourire charmant.) Mais je suis sûre que vous ne me renverrez pas.

— Miss Despard ? fit Brennan non sans affabilité. Je crains que nous n'ayons... ajouta-t-il avec un signe de tête en direction du mur défoncé.

— Oh ! il fallait s'y attendre. J'ai ici la solution de vos difficultés, fit Edith en frappant de l'index les livres sous son bras. Je viens de vous entendre dire que vous pensiez que ce placard avait joué un certain rôle dans cette histoire. C'est parfaitement exact, car c'est dans le placard que j'ai trouvé ces livres, la nuit dernière. Le second volume s'est ouvert très facilement à un chapitre qui avait dû être fréquemment relu ; aussi ai-je supposé qu'oncle Miles, qui n'avait rien d'un rat de bibliothèque, avait dû cependant y trouver quelque chose l'intéressant. Me permettez-vous de vous faire un brin de lecture ? Vous ne la trouverez peut-être pas captivante, car elle ressortit plutôt au genre morne et académique, mais je crois néanmoins que vous en tirerez profit. Voulez-vous fermer la porte, Ted ?

— Quel est ce livre ? demanda Mark.

— *L'Histoire de la sorcellerie*, de Grimaud, répondit Edith.

S'asseyant dans le grand fauteuil proche de la fenêtre, Edith se mit à lire, du même ton que s'il se fût agi d'une liste de blanchisseuse. Cependant, juste avant de commencer, elle leva les yeux vers Stevens, et celui-ci fut surpris de l'intérêt curieux qu'il y vit. La voix d'Edith n'était pas expressive, mais claire et agréable.

— « L'origine de la croyance dans les *non-morts* semble remonter au dernier quart du XVIIe siècle et se situer en France. Le sieur de La

Marre y fit allusion pour la première fois en 1737 (*Traité sur la magie, Les Sortilèges, Possessions, Obsessions et maléfices*) ; pendant quelques années, il en fut discuté très sérieusement, même par des hommes de science, et la controverse sur ce sujet se réveilla à nouveau plus récemment, lors d'un procès criminel, en 1861.

» En bref, les non-morts sont les personnes – principalement des femmes – qui ont été condamnées à mort pour le crime d'empoisonnement et dont les corps ont été brûlés sur le bûcher, morts ou vifs. C'est là que la criminologie rejoint la sorcellerie.

» Depuis les temps les plus reculés, l'usage du poison fut considéré comme acte de sorcellerie. Les philtres d'amour ou autres reconnus comme faisant partie de la magie ont toujours servi de paravent à l'empoisonneur. Aussi le fait d'administrer un philtre d'amour était-il puni par la loi romaine. Au Moyen Âge, on identifiait la chose à l'hérésie. En Angleterre, en 1615, un procès d'empoisonnement devint un véritable procès de sorcellerie. Lorsque Anne Turner fut traduite devant Lord Justice Coke pour avoir empoisonné sir Thomas Overbury, on exhiba devant la cour ses "enchantements", figurines de plomb, parchemins, un morceau de peau humaine – et les spectateurs sentirent passer sur eux le souffle du Malin.

» Mais ce fut en France, durant la seconde moitié de ce même siècle, que la pratique du meurtre *cum* diablerie atteignit son plus haut point. Les dames de la cour de Louis XIV s'adonnaient au satanisme, en sacrifiant notamment un enfant sur le corps d'une femme au cours de messes noires[1]. Des rites se déroulaient dans des chambres secrètes. La Voisin évoquait des fantômes à Saint-Denis et l'on voyait mourir mystérieusement pères et maris.

» Par le confessionnal, l'autorité religieuse eut vent de ces pratiques. À Paris, à l'Arsenal, près de la Bastille, fut établie la fameuse Chambre ardente, qui châtiait par la roue et le feu. Quelques-unes des plus grandes dames de France comparurent devant elle, parmi lesquelles deux nièces du cardinal Mazarin, la duchesse de Bouillon et la comtesse de Soissons, mère du prince Eugène. Mais le coup le plus rude fut porté en 1676, par un procès qui dura trois mois, celui de la marquise de Brinvilliers.

» Les agissements de la marquise de Brinvilliers furent découverts à la suite de la mort accidentelle de son amant, le capitaine Sainte-Croix. Parmi les affaires de Sainte-Croix, on trouva une boîte en bois de teck à laquelle était attaché un papier portant comme instruction que, après sa mort, cette boîte fût délivrée à la marquise de Brinvilliers, résidant en la rue Neuve-Saint-Paul. La boîte était remplie de poisons, notamment du sublimé corrosif, de l'antimoine et de l'opium. Mme de Brinvilliers prit la fuite, mais fut retrouvée et ramenée par un policier nommé Desprez. Bien qu'habilement défendue par Me Nivelle,

1. *Encyclopédie des sciences occultes*, Paris, 1924, et *Histoire de la sorcellerie*, de Montague Summers.

elle fut accablée par Desprez qui produisit devant la cour une confession écrite qu'elle lui avait confiée secrètement. C'était un document d'hystérique contenant, parmi une terrible liste de méfaits réellement perpétrés, d'autres qu'elle n'avait pu apparemment commettre. Elle fut condamnée à être décapitée et brûlée[1].

» Après la sentence, afin de la forcer à divulguer les noms de ses complices, elle fut soumise à la question par l'eau, qui faisait partie du système judiciaire. La victime était placée sur une table, on lui mettait un entonnoir de cuir dans la bouche et l'on y versait de l'eau jusqu'à ce que… »

Edith Despard leva les yeux de sur le livre. La clarté brumeuse de la fenêtre tombait sur ses cheveux et révélait l'expression de son visage, empreint d'une intense curiosité. Aucun des hommes ne bougea. Stevens regardait fixement le dessin du tapis. Il se souvenait maintenant de l'adresse de cette maison de Paris que son ami le Pr Welden lui avait conseillé de visiter s'il s'intéressait aux crimes célèbres. C'était au n° 16 de la rue Neuve-Saint-Paul.

— « Mme de Sévigné la vit se rendre au supplice. Une grande multitude était présente quand elle fit amende honorable devant Notre-Dame, en chemise, pieds nus et un cierge allumé à la main. Elle avait alors 42 ans et ne conservait plus que

---

1. *Procès de la Marquise de Brinvilliers, 1676*. Alexandre Dumas, *Crimes célèbres*. Mme de Sévigné, *Lettres*. Philippe Lefroy Barry, *Twelve Monstruous Criminals*. Lord Birkenhead, *Famous Trials*.

des restes de sa beauté, mais elle se montra un modèle de repentir et de résignation, à la satisfaction de l'abbé Pirot. Elle ne semble pas, toutefois, avoir pardonné à Desprez et, en montant sur l'échafaud, elle prononça quelques paroles qui furent imparfaitement entendues. Son corps fut brûlé en place de Grève.

» Grâce aux révélations faites lors du procès, les autorités purent ultérieurement déceler les diableries qui se tramaient à la cour du Grand Roi. La Chaussée, une domestique de Sainte-Croix, avait déjà été rouée vive. La sorcière et empoisonneuse La Voisin, arrêtée avec tous ses complices, fut brûlée vive en 1680. Les adorateurs de Satan étaient décimés, leurs cendres dispersées. Mais Me Nivelle devait dire plus tard : "Il y a quelque chose qui nous dépasse. Je les ai vues mourir. Ce n'était pas des femmes ordinaires et elles n'auront pas de répit."

» Qu'y a-t-il derrière tout cela ? Il est à remarquer que, même de nos jours, le satanisme existe encore en Europe, comme l'a montré l'enquête de MM. Marcel Nadaud et Maurice Pelletier[1], et est à l'origine de nombre de meurtres par le poison.

» Mais si l'on peut comprendre que les assassins, principalement des femmes usant de l'arsenic, fussent possédés du désir de tuer, il semble difficile d'admettre que leurs victimes fussent possédées du désir d'être tuées. Or, il est curieux de constater comme, dans la plupart des

1. *Le Petit Journal*, mai 1925.

cas, les victimes semblent n'avoir pas cherché à réagir, avoir accepté avec fatalisme, même lorsqu'elles devaient pertinemment savoir qu'on les empoisonnait. Frau Van Leyden dit ouvertement à une de ses victimes : "Ce sera votre tour dans un mois." Jégado dit : "Où je vais, les gens meurent." Pourtant, personne ne les dénonça. On dirait qu'il existe quelque lien diabolique unissant l'assassin à sa victime, une sorte d'envoûtement hypnotique.

» Cette théorie fut avancée pour la première fois par le sieur de La Marre en 1737, à l'occasion d'une affaire qui agita tout Paris. Une jeune fille de 19 ans – Thérèse La Voisin, portant le même surnom que la prétendue sorcière brûlée vive en 1680 – avait été arrêtée pour une série de meurtres. Ses parents étaient des charbonniers vivant dans la forêt de Chantilly. Elle ne savait ni lire ni écrire. Elle était née de façon normale et, jusqu'à l'âge de 16 ans, n'avait pas semblé différente des autres enfants, lorsque se produisit dans le voisinage une série déconcertante de huit décès. Détail curieux, on trouva sous l'oreiller ou la couverture de chaque défunt une corde – le plus souvent de cheveux ou de chanvre – comportant neuf nœuds.

» Neuf, nous l'avons vu, est le nombre mystique, le multiple de trois que l'on retrouve constamment dans les rites magiques. Une corde nouée neuf fois passe pour mettre la victime sous l'entière dépendance de la sorcière.

» Quand les autorités opérèrent une descente, ils trouvèrent La Voisin dans un fourré, entièrement nue et avec des yeux "semblables à ceux d'un loup". Emmenée à Paris et questionnée, elle fit une déclaration après avoir hurlé à la vue du feu. Bien qu'elle ne sût ni lire ni écrire, selon ses parents, elle put faire l'un et l'autre, et s'exprima de façon recherchée. Elle reconnut avoir commis les meurtres. Interrogée sur la signification des cordes nouées, elle dit :

» — Maintenant, ils font partie des nôtres. Nous sommes si peu nombreux que nous avons besoin de recrues. Ils ne sont pas vraiment morts et vont revivre à présent. Si vous ne me croyez pas, vous n'avez qu'à ouvrir leurs cercueils et vous les trouverez vides. L'un d'eux était au Grand Sabbat la nuit dernière.

» Il semble en effet que les cercueils aient été trouvés vides. Un autre détail étrange concerne l'alibi que les parents faillirent pouvoir donner à leur fille. Il reposait sur le fait qu'il lui aurait fallu parcourir à pied deux kilomètres en un très court laps de temps et pénétrer dans une maison aux portes verrouillées. À cela, La Voisin répondit :

» — C'est sans difficulté aucune. Je suis allée dans les buissons, j'ai passé un onguent sur mon corps et remis la robe que j'avais avant. Alors, tout a été facile.

» Interrogée sur ce qu'elle entendait par "la robe qu'elle avait avant", elle répondit : "J'avais plusieurs robes. Celle-là était très belle, mais je ne la portais pas pour aller au feu..." En mentionnant le mot feu, elle sembla se ressaisir et se répandit en hurlements... »

— C'est assez ! dit Brennan, en passant une main sur son visage comme pour s'assurer qu'il était toujours là. Excusez-moi, miss Despard, mais j'ai à travailler. Nous sommes en avril et non à la Toussaint. Les femmes chevauchant des manches à balai sont un peu en dehors de mes attributions. Si vous cherchez à me faire entendre qu'une sorcière a jeté un sort à Miles Despard puis s'est passé un onguent sur le corps avant de revêtir une robe vieille de plusieurs centaines d'années, afin de pouvoir traverser ce mur... J'aime autant vous dire tout de suite que ce qu'il me faut à moi, c'est une théorie qui puisse être exposée devant un jury !

Edith ne parut pas décontenancée :

— Vraiment ? Eh bien, en voici une. La partie réellement intéressante vient seulement maintenant, mais si vous ne pouvez pas en tirer profit, il n'est peut-être pas nécessaire que je prenne la peine de vous la lire ? Elle concerne une femme nommée Marie d'Aubray – qui était aussi le nom de jeune fille de la marquise de Brinvilliers – et qui fut guillotinée en 1861. Quoi que vous puissiez penser des XVIIe ou XVIIIe siècles, vous ne soutiendrez pas, je présume, que l'obscurantisme persista dans la seconde moitié du siècle dernier.

— Voulez-vous dire qu'elle fut exécutée pour sorcellerie ?

— Non, elle fut exécutée pour meurtre. Les détails ne sont guère plaisants et je ne tiens pas à vous les donner. Je vous lirai simplement la description que fit de Marie d'Aubray un journaliste de l'époque : « L'affaire passionna le public, non seulement parce que l'accusée était belle et relativement riche, mais aussi parce que Marie d'Aubray se présenta comme une femme pleine de modestie dans son comportement, à tel point que, lorsque le procureur général se laissa aller à prononcer certains mots scabreux, elle rougit comme une écolière... » Voici la description qu'il donne d'elle : « Elle portait un chapeau de velours brun avec une pleureuse et une robe de soie de même teinte. D'une main, elle tenait un flacon de sels en argent et, à son autre poignet, on pouvait voir un curieux bracelet dont le fermoir était formé par une tête de chat ayant un rubis à la place de la bouche. Quand des témoins donnèrent des détails sur la messe noire célébrée dans la mansarde de la villa de Versailles et sur l'empoisonnement de Louis Dinard, plusieurs spectateurs violemment émus s'écrièrent : "Non, non !" mais l'accusée se contenta de jouer avec son bracelet. »

Edith referma le livre avec un claquement sec :

— Ted, dit-elle, vous savez qui possède un bracelet semblable.

Stevens le savait parfaitement et il se souvenait d'avoir vu ce bracelet sur la photo de la Marie d'Aubray de 1861, qui avait disparu du manuscrit, mais il se trouvait dans une telle confusion d'esprit qu'il ne put rien dire.

— Oui, dit Mark, moi aussi je le sais et n'ai cessé d'y penser.

— À votre place, Mr Stevens, intervint vivement Brennan, je ne me tracasserais pas comme vous semblez le faire, car si, chose curieuse, Mr Despard a vivement défendu votre femme jusqu'à ce qu'il ait entendu parler de ces contes à dormir debout, moi, j'ai exactement la réaction contraire.

— Nierez-vous que la sorcellerie ait été pratiquée dans le passé ? questionna Edith sur un ton agressif.

— Non pas, répondit Brennan contre toute attente, et je vous dirai même qu'on la pratique encore maintenant, ici même en Amérique. Je connais parfaitement ces cordes à neuf nœuds. On les appelle « échelles de sorcier ».

— Mais, s'écria Mark, stupéfait, vous disiez…

— Avez-vous oublié où vous êtes ? s'enquit Brennan. Ou bien, ne lisez-vous pas les journaux ? Juste à la limite de la Pennsylvanie hollandaise, où la sorcière locale modèle encore des figurines de cire et jette des sorts aux animaux. Il y a même eu un crime bizarre ces derniers temps au sujet duquel nous avons enquêté. Vous vous en souvenez peutêtre, j'ai fait remarquer que votre femme de chambre était originaire de la Pennsylvanie hollandaise. Il se peut que ce détail ait de l'importance, quoique je ne pense pas que cette fille soit dans le coup. Dès que j'ai entendu parler de cette ficelle à neuf nœuds, j'ai immédiatement pensé que quelqu'un cherchait à envoûter ou feignait d'envoûter votre oncle. Et, songeant à la théorie de Mr Stevens, je suis amené à vous demander : d'où viennent les Henderson ?

— De Reading, je crois, répondit Mark, à l'origine du moins. Puis une partie de la famille est venue habiter Cleveland.

— Reading est une ville charmante, dit Brennan, mais qui se trouve justement en Pennsylvanie hollandaise.

— Que je sois pendu, si j'y comprends quelque chose, capitaine ! Alors vous croyez à la sorcellerie ?

Brennan croisa les bras et considéra Mark, en penchant légèrement la tête de côté :

— Quand j'étais enfant, Mr Despard, j'avais envie d'un grand revolver à crosse d'ivoire, plus que de n'importe quoi au monde. À l'école du dimanche[1] on m'enseigna que si vous désirez quelque chose du fond du cœur, vous n'avez qu'à prier et vous l'obtenez. Eh bien, j'ai prié pour ce revolver comme il est à souhaiter que bien des gens prient pour des choses plus sérieuses. Je me disais même que, si le diable venait me demander mon âme contre le fameux revolver, je consentirais au troc. Malgré cela, je n'ai jamais eu mon revolver.

» Pour la sorcellerie, c'est la même chose. Je peux façonner des figurines de cire à la ressemblance de tous ceux que je n'aime pas – principalement les membres du parti républicain ! – mais cela ne signifie pas qu'ils mourront si j'enfonce une épingle dans ces figurines. Aussi, quand vous me dites que votre oncle a été envoûté et assassiné pour qu'il puisse se joindre à une bande de goules, qu'il est sorti de son cercueil et peut, à tout instant, entrer dans cette pièce, je vous...

1. Équivalent de nos cours de catéchisme.

La porte de la chambre s'ouvrit avec un craquement qui les fit tous sursauter et arracha un juron à Mark. Ogden Despard, le visage quelque peu décomposé, s'appuyait contre le chambranle. À son seul aspect et sans raison tangible, Stevens ressentit une impression d'horreur plus intense que tout ce qu'il avait éprouvé jusqu'alors. Ogden s'essuya le front avec la manche de son pardessus.

— Henderson... dit-il.

— Eh bien, quoi, Henderson ? demanda Mark.

— Tu m'as envoyé le chercher, dit Ogden, et lui demander d'apporter quelques outils avec lui. J'ai fait tout mon possible, mais il n'y a rien d'étonnant à ce qu'il ne se soit pas présenté ici ce matin. Il a eu une attaque ou quelque chose de similaire. Il ne peut presque pas parler. Je voudrais bien que vous alliez tous chez lui. Il prétend qu'il a vu oncle Miles.

— Vous voulez dire, coupa Brennan, qu'il a retrouvé le corps ?

— Non, rectifia Ogden avec colère, je veux dire qu'il déclare avoir vu oncle Miles.

QUATRIÈME PARTIE

Explication

« "Et où est votre nez ?" dit Sancho, en le revoyant sans son déguisement. "Dans ma poche" et, ce disant, il exhiba un nez de carton verni, comme celui qui avait été décrit. "Sainte Vierge ! s'exclama Sancho. Qui est-ce là ? Thomas Cecial, mon voisin et ami !"
"Lui-même, ami Sancho, dit le sire. Je t'expliquerai ce tantôt par quels moyens il se laissa persuader de venir ici…" »

Miguel de Cervantès, *L'Ingénieux Hidalgo Don Quichotte de la Manche.*

17

La maisonnette de pierre avait sa porte grande ouverte. La brume s'était levée, faisant place à une journée fraîche et claire. À quelque distance, parmi des gravats et des dalles brisées, on voyait la bâche recouvrant l'entrée de la crypte et qu'une grosse pierre à chaque angle maintenait en place.

Henderson se trouvait dans le petit living-room où ils s'étaient réunis la nuit précédente. Étendu sur un vieux divan de cuir, les yeux mi-clos regardant le plafond, son visage avait une expression où la défiance se mêlait à la souffrance physique. Il y avait une meurtrissure sur sa tempe gauche, et ses cheveux étaient plus en désordre que jamais. Il était entièrement vêtu comme la nuit précédente, et ne semblait pas s'être lavé. Une couverture le recouvrait jusqu'au menton, sur laquelle reposaient ses mains, agitées d'un tremblement. Il tourna la tête en entendant approcher les arrivants, puis la laissa retomber.

— Bonjour, Joe, dit Mark.

Il se produisit un certain changement dans l'expression de Henderson, mais son attitude continua à signifier qu'il endurait plus de souffrances qu'un homme n'en peut supporter.

— Allons, mon vieux, dit Mark non sans sympathie, en lui posant la main sur l'épaule. Vous avez travaillé comme un cheval cette nuit, en dépit de votre âge, et vous vous êtes exténué. Qu'est-ce que c'est que cette histoire ridicule à propos d'oncle Miles ?

— Mr Despard, intervint Brennan calmement, je ne vous comprends plus. Vous qualifiez cette histoire de ridicule et, il n'y a pas cinq minutes, vous parliez de revenants et de non-morts. Que signifie ce revirement ?

— Je ne sais pas... fit Mark, apparemment déconcerté. Mais je vous ai senti tellement impressionné par la théorie de Stevens que, lorsque Ogden est venu déclarer que Joe Henderson racontait qu'il avait vu un fantôme, j'ai pensé que vous estimeriez que nous exagérions vraiment.

Il se tourna de nouveau vers le vieil homme et lui dit d'un ton sec :

— Allons, Joe, essayez de vous ressaisir et de faire un effort. La police est ici.

Les yeux de Henderson s'ouvrirent, comme si cette nouvelle était le coup de grâce. Il se redressa et les regarda avec des yeux larmoyants :

— La police... Qui l'a envoyé chercher ?

— Votre femme, répondit Brennan.

— C'est pas vrai ! Vous ne me ferez pas croire ça !

— Ne discutons pas. Ce que je voudrais savoir, c'est ce que vous avez dit à Mr Ogden Despard concernant le spectre de son oncle...

— Ce n'était pas un spectre, protesta Henderson avec effort.

Non sans malaise, Stevens constata que l'homme était visiblement terrifié.

— Du moins, ça ne ressemblait pas à un spectre. Il était... il était...

— Vivant ?

— Je ne sais pas, dit Henderson d'un air piteux.

— Quoi que vous ayez vu, tâchez de nous le décrire, lui dit Mark. Tout d'abord, où l'avez-vous vu, Joe ?

— Là, dans la chambre à coucher, dit Henderson en montrant une porte. Vous vous souvenez que, hier soir, après l'arrivée de miss Edith nous sommes tous allés à la grande maison. Miss Edith m'a dit d'allumer le calorifère et je l'ai fait pendant que vous discutiez tous dans la bibliothèque. Puis à 3 heures, les autres sont allés se coucher, vous vous rappelez ?

— Oui, dit Mark.

— Vous et moi devions aller chercher la bâche du tennis, pour l'étendre sur l'entrée de la crypte. Mais comme vous me paraissiez très fatigué et que ça n'était pas un bien gros travail, je vous ai dit d'aller vous coucher, que je me débrouillerais tout seul. Vous m'avez remercié et m'avez fait boire « le coup de l'étrier »...

— Oui, je me souviens parfaitement de tout cela...

— Attendez... ce n'est qu'ensuite, après que je vous ai entendu refermer la porte derrière moi, que j'ai compris qu'il me fallait m'en retourner et coucher ici, seul. Après coup, je me suis souvenu que la bâche ne devait pas être près du tennis, mais bien chez moi, que je l'avais rapportée pour y coudre une pièce, le mois dernier.

» Je suis donc revenu directement ici. Cette pièce était plongée dans l'obscurité. J'ai tourné le bouton, mais rien ne s'est allumé. Heureusement, j'avais ma lanterne avec moi. J'ai donc pris la bâche qui était dans ce coin, et suis allé la mettre en place. Tout le temps que j'ai passé à la fixer en posant des pierres sur les coins, je n'étais pas autrement fier, car je m'attendais, à tout instant, à la voir se soulever comme si quelqu'un voulait sortir d'en dessous... Quand j'ai eu fini, je suis vite revenu ici et j'ai barricadé ma porte. Pourtant, Mr Mark peut le dire, je ne suis pas peureux d'ordinaire !

» L'électricité ne fonctionnant toujours pas, j'ai voulu lever la mèche de ma lanterne, mais j'ai dû tourner dans le mauvais sens, car elle s'est éteinte. Sachant qu'il y avait de la lumière dans ma chambre, je ne me suis pas inquiété de la rallumer. Je suis donc entré dans ma chambre et là, la première chose que j'ai entendue, ce fut mon fauteuil à bascule, qui se balançait, avec le grincement que je lui connais bien ! Je regarde du côté de la fenêtre où il se trouve toujours, et voilà que j'aperçois quelque chose assis dedans, qui se balance !

» Il entrait suffisamment de jour par la fenêtre pour que je puisse reconnaître votre oncle, Mr Mark. Il se balançait dans mon fauteuil, comme il avait coutume de le faire quand il venait me rendre visite ici. Je distinguais parfaitement son visage et ses mains, qui étaient toutes blanches… Il a même fait mine de vouloir serrer la mienne !

» Je me suis enfui en courant et j'ai claqué la porte derrière moi, mais la clef était de l'autre côté et j'ai entendu votre oncle se lever, comme s'il voulait me suivre. J'ai alors dû trébucher sur quelque chose et tomber en me cognant la tête, sans doute contre ce divan, car c'est près de lui que m'a trouvé votre frère Ogden quand il est entré par la fenêtre. Il m'a ranimé en me secouant par le bras.

Sur ces mots, Henderson se laissa de nouveau aller contre le coussin et ferma les yeux.

Les autres se regardèrent sans mot dire, puis Brennan s'approcha du commutateur et l'actionna. La lumière jaillit. Il le fit fonctionner plusieurs fois en regardant Henderson. Stevens éprouva le besoin de sortir respirer l'air frais sous les arbres. Il vit Brennan se diriger vers la chambre à coucher mais, peu après, le policier le rejoignit au-dehors.

— Si vous n'avez plus besoin de moi pour l'instant, dit Stevens, je vais rentrer prendre mon petit déjeuner.

— Allez-y ; mais je désire vous revoir aujourd'hui avec votre femme, aussi, je vous demande de ne pas vous éloigner trop de chez vous. Entre-temps j'ai pas mal de choses à faire, oui, pas mal ! répéta-t-il en pesant sur les mots.

— Qu'est-ce que vous pensez de ça ? demanda Stevens avec un mouvement du menton en direction de la maisonnette.

— Si ce type ment, c'est le plus extraordinaire menteur que j'aie rencontré en trente ans !

— Bon… Eh bien, à cet après-midi !

— C'est ça. Vous ferez bien de veiller à ce que votre femme soit de retour avant ce soir, Mr Stevens.

En arrivant chez lui, Stevens constata que sa femme n'était pas encore rentrée, bien qu'il fût plus de 11 heures. Ellen était venue et repartie en lui laissant un mot pour l'informer que son petit déjeuner était dans le garde-manger. Il le dégustait lentement, quand une idée le fit brusquement se lever pour aller examiner le manuscrit de Gaudan Cross demeuré près du téléphone. Sur la page de titre, il y avait : « *Une étude sur les empoisonnements à travers les âges.* Gaudan Cross. Fielding Hall ; Riverdale, New York. »

Stevens décrocha le récepteur téléphonique :

— Allô ! Allô ! mademoiselle, pouvez-vous me dire si l'on a demandé une communication à longue distance, d'ici, cette nuit ?

— La nuit dernière ?… Oui, monsieur : Riverdale, trois, six, un !

Ayant raccroché, Stevens s'en fut dans sa bibliothèque et prit un exemplaire de *Messieurs les jurés.* Au dos de la jaquette, Gaudan Cross le regardait. Un visage maigre, intelligent, mais à l'expression plutôt sombre, avec des yeux aux paupières lourdes et des cheveux noirs, à peine touchés de gris. Il se souvint de la controverse qui s'était engagée à ce propos et, à l'époque, on avait dit que Gaudan Cross avait 40 ans.

Stevens remit le livre en place et monta à l'étage. Ouvrant le placard où Marie accrochait ses robes, il les examina. Elles étaient peu nombreuses, la plupart se trouvant à New York.

Les pendules continuaient d'égrener le temps. Stevens essaya de lire, puis il alluma la radio, faillit se préparer un whisky, y renonça. À 16 heures, ce lui fut un soulagement de découvrir qu'il n'avait plus de tabac et qu'il lui fallait aller en acheter.

Quelques gouttes de pluie le frappèrent au visage quand il sortit. Il traversa King's Avenue et prit la route en direction de la gare. Il avait presque atteint le drugstore lorsqu'il entendit ce qu'il avait cru entendre la nuit précédente… quelqu'un l'appelant par son nom. La porte, située entre les deux vitrines marquées « *J. Atkinson, entrepreneur de pompes funèbres* », était ouverte et sur son seuil quelqu'un lui faisait signe.

Stevens traversa la rue et vit qu'il s'agissait d'un homme d'un certain âge, ayant l'air d'un *businessman,* plutôt corpulent et vêtu avec une sobre élégance. Il avait les cheveux noirs, un peu clairsemés, séparés par une raie médiane et brossés en arrière sur les tempes. Le visage était jovial, l'attitude affable.

— Mr Stevens ? dit l'homme. Nous n'avions pas encore eu l'occasion de nous rencontrer, mais je vous connais de vue. Je suis Mr Atkinson, Jonah

Atkinson. Mon père s'est presque totalement retiré des affaires. Voudriez-vous entrer un instant ? J'ai quelque chose pour vous.

Les rideaux noirs qui cernaient les vitrines étaient plus hauts que Stevens ne l'avait supposé du dehors et ils plongeaient dans la pénombre la petite salle d'attente, au tapis moelleux, qui semblait un peu irréelle. L'atmosphère y était très paisible, et il n'y avait rien qui suggérât la destination de cette boutique, sauf deux urnes, assez semblables à celles se trouvant dans la crypte, qui encadraient une autre porte, au fond de la pièce. Atkinson s'approcha d'une table et revint vers Stevens en lui tendant la photographie de Marie d'Aubray, *guillotinée pour meurtre en 1861*.

— On m'a chargé de vous remettre ceci, dit-il... Oh ! qu'y a-t-il ? Vous ne vous sentez pas bien ?

Comment Stevens aurait-il pu lui expliquer ce qu'il ressentait ? Cette impression de vivre un cauchemar où Jonah Atkinson jouait un rôle n'était pas seulement due à la photo, car Stevens, regardant la table, vit, entre des magazines en désordre, un morceau de ficelle qui émergeait, et cette ficelle comportait plusieurs nœuds...

— Non... Non... ce n'est rien, dit Stevens, se souvenant du roman policier qu'il avait naguère imaginé à propos de cette boutique. Où avez-vous eu cela ?

Atkinson sourit :

— Je ne sais pas si vous vous rappelez, mais quand vous êtes arrivé, hier soir par le train de

19 h 35, je me trouvais ici, occupé à je ne sais quoi, et il s'est trouvé que, en regardant par la vitrine, je vous ai vu...

— Oui, en effet, j'avais remarqué qu'il y avait quelqu'un !

— Une auto vous attendait, poursuivit Atkinson qui parut légèrement intrigué par la remarque de Stevens, dans laquelle vous êtes monté et juste comme elle tournait le coin de la rue, j'ai entendu quelqu'un crier votre nom du côté de la gare. C'était le préposé à la collecte des tickets. Il semble que vous ayez fait tomber cette photographie dans le train, le contrôleur l'a ramassée et remise au collecteur de tickets, au moment où le train repartait.

Stevens se souvenait d'avoir dégagé la photo de son clip, afin de mieux l'examiner, puis Welden était survenu et Stevens s'était empressé de mettre le manuscrit hors de vue...

— L'employé retournait chez lui ; aussi, me voyant sur le seuil de ma boutique, il m'a demandé de bien vouloir vous remettre cette photo à la première occasion, en croyant spirituel d'ajouter : « C'est davantage dans vos cordes que dans les miennes ! » À cause de l'inscription, vous comprenez... Quoi qu'il en soit, j'ai pensé que vous seriez peut-être fort aise de la récupérer.

— Vous ne pouvez savoir combien j'en suis heureux ! Ah ! si tous les problèmes pouvaient se résoudre aussi aisément... Écoutez, Mr Atkinson, je ne voudrais pas que vous me preniez pour un fou, mais j'aimerais vous poser une question. C'est très important. Comment ce morceau de ficelle est-il venu ici… celui-là, sur la table, avec les nœuds ?

Atkinson se retourna et fourra le morceau de ficelle dans sa poche en grommelant :

— Ça ? Oh ! c'est le travail de mon père. Il en laisse partout ! Il devient un peu… enfin, vous me comprenez ? Mais il a toujours eu cette manie. Il prend un morceau de ficelle et il se met à y faire des nœuds ; d'autres fument, jouent avec leurs clefs ou font des petits dessins, lui, ce sont des nœuds. On l'a surnommé le Vieil Homme dans le Coin… Vous lisez des romans policiers ? Vous vous souvenez peut-être des nouvelles de la baronne Orczy qui mettent en scène un vieil homme, assis dans un coin d'un salon de thé, et qui fait des nœuds à longueur de journée sur un morceau de ficelle ? Mon père a toujours fait de même, mais, avant, il n'était pas aussi désordonné… Pourquoi me demandez-vous cela ?

Tandis qu'Atkinson parlait, Stevens se remémorait soudainement ce que Partington avait dit, la nuit précédente, à propos de Jonah Atkinson senior : « Le vieux Jonah voyait souvent le père de Mark qui avait l'habitude de lui demander, sans doute à la suite d'une plaisanterie, s'il était toujours dans son "salon de thé" ou dans son "coin". J'ignore ce qu'il entendait par là… »

— En retour, faites-moi la faveur de me dire pourquoi vous m'avez demandé cela, insistait Atkinson. Cela peut être important pour moi. Y a-t-il eu… (Il s'interrompit.) Je sais que vous êtes un grand ami des Despard. Nous nous sommes occupés de l'enterrement de Mr Despard. Y a-t-il eu quelque...

— Quelque ennui ? Oh ! non, répondit Stevens avec circonspection, mais pensez-vous qu'un de ces morceaux de ficelle aurait pu... aurait pu être enfermé dans le cercueil de Miles Despard ?

— Je suppose que oui, mais ce serait vraiment inexcusable de la part de mon père... Seigneur ! J'espère bien que...

Oui, pensait Stevens, mais est-ce que le vieil Atkinson fait invariablement neuf nœuds à ses morceaux de ficelle ? Et comment expliquer qu'un morceau semblable ait été trouvé sous l'oreiller de Miles Despard, la nuit de sa mort, avant que l'on eût fait appel aux offices de Jonah Atkinson senior ?

Enfin Stevens n'y tint plus et s'aventura jusqu'à demander au fils Atkinson s'il pouvait lui assurer que le corps de Miles Despard se trouvait dans le cercueil quand on l'avait transporté dans la crypte.

Atkinson fut catégorique, en même temps que surexcité :

— Je me doutais bien qu'il se passait quelque chose de bizarre à Despard Park ! Je l'avais entendu dire... oui, oui, bien sûr, cela reste entre nous. En tout cas, je suis à même de répondre à votre question : il n'y a pas le moindre doute que le corps de Mr Despard ait été mis dans le cercueil. J'ai aidé moi-même à l'y mettre, et les porteurs se sont chargés, aussitôt après, du cercueil et se sont rendus directement à la crypte. Mes assistants pourront vous le confirmer.

La porte de la rue s'ouvrit silencieusement, et un homme entra dans la boutique. Il se détachait, dans la clarté grise du crépuscule, sur la vitre qu'avaient striée quelques gouttes de pluie. Il n'était pas très grand et il semblait malingre, bien qu'il portât une épaisse pelisse. Cette pelisse ainsi que le feutre marron dont le bord souple était rabattu sur les yeux causèrent à Stevens une désagréable impression, en lui rappelant Miles Despard. Mais les morts ne roulent pas dans des Mercedes comme celle qui était arrêtée en bordure du trottoir avec un chauffeur au volant. D'ailleurs, l'arrivant continua d'avancer et Stevens put se convaincre qu'il n'était pas Miles Despard.

La pelisse était de coupe démodée et l'homme avait plus de 70 ans. Son visage était d'une laideur remarquable, avec quelque chose de simiesque en dépit d'un nez proéminent et, cependant, ce visage était attirant. Stevens lui trouva quelque chose de familier, sans qu'il pût arriver à définir d'où cette impression lui venait. Le regard de l'inconnu, un regard brillant à l'expression cynique et même un peu sauvage, balaya la pièce, puis s'immobilisa sur Stevens.

— Je vous prie d'excuser cette intrusion, dit-il, mais j'aimerais avoir un court entretien avec vous, monsieur. Je vous ai vu entrer et je vous ai suivi, car j'ai fait un long trajet pour vous rencontrer. Mon nom est Cross… Gaudan Cross.

18

— Oui, c'est bien moi, voici ma carte, insista l'autre posément. Vous devez penser que mon visage est nettement plus âgé, et beaucoup moins avenant que celui que je tiens à voir reproduire au dos de mes livres. C'est que la photographie en question remonte à trente ans. Elle a été prise avant que je ne sois envoyé en prison.

Il poursuivit en élevant sa main gantée :

— Vous devez également penser que mes droits d'auteur, si substantiels qu'ils puissent être, sont insuffisants pour me permettre une voiture comme celle-ci, dit-il avec un geste vers la rue. Vous avez parfaitement raison. Quand je partis pour la prison, je possédais une somme assez rondelette et, comme je n'eus pas la possibilité d'en dépenser la moindre parcelle, les intérêts composés en firent une véritable fortune à laquelle s'ajoutèrent mes droits d'auteur, car j'eus le loisir d'écrire durant mon incarcération. C'est là toute la différence entre les financiers et les écrivains. Les premiers gagnent de l'argent, puis vont en prison. Les seconds vont en prison, puis gagnent de l'argent. Mr Atkinson, je suppose, voudra bien nous excuser. Mr Stevens, veuillez avoir l'obligeance de venir avec moi.

Il tint la porte ouverte, tandis que Stevens, abasourdi, lui obéissait. Le chauffeur descendit leur ouvrir la portière.

— Montez, dit Cross.

— Où allons-nous ?

— Je n'en ai pas la moindre idée, dit Cross. Où vous voudrez, Henry.

Le moteur ronronnait. Une agréable tiédeur régnait à l'intérieur de la limousine capitonnée de gris. Cross s'était assis dans un angle de la banquette et ne quittait pas Stevens du regard. Son visage reflétait toujours le même mélange de sauvagerie et de cynisme, tempéré toutefois par quelque chose que Stevens ne parvenait pas à définir. Sortant un étui de sa poche, Cross offrit un cigare à son hôte, en disant :

— Eh bien ?

— Eh bien, quoi ? riposta Stevens en acceptant le cigare, car ses nerfs à vif éprouvaient le besoin du tabac.

— Êtes-vous toujours aveuglé par la jalousie ? Je vous demande cela, parce que votre femme, que je voyais pour la première fois, a parcouru cette nuit je ne sais combien de kilomètres en voiture pour venir m'éveiller à une heure indue et me poser des questions. Elle a dormi sous mon toit, mais outre le fait que ma gouvernante, Mrs Murgenroyd, nous servait de chaperon, mon âge doit suffire à vous rassurer. Je suppose que vous aviez deviné que votre femme s'était rendue chez moi. Du moins, vous l'auriez deviné si vous aviez eu un tant soit peu d'intelligence, ce dont je suis enclin à douter.

— Ma foi, riposta Stevens, Ogden Despard mis à part, vous êtes certainement l'homme doté du plus insupportable toupet que je connaisse ! Et puisque nous en sommes à parler franchement, je reconnais que vous n'êtes pas exactement le genre de rival que j'estimerais dangereux.

— Voilà qui est mieux ! gloussa Cross qui reprit cependant avec une pointe de sécheresse : Mais au fait, pourquoi donc ? Vous avez la jeunesse, mais j'ai l'intelligence. Votre directeur, Morley, vous a-t-il parlé de moi ?

— Non, répondit Stevens en y réfléchissant. Il m'a simplement demandé si je vous avais rencontré, c'est tout. Où est Marie en ce moment ?

— Chez vous, mais vous avez tout le temps de la rejoindre. Voyez-vous, jeune homme, reprit Cross en se renversant contre les coussins tout en fumant son cigare, j'ai 75 ans et, grâce aux vingt années que j'ai passées en prison, j'ai étudié plus d'affaires criminelles qu'un homme de 175 ans n'aurait eu l'opportunité de le faire. C'est pour être agréable à votre femme que je suis venu vous conseiller.

— Je vous en remercie et je n'aurais pas dû vous parler comme je viens de le faire, fit Stevens en sortant la photographie de Marie d'Aubray de sa poche. Mais dans ce cas, au nom du ciel, pouvez-vous me dire ce que signifie ceci ? Et pourquoi Marie a été vous trouver ? Et l'origine de votre nom, si tant est que vous vous nommiez Gaudan Cross ?

De nouveau, Cross eut un petit gloussement :

— Ainsi donc, vous vous êtes essayé à quelques déductions ! C'est ce que craignait votre femme. Mon nom est bien Gaudan Cross puisque j'ai légalement le droit de le porter. Mais, avant d'en changer à l'âge de 21 ans, je me nommais Alfred Mossbaum. Non, ne vous méprenez pas ! Je suis juif, et comme tous les grands hommes de ma race, fier de l'être. Sans nous, je crois que le monde serait, depuis longtemps, retourné au chaos. Mais je suis aussi un égoïste et j'ai trouvé que le nom d'Alfred Mossbaum n'était pas assez euphonique pour s'appliquer à moi. N'est-ce pas aussi votre avis ?

» Voyez-vous, depuis mon adolescence, le crime a toujours été ma marotte. J'ai assisté à quantité de procès fameux, et alors que j'approchais la quarantaine, pour démontrer que le crime était une chose extrêmement simple, j'en ai moi-même commis un. Vous allez m'objecter : Et pour démontrer combien il est simple d'échapper au châtiment, vous avez passé vingt années en prison ! C'est vrai, mais ma culpabilité a été découverte de la seule façon possible : par mes soins. M'étant enivré, je me suis vanté de mon coup.

Il exhala un nuage de fumée qu'il dispersa d'un rapide mouvement de main.

— Mais quelle merveilleuse occasion pour un homme comme moi ! Je suis devenu l'homme de confiance du directeur. Comprenez-vous ce que cela représentait ? La possibilité pour moi d'avoir un accès direct aux sources de toutes les grandes affaires criminelles. J'ai connu les assassins célèbres mieux que les juges devant lesquels ils avaient comparu ou les jurés qui les avaient condamnés. J'ai connu aussi ceux qui les avaient arrêtés. Ainsi placé à pied d'œuvre, je n'ai nullement cherché à voir ma peine diminuer ou à me faire libérer sur parole. Je vivais aux frais de l'État, tout en amassant de quoi gagner de l'argent.

— Évidemment, c'est une façon de voir ! convint Stevens.

— Il y avait bien une ombre au tableau, c'est que mon séjour en prison pourrait constituer un sérieux handicap pour ma carrière littéraire. Toutefois, encore qu'ayant purgé ma peine sous le nom facile à retenir de Gaudan Cross, je ne cherchai pas à redevenir Alfred Mossbaum. Mais ne voulant pas qu'on pût établir de rapprochement entre le Gaudan Cross, emprisonné pour meurtre en 1895, et le Gaudan Cross qui venait de poindre au firmament littéraire, j'eus soin de faire spécifier que j'avais 40 ans et demandai qu'une photo assez ancienne de moi figurât au dos de chaque livre.

— Ainsi donc, il s'agissait d'un meurtre ?

— Bien entendu, répondit Cross avec une simplicité dans le cynisme qui ne laissa pas de décontenancer Stevens. Je voulais vous faire comprendre que je faisais autorité en la matière. C'est pourquoi votre femme est venue me trouver. Il lui avait suffi de parcourir le premier chapitre de mon manuscrit pour se rendre compte que je connaissais les faits, alors qu'elle les ignorait.

— Les faits concernant quoi ?

— Concernant Marie d'Aubray en 1676, et Marie d'Aubray en 1861. Concernant son ascendance ou, plus exactement, ce qu'elle pensait être son ascendance.

— Vous semblez lire en moi, remarqua Stevens. Je pense actuellement non pas au présent, mais au passé lointain... aux morts et aux non-morts. Y a-t-il quelque chose de vrai dans tout cela ?

— Non, j'ai le regret de vous le dire. Du moins, en ce qui concerne votre femme.

Stevens pensait : « Je suis assis dans une confortable limousine, je fume un bon cigare, avec un homme qui avoue lui-même être un assassin. Et cependant la seule présence de cette momie à mon côté suffit à m'ôter un poids de l'esprit et à ramener les choses à une perspective raisonnable, beaucoup mieux que toutes les explications de l'entrepreneur de pompes funèbres. »

— Vous êtes marié depuis trois ans, à ce que j'ai compris, dit Cross en battant des paupières. Connaissez-vous bien votre femme ? Non, n'est-ce pas ? Et pourquoi donc ? Les femmes sont d'ordinaire bavardes. Si vous faites allusion à un de vos oncles, elles ripostent en faisant allusion à une de leurs tantes, rendant anecdote pour anecdote. Or, pourquoi ne l'entendiez-vous jamais parler de sa famille ? Parce qu'elle s'interdisait de le faire. Pourquoi était-elle sans cesse à condamner des choses qu'elle qualifiait de morbides ? Parce qu'elle-même en avait peur. Il ne m'a pas fallu dix minutes pour lui arracher toute son histoire, et j'étais naturellement en mesure d'infirmer ou de confirmer tout ce qu'elle croyait.

» Écoutez-moi bien. En un endroit nommé Guibourg, morne trou situé au nord-ouest du Canada, il existe réellement une famille d'Aubray ayant une filiation lointaine avec les Aubray qui donnèrent le jour à la marquise de Brinvilliers tout comme à la Marie d'Aubray dont vous avez le portrait entre les mains. Jusque-là, tout est exact, comme j'ai pu m'en assurer en passant à Guibourg deux semaines mortellement ennuyeuses alors que je préparais mon dernier livre. J'ai voulu vérifier l'authenticité de cette légende concernant les non-morts. Je ne me fie pas aux légendes : j'examine les extraits de naissance et les registres d'état civil. Quoi qu'elle en pense, votre femme n'est pas même alliée à la famille d'Aubray. Elle a été adoptée, à l'âge de trois ans, par miss Adrienne d'Aubray, seul surgeon de cette famille. Son nom n'est pas plus d'Aubray que le mien n'est Cross. Sa mère était une Canadienne française et son père un ouvrier écossais.

— Je ne sais pas, dit Stevens, si nous sommes dans le royaume de la sorcellerie ou dans celui du bon sens, mais regardez cette photographie. Il existe une ressemblance étonnante…

— Et pourquoi, sans cela, pensez-vous qu'on l'aurait adoptée ? Il n'y a pas d'autre raison. Miss Adrienne d'Aubray est une femme que, si j'habitais Guibourg à longueur d'année, je serais assez porté à considérer comme une véritable sorcière. Au fait, savez-vous d'où vient ce nom de *Guibourg* ? Au XVIIe siècle, on appelait la messe noire « Messe de Guibourg » du nom de l'abbé Guibourg qui la célébrait. Et la famille d'Aubray possède là-bas une vieille maison d'aspect assez sinistre. Eh bien, miss Adrienne d'Aubray n'a adopté la fille de l'ouvrier écossais que dans le seul but de la persuader qu'elle avait du sang de la non-morte en elle et qu'un jour viendrait où celle-ci prendrait possession de son corps. Elle lui a montré des portraits, lui a raconté des histoires et s'est ingéniée à lui faire voir des « choses », à la nuit tombante, parmi les sapins qui cernent la maison. Quand l'enfant était punie, c'était à l'aide d'un entonnoir et d'eau, comme sa prétendue aïeule. On lui occasionna des brûlures, pour lui faire voir ce que c'était. Ai-je besoin d'entrer davantage dans les détails ?

— Non, dit Stevens, en se cachant le visage dans les mains.

Cross semblait satisfait de soi et continua à fumer posément. Mais le cigare trop gros pour lui détruisait l'air satanique qu'il voulait se donner.

— Voilà, jeune homme, quelle femme est votre épouse. Elle a d'autant mieux gardé son secret que son mariage avec vous paraissait avoir réussi à l'affranchir de son passé. Mais, par suite de vos rapports avec la famille Despard, il semble que quelques incidents se soient produits qui ont eu pour effet de le lui remémorer. Mrs Mark Despard, un dimanche après-midi, engagea une conversation sur les poisons, en présence d'une infirmière qui soignait un vieillard malade…

— Je sais, dit Stevens.

— Ah ! vous savez ? Eh bien, toutes ces terreurs, tous ces démons que votre femme avait réussi à tenir renfermés en elle, cette conversation sur les poisons a eu pour effet de les libérer. Pour reprendre sa propre expression, votre femme « s'est sentie à nouveau toute drôle », dit Cross en exhalant avec humeur un nuage de fumée. Bon Dieu ! Elle a même été assez stupide pour se précipiter hors de la pièce à la poursuite de l'infirmière et la questionner à propos des poisons. Elle m'a avoué ne pas savoir ce qui l'avait poussée à agir ainsi. Un psychiatre le lui aurait dit. En tout cas, je peux vous affirmer qu'elle est parfaitement saine d'esprit et ce, grâce au robuste bon sens qui la caractérise. Sans cela, les méthodes éducatives de miss Adrienne seraient peut-être bien parvenues à faire d'elle une sorte d'infirme cérébrale. Quoi qu'il en soit, il se trouve que moins de trois semaines après cette conversation sur les poisons, le vieillard malade mourut. Là-dessus, vous surgissez avec mon manuscrit, prononçant des phrases incohérentes et, pour couronner le tout, le nommé Mark Despard survient en compagnie d'un médecin véreux, pour vous informer – tandis que votre femme écoute à la porte : *primo*, qu'il a la preuve que son oncle a été empoisonné ; *secundo*, qu'une femme, costumée comme la marquise de Brinvilliers, a été vue dans la chambre de la victime. Si vous n'arrivez pas à imaginer dans quel état d'esprit s'est alors trouvée votre femme, je vous ai encore fait crédit de trop d'intelligence.

C'est pourquoi elle a voulu être renseignée avec certitude sur son ascendance.

Stevens, la tête toujours entre les mains, demanda d'un ton suppliant :

— Dites au chauffeur de faire demi-tour, voulez-vous ? Il faut que je retourne près d'elle ; moi vivant, jamais plus elle ne sera la proie de ces terreurs insensées !

Cross donna un ordre dans le cornet acoustique.

— Cette expérience a été toute nouvelle pour moi, remarqua-t-il, car je n'ai pas pour habitude d'aplanir ainsi les difficultés et je puis même vous dire que je n'aime pas ça. Toutefois, je n'ai pu lui refuser de venir vous mettre au courant, parce qu'elle se sentait incapable de le faire. Il semble, pour une raison que je n'arrive pas à comprendre, qu'elle soit amoureuse de vous, la pauvre créature ! Avez-vous quelque autre question à me poser ?

— Oui… euh… je voudrais savoir si elle a dit quelque chose à propos de… à propos des comprimés de morphine.

— Oui, j'avais oublié cela, c'est vrai ! fit Cross avec irritation. C'est bien elle qui a volé la morphine. Savez-vous pourquoi ? Non, ne cherchez pas, vous ne le savez pas ! Mais reportez-vous un peu en arrière. Elle et vous étiez à ce fameux – et pour moi, détestable – Despard Park, une certaine nuit. Vous souvenez-vous de la date ?

— Sans aucune peine. La nuit du samedi 8 avril.

— C'est cela. Vous souvenez-vous de ce que vous faisiez ce soir-là à Despard Park ?

— Nous y étions allés pour jouer au bridge mais... mais, en fait, nous avons passé la soirée à nous raconter des histoires de fantômes.

— Exactement. Vous avez raconté des histoires de fantômes – et des plus déplaisantes, j'imagine ! –, le soir, en présence d'une femme qui était déjà la proie de terreurs inavouées. Aussi ne souhaita-t-elle qu'une chose : pouvoir s'endormir dès qu'elle poserait la tête sur l'oreiller, afin de ne pas voir rôder autour d'elle dans l'ombre sorcières et fantômes. Je ne suis pas surpris que vous n'ayez rien remarqué, vous, mais que cela ait échappé à l'attention de la famille Despard me dépasse vraiment ! L'influence des Despard semble vous être néfaste à tous deux. Ils font aisément crédit au surnaturel...

Au-dehors, il y eut un sourd roulement de tonnerre et la pluie se mit à battre les vitres. Stevens se sentait soulagé de tous ses soucis, à l'exception d'un seul :

— Oui, dit-il, ce que vous dites est vrai, mais il n'en reste pas moins que le corps d'un homme a disparu de la crypte...

— Ah ! vraiment ? fit Cross en se penchant en avant. J'allais justement y venir. Je vous ai dit que, pour complaire à votre femme, j'étais venu vous trouver afin de vous aider. Eh bien, il nous reste dix minutes avant que nous arrivions chez vous. Racontez-moi cette histoire en détail.

— Avec plaisir, car je ne suis plus tenu au secret maintenant que la police est au courant. Le capitaine Brennan…

— Brennan ? répéta Cross, l'attention soudain éveillée. Se pourrait-il qu'il s'agisse de Francis Xavier Brennan ? Frank *le Renard* ?

— Lui-même. Vous le connaissez ?

— Je connais un nommé Frank Brennan depuis le temps qu'il était sergent, répondit Cross, d'un air pensif. Chaque année, à Noël, il m'envoie une carte postale. Il joue assez bien au poker, mais il y a des limites à ses possibilités… Continuez donc, je vous écoute.

Suivant que le cours pris par le récit de Stevens lui plaisait ou non, le visage de Cross semblait rajeunir ou vieillir encore davantage. Parfois, il se laissait aller jusqu'à s'écrier : « Magnifique ! » mais il n'interrompit son interlocuteur qu'une seule fois et ce fut pour dire au chauffeur de ralentir.

— Et vous avez cru tout cela ? dit-il enfin.

— Je ne sais plus ce que je crois ou non. Quand ils se sont mis à parler de sorcellerie…

— Qu'on laisse la sorcellerie en paix dans cette histoire ! s'écria Cross. Je pense que vous ne ferez pas à la magie noire l'insulte de l'assimiler à ce charlatanisme ! Il s'agit tout simplement d'un crime, mon ami ! Un crime assez bien mis en scène et révélant une assez belle conception esthétique, mais dont l'auteur est un hésitant et un maladroit. Ce qu'il y a de mieux dans cette histoire se trouve avoir une origine purement accidentelle.

— Voulez-vous dire que vous savez comment ce crime a été perpétré et qui en est l'auteur ?

— Bien sûr ! fit Cross.

Un roulement de tonnerre assourdissant se répercuta à tous les échos du voisinage, suivant presque instantanément un éclair aveuglant, et la pluie redoubla d'ardeur.

— Dans ce cas, qui est l'assassin ?

— Un des membres de la maisonnée, de toute évidence.

— Je dois vous avertir qu'ils ont tous des alibis à toute épreuve, sauf les Henderson, bien entendu...

— Je crois pouvoir vous assurer que les Henderson n'ont rien à voir dans cette affaire. L'assassin se trouvait beaucoup plus directement intéressé par la mort de Miles Despard que ce n'est le cas pour les Henderson. Quant aux alibis, ne vous laissez pas impressionner par eux. Quand j'ai assassiné Royce – lequel, soit dit entre nous, méritait amplement la mort –, j'avais un alibi parfait : vingt personnes, y compris le maître d'hôtel, étaient prêtes à certifier que j'avais dîné au *Delmonico*. C'était le fait d'un stratagème assez ingénieux, que je me ferai un plaisir de vous expliquer quand nous aurons un peu plus de temps. Ce fut la même chose quand je commis le vol qui me fournit les assises de ma fortune. Non, vraiment, dans votre affaire, il n'y a rien de bien original. Même la façon dont le corps fut enlevé de la crypte, encore qu'elle ne soit pas dépourvue de finesse, je puis dire que mon ami Bastion l'avait bien mieux utilisée. Bastion finit de purger sa peine en 1906.

Malheureusement, quand il nous quitta et s'en retourna en Angleterre, ils furent là-bas obligés de le pendre. Entre-temps, toutefois, il exécuta différentes choses qui, du point de vue strictement artistique, peuvent être citées en exemple… Mais je crois que nous arrivons…

Stevens sauta sur le trottoir avant même que la limousine se fût complètement arrêtée. On ne voyait nulle lumière à l'intérieur de la maison, mais au début de l'allée conduisant à la porte d'entrée se tenait, à l'abri d'un parapluie, une silhouette massive et familière.

— Frank, dit Cross, montez donc dans l'auto…

— Ainsi, c'est bien vous ! fit le capitaine Brennan. Excusez-moi, Mr Cross, mais j'ai à faire ici. Plus tard.

— Vieux Renard, dit Cross, j'en ai appris plus sur cette affaire en un quart d'heure que vous en une journée. Montez donc et je vous en démonterai le mécanisme…

Brennan s'exécuta, comme malgré lui, et Stevens regarda la voiture s'éloigner. Il sentait avec volupté la pluie couler sur son visage. Le soulagement le laissait comme étourdi et il était incapable de parler. Mais il fit demi-tour et se dirigea vers la maison où Marie l'attendait.

19

Ils étaient près de la fenêtre du living-room donnant sur le jardin. Il la serrait contre lui et tous deux étaient en paix. La pluie avait cessé de tomber et seule une brume blanchâtre subsistait au-dehors.

— Je ne sais pourquoi je ne pouvais me résoudre à te dire tout cela, murmura Marie en se serrant encore davantage contre son époux. Parfois, cela me semblait trop ridicule, à d'autres moments, trop épouvantable... Mais, bien que je l'aie quittée dès ma majorité, on ne se libère pas aisément de l'emprise d'une femme comme tante Adrienne...

— N'y pense plus, Marie. Il est inutile de reparler de tout cela.

— Mais si, je veux en parler, puisque c'est de mon silence que tout le mal est venu. J'ai tant cherché la vérité ! Tu te souviens de notre première rencontre à Paris ?

— Oui, au 16, rue Neuve-Saint-Paul.

— À la maison de... (Elle s'interrompit.) Je m'y étais rendue et je m'étais assise dans la cour pour voir si je ressentirais quelque chose. Cela me semble absurde maintenant, mais si tu avais connu tante Adrienne et aussi la maison que j'habitais... Une colline s'élevait derrière et...

Elle renversa la tête et il vit frémir sa gorge blanche, mais ce n'était pas de peur : Marie riait.

— Je crois bien que je suis guérie de tout cela. Si jamais je recommence, si jamais j'ai des cauchemars dans mon sommeil, tu n'auras qu'à murmurer à mon oreille : « Maggie MacTavish » et cela me guérira.

— Pourquoi Maggie MacTavish ?

— Parce que c'est mon véritable nom, chéri. Un nom adorable, un nom magique. On ne peut le transformer en quoi que ce soit d'autre, de n'importe quelle façon qu'on le tourne. Mais, vois-tu, c'est la faute des Despard. Leur maison ressemble tellement à celle où j'ai été élevée que cela a réveillé en moi tout ce dont je croyais que tu m'avais guérie. C'est étrange, mais je me sentais comme attirée par cette maison. Elle me hantait et je la hantais sans cesse... Et tu sais, Ted, c'est vrai à propos de l'arsenic. J'ai réellement demandé où je pouvais en acheter. C'est ce qu'il y a de plus horrible. Je ne sais pas...

— Maggie MacTavish, dit Stevens.

— Oh ! non, je vais bien, mais je pense à ce samedi soir où vous vous êtes mis à raconter des histoires de fantômes, notamment celle de Mark qui... Oh ! je devais me faire violence pour ne pas hurler. J'ai senti qu'il me fallait pouvoir oublier tout cela, ne fût-ce qu'un instant, sinon je deviendrais folle. Et c'est pour cela que j'ai volé le flacon contenant la morphine, mais je ne m'étonne pas, Ted, des pensées qui ont pu te venir. Je me demande même si tant d'indices m'accusant n'auraient pas fini par me convaincre de ma propre culpabilité. On a brûlé des gens sur le bûcher pour moins que cela.

Il la força à lui faire face et l'embrassa sur le front :

— À titre purement documentaire : tu ne nous as pas drogués tous deux dans la soirée du mercredi suivant ? C'est ce qui m'a le plus préoccupé. Je tombais de sommeil ce soir-là et je me suis endormi à 22 h 30…

— Non, sincèrement non, Ted. D'ailleurs, je ne l'aurais pas pu, car je n'avais pris qu'un comprimé et j'en avais utilisé la moitié…

— Un comprimé ! Mais il est censé en manquer trois !

Elle parut abasourdie :

— Alors c'est que quelqu'un d'autre a touché au flacon, dit-elle avec une évidente sincérité. Je n'ai pas osé en prendre davantage, par crainte de m'intoxiquer. Ted, je me demande vraiment ce qu'il peut y avoir au fond de cette histoire. Quelqu'un a tué le pauvre Miles, or, je crois que ça n'est pas moi. Je n'ai pas pu commettre ce crime même en rêve, parce que, cette nuit-là, je ne me suis pas endormie avant 23 h 30. Je n'avais pas pris de somnifère, je n'étais pas ivre le moins du monde, j'étais étendue à côté de toi et je m'en souviens parfaitement. Tu ne peux savoir quel bien cela fait d'être à même de se remémorer un détail de cet ordre !

» Mais je pense que quelqu'un, à Despard Park, a dû se douter de ce qui me préoccupait. Tu disais qu'Edith...

Elle s'interrompit et changea de sujet :

— Oh ! Ted, si soulagée que je me sente en ce moment, ce n'est rien comparé à ce que je pourrai éprouver si l'on trouve une explication naturelle à toute cette effroyable histoire. Tu comprends, ce meurtre... Est-il possible que... Tu m'as dit que Mr Cross... Au fait, qu'est-ce que tu penses de lui ?

— Ma foi, dit Stevens après avoir réfléchi, c'est indubitablement un vieux chenapan. De son propre aveu, il est assassin, voleur et que sais-je encore ? Il est visiblement dépourvu de tout sens moral et, s'il y avait quelque chose de fondé dans ces histoires de réincarnations, je croirais volontiers qu'il est un de ces non-...

— Ne dis pas ça !

— Allons, Maggie ! Je voulais ajouter que, en dépit de tout, je trouve l'homme assez sympathique et il semble s'être pris d'amitié pour toi. En outre, si jamais il parvient à éclaircir ce mystère, j'élèverai ses droits d'auteur jusqu'à vingt-cinq pour cent, pour les trois premiers mille !

Marie frissonna et se mit en devoir d'ouvrir la fenêtre. Ils respirèrent tous deux l'air frais du dehors.

— Quel brouillard ! dit-elle. On dirait que cela sent la fumée... Oh ! Ted, quand tout sera fini, tu ne pourrais pas demander un congé pour que nous entreprenions un grand voyage ? Ou peut-être ferais-je mieux d'inviter tante Adrienne ici, pour voir de quoi elle a l'air une fois hors de Guibourg, et me convaincre qu'elle n'est rien d'autre qu'une horrible vieille bonne femme. Tu sais que je pourrais te réciter l'ordinaire de la messe noire ? J'y ai assisté et c'est vraiment quelque chose d'incroyable. Je t'en parlerai plus tard. Cela me fait penser que… Juste une minute !

Elle s'élança vers le hall et Stevens l'entendit monter à l'étage. Quand elle revint, Marie tenait, du bout des doigts, comme si elle craignait qu'il ne la brûlât, le bracelet d'or à tête de chat. Elle était légèrement haletante :

— Voilà ; c'est le seul souvenir d'elle que je possède encore. Je l'avais gardé parce que je le trouvais plutôt joli et qu'il était censé porter chance. Mais maintenant que je l'ai vu sur la photographie de ta dame de 1860, j'aime mieux qu'il soit fondu ou…

Elle n'acheva pas, mais regarda vers la fenêtre.

— C'est cela. Jette-le par la fenêtre.

— C'est que… il a beaucoup de valeur, dit Marie, hésitante.

— Au diable cela ! Je t'en achèterai un plus beau ! Donne-le-moi…

Il sembla à Stevens que toute sa rage se concentrait sur ce bracelet, comme un symbole. Il le lança au-dehors à toute volée. Le bracelet frôla la branche d'un ormeau, puis la brume l'engloutit. Au même instant, s'éleva le long miaulement d'un chat en colère.

— Ted, ne… s'écria Marie. Puis elle dit d'une voix blanche : Tu as entendu ?

— Certes, fit-il. C'est un bracelet qui n'est pas léger et je te prie de croire qu'il a été lancé avec force. Si un chat l'a reçu dans les côtes, il avait une bonne raison de se plaindre !

— Quelqu'un vient… remarqua Marie, après une pause.

Ils entendirent des pas sur le gravier de l'allée, puis une silhouette émergea peu à peu de la brume.

— Oui, dit-il, mais ne crois pas que tu aies évoqué quelque esprit. Ce n'est que Lucy Despard.

— Lucy ! dit Marie d'une voix étrange. Lucy ? Mais pourquoi vient-elle par la porte de derrière ?

Ils allèrent lui ouvrir avant qu'elle eût frappé. Tout en ôtant son chapeau humide et en arrangeant ses cheveux avec une certaine brusquerie, Lucy entra dans la cuisine. Elle avait les yeux rougis, mais ne pleurait plus.

— Je m'excuse de vous imposer ma présence, dit-elle, mais je ne pouvais plus me supporter là-bas.

Elle regarda Mary avec curiosité, puis d'autres préoccupations parurent accaparer son esprit.

— Je boirais volontiers un peu d'alcool, Ted… Il s'est passé là-bas des choses épouvantables. Ted… Marie… Mark s'est enfui.

— Enfui ? Pourquoi donc ?

Lucy demeura silencieuse, les yeux rivés sur le parquet, et Marie lui posa avec douceur la main sur l'épaule.

— Oh ! à cause de moi et pour d'autres raisons aussi, répondit Lucy. Tout s'est bien passé jusqu'au déjeuner. Nous voulions que ce policier qui est si aimable – vous savez, Brennan ? – reste déjeuner avec nous, mais il a décliné l'invitation. Jusque-là, Mark était demeuré calme. Il ne disait rien, ne faisait pas montre de la moindre mauvaise humeur, mais c'est justement à cause de cela que je sentais que quelque chose n'allait pas. Nous sommes passés dans la salle à manger et, juste comme nous allions nous asseoir, Mark s'est approché d'Ogden et lui a donné un coup de poing en pleine figure. Puis il s'est mis à le rouer de coups. Oh ! c'était horrible, mais personne ne pouvait s'interposer. Vous savez comment est Mark ! Quand il s'est arrêté, il a quitté la salle à manger sans un mot et est allé fumer une cigarette dans la bibliothèque.

Elle soupira et releva la tête. Marie se sentait mal à l'aise et son regard allait sans cesse de Stevens à Lucy.

— Je n'aurais pas aimé être présente, dit Marie, mais vraiment, Lucy, je ne trouve pas qu'il y ait lieu de vous émouvoir de la sorte. Si vous voulez le fond de ma pensée, je me demande comment il se fait que quelqu'un n'ait pas songé depuis longtemps à infliger semblable correction à Ogden qui ne l'a pas volée !

— Certes ! Quand ce ne serait que pour avoir écrit cette lettre et expédié ces télégrammes. Un bon point pour Mark, enchérit Stevens.

— Oui, mais c'est de la folie de s'attaquer à Ogden, dit Lucy d'une voix blanche.

— Vraiment ? Eh bien, moi, je suis toute prête à m'attaquer à lui, déclara Marie. Il a essayé de me faire la cour d'une façon plus ou moins détournée, et il a paru étonné que cela ne m'impressionne pas le moins du monde…

— Attendez, dit Lucy, ce n'est pas tout. Edith et moi lui avons lavé le visage et il a fini par reprendre connaissance. Dès qu'il a pu se remettre sur pied, il nous a tous appelés, en disant qu'il avait une déclaration à nous faire. Il est passé dans la pièce voisine de celle où se trouvait Mark afin que celui-ci puisse l'entendre… J'ignore ce que vous avez pu apprendre concernant le Dr Partington. Il a été, un temps, fiancé à Edith, mais on a découvert qu'il avait pratiqué un avortement et il n'a échappé aux poursuites judiciaires qu'en quittant les États-Unis. Edith a toujours cru ou prétendu croire que la fille en question était la maîtresse de Tom. En fait, je ne pense pas qu'Edith ait été très éprise de lui. Elle est assez froide et ne m'a jamais paru très portée sur le mariage. Bref, elle a pris le prétexte de cette Jeannette White pour rompre avec Partington. Seulement, aujourd'hui, Ogden nous a dit la vérité. Jeannette White n'était pas la maîtresse de Tom, mais bien *celle de Mark* !

Après un temps, Lucy ajouta de la même voix blanche :

— Tom était le meilleur ami de Mark et pourtant Mark n'a jamais rien dit. Il a laissé Edith penser ce qu'elle voulait ; Tom ne savait pas la vérité, car Jeannette White ne lui avait pas dit le nom du père. Et Mark a laissé faire, sans se soucier de Tom qui était très épris d'Edith. Vous comprenez, à l'époque, Mark était fiancé avec moi et il avait peur de parler.

Stevens arpentait la cuisine de long en large, tout en pensant :

« Les affaires en ce bas monde sont bien compliquées et difficilement compréhensibles ! Si Mark Despard a agi ainsi, il vaut encore moins qu'Ogden et pourtant cela ne change rien à ma façon de voir. Je continue à avoir de l'estime pour Mark et à ne pouvoir souffrir Ogden. »

À sa surprise, il s'aperçut que Marie éprouvait les mêmes sentiments.

— Ainsi donc, dit-elle avec mépris, Ogden a déballé tout ce linge sale !

— Mais Partington ? intervint Stevens. Comment a-t-il pris ça ? Était-il présent ?

— Oh ! oui, dit Lucy, mais cela n'a pas paru lui faire grand effet. Il s'est contenté de hausser les épaules et a dit, non sans bon sens, que beaucoup d'eau avait coulé sous les ponts depuis lors, et que maintenant il préférait l'alcool à n'importe quelle femme. Non, ce n'est pas Tom qui a réagi, c'est moi. Je me suis emportée et j'ai dit à Mark que je ne voulais plus le revoir. Il m'a prise au mot !

— Mais pourquoi diable ! s'écria Marie, à la stupéfaction de son mari. Pourquoi vous être emportée ainsi ? Ce n'est tout de même pas parce que Mark avait couché avec cette fille, voilà dix ans ? Ma chère Lucy, trouvez-moi un homme qui n'ait jamais péché et je vous fiche mon billet que cela fera un bien morne époux ! Et puis, il y avait prescription ! Par ailleurs, ça n'est certainement pas non plus parce qu'il avait aussi mal agi à l'égard de ce Dr Partington – cela oui, c'était vraiment mal agir –, car, au fond, cela prouvait que Mark tenait à vous. Et moi, c'est la seule chose que j'aurais retenue de toute cette histoire !

Stevens avait préparé un Martini pour Lucy. Elle le prit avec avidité et, sur le point de le boire, hésita :

— Voyez-vous, je crains qu'il n'ait revu cette fille depuis lors.

— Jeannette White ?

— Oui.

— Et c'est Ogden, bien entendu, dit Stevens avec une ironie amère, qui vous a mis cette idée en tête ? Personnellement, je pense qu'Ogden devrait être interné. Il a dû dissimuler si longtemps sa méchanceté foncière sous des dehors doucereux afin d'être couché sur le testament de son oncle que, maintenant qu'il a hérité, cela lui est monté à la tête !

— Ted, dit Lucy en le regardant avec gravité, vous vous souvenez de ce mystérieux coup de téléphone qui a failli me faire quitter le bal à St. David, si bien que je n'aurais pas eu le moindre alibi ? Cet appel était anonyme…

— Cela veut dire qu'il émanait d'Ogden !

— Oui, c'est ce que j'ai pensé et c'est pourquoi j'y ai ajouté foi, car, à tout le moins, Ogden est ordinairement bien informé. Ce coup de téléphone m'apprenait que Mark avait renoué avec Jeannette White. À ce moment-là, je ne connaissais pas – ou, peut-être, l'avais-je oublié – le nom de la jeune fille qui avait été mêlée à l'affaire Partington. Mais il s'agissait d'une femme, cela me suffisait... car Mark n'était plus le même avec moi.

Elle avait peine à parler. Finalement, elle vida son verre d'un trait et demeura les yeux fixés sur le mur.

— Mon interlocuteur invisible me disait que, ce même soir, mettant à profit les masques qui ne me permettaient pas de le situer dans la foule, Mark allait s'en revenir à la maison, pour y rencontrer cette fille. Dans *notre* maison. Il ajouta que, si je prenais la peine de me rendre à Crispen, je pourrais m'en convaincre *de visu*... Tout d'abord, je n'ai pu y croire, puis j'ai cherché en vain Mark parmi les invités. (Il se trouve qu'il était en train de faire une partie de billard avec deux amis, dans une pièce à l'arrière de la maison, comme je l'appris par la suite.) Sur le point de retourner à Crispen, je me suis dit que toute cette histoire était ridicule et j'ai regagné le bal. Mais cet après-midi, quand Ogden a ramené sur le tapis le nom de cette Jeannette White, comme étant celle qui avait été compromise dans l'affaire Partington, je... je...

— Mais êtes-vous sûre que ce soit vrai ? demanda Stevens. Si le coup de téléphone n'était pas fondé, ce soir-là, toute l'accusation d'Ogden peut n'être qu'un mensonge.

— J'en suis sûre parce que Mark a reconnu les faits ! Et maintenant, il est parti. Ted, il faut que vous le retrouviez ! Ce n'est pas pour moi que je vous le demande mais pour son bien à lui ! Quand le capitaine Brennan apprendra que Mark est parti, il se mettra à penser toutes sortes de choses qui n'ont rien à voir...

— Brennan n'est donc pas au courant ?

— Non. Il était parti, et il est revenu il y a un moment avec une espèce de vieux bonhomme vêtu d'une pelisse, qui a l'air fort amusant, mais je n'étais pas d'humeur à m'amuser. Le capitaine Brennan m'a demandé si je voyais quelque inconvénient à ce que cet homme – Croft ou Cross, il me semble – séjourne à Despard. Il a ajouté que c'était quelqu'un qui connaissait la mentalité criminelle comme sa poche. Ils sont allés ensemble dans la crypte et, quand ils en sont ressortis, le capitaine était très rouge tandis que le petit homme riait aux éclats. Tout ce que j'ai pu saisir, c'est qu'ils n'y avaient découvert aucun passage secret. J'ai demandé à Joe Henderson ce qu'ils avaient fait dans la crypte... Vous connaissez la vieille porte de bois qui se trouve au bas des marches donnant accès à la crypte, et qu'on n'arrive jamais à fermer complètement ?

— Oui.

— Joe m'a dit que Cross la faisait manœuvrer, tout en riant. Je ne sais ce qui se passe, mais je suis effrayée... Oh ! et puis, ils sont allés aussi dans la véranda qui communique avec la chambre d'oncle Miles par une porte vitrée. Ils ont manœuvré le rideau et ont regardé par les encoches. Cela aussi a paru beaucoup divertir le petit homme. Avez-vous une idée de ce que cela peut vouloir dire ?

— Pas la moindre, dit Stevens. Mais je sens qu'autre chose vous préoccupe. Qu'est-ce donc ?

— Ça ne me préoccupe pas exactement, répondit-elle avec une étrange volubilité. Cela peut se produire dans n'importe quelle maison : le capitaine Brennan en a convenu lui-même quand il l'a découvert. Mais cela aurait pu néanmoins nous causer de sérieux ennuis si nous n'avions eu de bons alibis pour la nuit du mercredi. Le fait est que, peu après votre départ, Ted, le capitaine a découvert de l'arsenic dans la maison.

— De l'arsenic ! Diable ! Et où cela ?

— Dans la cuisine. J'aurais pu le lui dire moi-même, si j'y avais pensé. Mais je n'avais aucune raison d'y penser, n'est-ce pas, puisque personne n'avait parlé d'arsenic avant aujourd'hui...

— Qui l'a acheté, Lucy ?

— Edith. Pour les rats. Mais cela lui était sorti de l'esprit.

Il y eut un silence, au cours duquel Lucy porta machinalement à ses lèvres le verre vide. Frissonnante, Marie s'approcha de la porte de derrière et l'ouvrit.

— Le vent a changé, dit-elle. Il va y avoir une autre tempête cette nuit.

20

Il y eut, en effet, une autre tempête cette nuit-là, tandis que Ted errait dans Philadelphie, à la recherche de Mark. Ni à son club, ni à son bureau, ni en aucun endroit qu'il fréquentait d'ordinaire on n'avait vu Mark Despard.

Trempé et découragé, Stevens rentra tard à Crispen. Il avait été convenu que Cross passerait la nuit au cottage, mais il ne le vit pas avant minuit, car il se rendit d'abord à Despard Park, pour rassurer Lucy au prix de quelques mensonges vagues. La maison était très calme et Lucy semblait demeurée seule debout. Quand Stevens arriva enfin chez lui, il trouva Brennan et Cross installés dans la limousine de ce dernier, devant sa porte.

— Est-ce que…

— Oui, l'interrompit Brennan d'un air plutôt sombre, oui, je pense que nous connaissons l'identité de l'assassin, mais il y a encore un point qu'il me faut vérifier et c'est pourquoi je me rends en ville. Après… oui, après ce sera fini, j'en ai peur !

— Bien qu'en général, je sois plutôt dénué de sens moral, intervint Cross, je ne puis, cette fois, partager l'attendrissement de Frank *le Renard*. Il s'agit, monsieur, d'un crime particulièrement odieux et je ne serais pas fâché de voir passer l'assassin sur la chaise électrique. Mr Stevens, à mon grand regret, je ne pourrai pas profiter de votre aimable invitation à séjourner sous votre toit, car il me faut partir avec Brennan pour mener cette affaire à sa conclusion. Toutefois, comme je vous ai promis une solution, si vous et votre femme voulez bien vous rendre demain après-midi à Despard Park, à 14 heures précises, je vous présenterai l'assassin. Roulez, Henry !

Marie avoua ne pas regretter que Cross n'ait pu passer la nuit chez elle.

— Il a été très gentil et je lui suis extrêmement reconnaissante, mais il a un je-ne-sais-quoi qui me cause un malaise. Il semble lire en vous.

Bien que Marie et lui se soient couchés à minuit et qu'il n'ait pas dormi la nuit précédente, Stevens ne put fermer l'œil, tant il se sentait hypertendu et fatigué. Pendant une partie de la nuit, le tonnerre ne cessa de gronder et les chats menèrent grand tapage autour de la maison. Marie, de son côté, avait un sommeil agité. À 2 heures du matin, comme elle marmottait des mots sans suite, il redouta qu'elle ne soit la proie d'un cauchemar et songea un instant à la réveiller. Le tapage des chats semblant se rapprocher, Stevens chercha un objet quelconque à leur jeter et ne put trouver qu'un pot de crème vide, ou quelque chose y ressemblant, dans un tiroir de la coiffeuse. Quand, pour la seconde fois de la journée, il jeta un objet au-dehors, il fut salué par un hurlement d'une sauvagerie presque humaine, qui lui fit refermer vivement la fenêtre. Il s'endormit vers 3 heures du matin et ne se réveilla qu'au son des cloches dominicales.

Lorsqu'ils se rendirent à Despard Park, à 14 heures, ce fut Mrs Henderson qui leur ouvrit la porte. Stevens l'examina avec un intérêt nouveau, comme s'il la rencontrait pour la première fois. Elle n'avait aucunement l'air, dans ses vêtements du dimanche tout empesés, d'une femme susceptible de voir des fantômes, mais, de toute évidence, elle venait de pleurer.

— Je vous ai vus venir, dit-elle avec dignité. Ils sont tous en haut, sauf Mrs Despard. Ah ! pourquoi a-t-elle...

Mrs Henderson s'interrompit comme si ce genre de récriminations était incompatible avec la solennité du dimanche et les précéda dans un grand craquement de souliers.

— Quoi qu'il en soit, ajouta-t-elle, comme se parlant à soi-même, ça n'est pas un jour pour jouer !

Elle paraissait faire allusion à une voix qui tonitruait à l'étage. Il s'agissait sans aucun doute du poste de radio se trouvant dans la véranda, car c'est la direction que la gouvernante emprunta. Comme ils suivaient le couloir, Stevens distingua quelqu'un d'embusqué dans l'embrasure d'une porte. C'était Ogden, le visage quelque peu tuméfié. De toute évidence, Ogden n'avait pas l'intention d'assister à la réunion, mais paraissait vouloir entendre ce qui s'y dirait.

Henderson se tenait debout dans un coin de la véranda. Edith était assise dans un fauteuil d'osier et, près d'elle, sur un sofa, Partington semblait parfaitement à jeun mais arborait un air plus méphistophélique que jamais. La mine embarrassée, le capitaine Brennan s'appuyait à l'une des fenêtres tandis que miss Corbett, très cérémonieusement, offrait du sherry et des biscuits. Lucy n'était pas là, non plus qu'Ogden, mais la présence de celui-ci, dans la coulisse, était sensible à tous. L'absence la plus notable était incontestablement celle de Mark, qui semblait creuser une sorte de vide dans l'assistance.

C'était Cross qui dominait toute l'assemblée de sa présence. Il était penché sur le poste de radio et sa physionomie simiesque était toute suavité. Miss Corbett lui offrit un verre de sherry qu'il posa sur le poste, comme s'il ne pouvait interrompre son audition. Or, il s'agissait d'un sermon.

— Les voici, dit Mrs Henderson de façon quelque peu superflue en introduisant les Stevens.

Le regard d'Edith se porta vivement vers Marie et quelque chose d'indéchiffrable passa dans ses yeux, mais personne ne parla.

— Avez-vous vraiment besoin de faire brailler la radio de la sorte ? s'écria Mrs Henderson, exaspérée. Je sais bien que c'est le sabbat…

Cross tourna le bouton et, d'un seul coup, le silence tomba sur la pièce. S'il avait voulu jouer avec leurs nerfs, il avait pleinement réussi.

— Combien de fois, dit Cross d'une voix traînante, me faudra-t-il informer les illettrés que le dimanche *n'est pas* le sabbat ? Sabbat est un mot hébreu qui signifie samedi. C'est ainsi que le sabbat des Sorcières se tenait un samedi. Nous allons justement discuter sorcellerie et prétendue sorcellerie. Vous, Mrs Henderson, avez été un témoin très énigmatique tout au long de cette enquête. Vous nous avez fait un récit très tangible, sinon très cohérent, de ce que vous avez vu par cette porte…

— Inutile de me raconter des histoires, riposta Mrs Henderson. Notre pasteur dit que c'est le sabbat et, dans la Bible, on dit de même. Quant à ce que j'ai vu, je n'ai pas besoin qu'on me dise ce que c'était : je le sais parfaitement !

— Althea ! la tança Edith d'un ton dangereusement calme.

La femme s'interrompit net. Il était visible que tous craignaient Edith.

— Si je vous dis ceci, c'est uniquement parce que j'aimerais être assuré que vous savez ce que vous avez vu, reprit Cross nullement décontenancé. Regardez la porte. Vous pourrez constater que j'ai arrangé les rideaux comme je suppose qu'ils se trouvaient disposés dans la nuit du mercredi 12 avril. N'hésitez pas à me signaler toute différence que vous pourriez remarquer. Ainsi que vous pouvez voir, la lampe se trouvant à la tête du lit de Mr Despard est également allumée. Nous allons tirer les rideaux de la véranda afin d'établir une obscurité relative, puis vous irez regarder par l'encoche gauche du rideau et vous me direz ce que vous voyez.

Mrs Henderson hésita. Stevens entendit approcher le pas d'Ogden Despard derrière lui, mais personne ne se retourna. Cross tira les rideaux devant les vitres qui occupaient entièrement la partie de la véranda faisant face à l'ouest. Mrs Henderson, très pâle, regarda Edith.

— Faites ce qu'il vous dit, Althea.

— Pour reconstituer autant que possible les mêmes conditions que cette nuit-là, reprit Cross, je vais rallumer la radio. Ce doit d'ailleurs être de la musique à présent... Oui, parfait.

Comme Mrs Henderson s'approchait de la porte, on entendit une chanteuse créole qui s'accompagnait au banjo... puis le hurlement de Mrs Henderson couvrit tout.

Cross arrêta net la radio. Mrs Henderson, les yeux exorbités, leur faisait de nouveau face.

— Qu'avez-vous vu ? s'enquit Cross. Que tout le monde reste assis, s'il vous plaît ! Qu'avez-vous vu ? La même femme ?

Mrs Henderson acquiesça en silence.

— La même porte ?

— Je... oui.

— Regardez à nouveau, dit Cross, inexorable, en rallumant le poste. (La créole se remit à chanter, puis Cross éteignit.) C'est bien, Mrs Henderson. Je le répète, que personne ne se lève ! Frank, je crois préférable que vous vous occupiez de ce jeune homme qui me semble un peu trop pressé...

Ogden venait de tourner l'angle de la véranda et, bien que son visage ne fût nullement plaisant à voir, il semblait l'avoir totalement oublié. Il se dirigeait vers la porte vitrée, lorsque Brennan le retint par le bras.

— Si vous le voulez bien, dit Cross, je m'occuperai en premier de la partie la moins importante, la plus évidente, de la partie accidentelle de cette affaire, de celle qui n'était nullement préméditée. Ce fut au contraire une chance – ou une malchance – qui faillit faire échouer les plans de l'assassin. En quelque sorte, un *spectre malgré lui*.

» Tout au long de cette affaire, il y a deux faits que l'on n'a cessé de vous répéter concernant Mr Miles Despard et sa chambre. Le premier, c'est qu'il y passait la majeure partie de son temps enfermé, n'ayant rien d'autre à y faire que changer de vêtements dont il possédait un grand assortiment. Le second concerne l'éclairage parcimonieux de cette chambre. Il n'y avait, en fait, que deux lampes de faible puissance. La première, à la tête du lit, la seconde entre les deux fenêtres, au bout d'un fil et haut placée. Enfin, c'était principalement le soir que Mr Miles Despard demeurait enfermé dans sa chambre.

» Si vous voulez bien vous concentrer sur ces différents points, vous en percevrez, je pense, vaguement la signification. Quelles sont les deux choses nécessaires à un homme qui passe son temps à changer de vêtements ? En dehors des vêtements eux-mêmes, il a besoin d'une lampe pour *y voir* et d'une glace pour *s'y voir*.

» Il y a, bien sûr, dans cette chambre, une sorte de bureau-coiffeuse surmonté d'une glace, mais il se trouve placé dans un endroit impossible, où il reçoit peu de clarté des fenêtres durant le jour et pas du tout des lampes, le soir venu. Or, entre les fenêtres, détail curieux, il se trouve une lampe haut placée, qui ne peut rien éclairer qu'un tableau et une cathèdre. Une lampe au bout d'un fil... exactement le genre de lampe qu'on imagine au-dessus d'un bureau. Alors, supposons que pour mieux y voir, le soir venu, on pousse le bureau sous cette lampe...

» Dans ce cas il est nécessaire d'accrocher le tableau – qui est un tableau de prix – momentanément ailleurs, jusqu'à ce qu'on ait remis le bureau en place. Mais où le suspendre ? Il n'y a pas dans la chambre d'autre clou disponible... sauf en un point, toutefois ; après la porte de communication avec la chambre de l'infirmière, là où, cet après-midi, j'ai vu accrochée la robe de chambre bleue du défunt. De même, la cathèdre devra être placée ailleurs. Pour éviter que quelqu'un puisse entrer à l'improviste – ce qui, nous l'avons appris, déplaît souverainement à Mr Despard –, on la mettra contre la porte de l'infirmière.

» Examinons la nouvelle disposition de la chambre : la lampe au-dessus du bureau est éteinte, si bien que, à l'exception du lit, la chambre ne reçoit qu'une clarté faible et diffuse, ne permettant pas de distinguer la couleur des cheveux d'une femme... Nous avons dans le rideau une encoche *haut placée* puisque le témoin ne put voir que le buste de la femme mystérieuse. Nous avons – en face maintenant de la glace du bureau – une porte encastrée dans la boiserie. C'est celle donnant dans la chambre de l'infirmière et elle se reflétera vaguement dans la glace de l'autre côté. N'oublions pas, en outre, que les boiseries font tout le tour de la chambre. Contre cette porte est accroché le Greuze et se trouve placée la cathèdre. Tout cela baigne dans une demi-obscurité. Tout bruit de pas, d'ouverture ou de fermeture de porte sera couvert par la radio. Dès lors, il ne fait plus aucun doute que ce que le témoin a vu, c'est la porte de la chambre de l'infirmière reflétée dans la glace du bureau.

» Mrs Despard, vous pouvez entrer, maintenant...

La porte vitrée s'ouvrit, on entendit le friselis d'une ample jupe et Lucy, portant une robe de satin et de velours, entra dans la véranda. Sur l'étoffe rouge et bleu, des strass étincelaient... Lucy, rejetant en arrière le voile qui couvrait sa tête, regarda l'assistance.

— Mrs Despard, dit Cross, a bien voulu me prêter son concours pour m'aider à réaliser une petite expérience : elle est entrée dans la chambre de l'infirmière, puis en est ressortie, le tout dans une obscurité presque totale, et ce va-et-vient fut reflété dans la glace du bureau qui se trouve actuellement placée entre les deux fenêtres.

» Mais, poursuivit Cross avec une sorte de ravissement, si nous acceptons cette explication, nous nous heurtons à une autre apparente impossibilité. Si nous ignorons de quelle façon la mystérieuse visiteuse est entrée dans la chambre, il ne fait aucun doute qu'elle en est ressortie, très normalement, en empruntant la porte de communication avec la chambre de miss Corbett. Et Mrs Henderson a vu le reflet de ce départ, dans la glace surmontant le bureau. Mais il se trouve que, cette nuit-là, miss Corbett avait fait certaines choses. Tout d'abord, elle avait verrouillé cette porte *de son côté* ; ensuite, elle avait arrangé la serrure de la porte de sa chambre donnant sur le couloir, de telle façon qu'elle seule pouvait l'ouvrir.

» Nous avons donc deux portes strictement closes. La femme mystérieuse qui a quitté la chambre de Miles Despard, après avoir empoisonné ce dernier, n'aurait pu passer à travers une porte verrouillée. Et si l'on voulait même admettre qu'elle ait pu le faire, pour se retrouver dans le couloir, il lui aurait encore fallu franchir une autre porte, qu'elle ne pouvait ouvrir. Et bien qu'il y ait, dans cette chambre, une porte-fenêtre ouvrant sur cette véranda, la femme n'aurait pas davantage pu sortir par là, en la laissant fermée derrière elle, outre que Mrs Henderson se trouvait dans la véranda.

» En conséquence, il est évident qu'une personne – et une seule – a pu commettre ce crime. C'est la personne qui est revenue ici vers 23 heures, qui a ouvert la porte de la chambre de l'infirmière à l'aide d'une clef dont elle seule pouvait se servir, qui a traversé ladite chambre, tiré le verrou et est entrée chez Miles Despard en portant une tasse contenant du poison sous le couvert d'un médicament qu'il était dans son rôle de faire absorber au malade, qui est repassée ensuite dans l'autre chambre, a reverrouillé la porte de communication et s'est retrouvée enfin dans le couloir après avoir refermé l'autre porte avec sa clef.

Cross posa une main sur le dessus de la radio et s'inclina légèrement :

— Myra Corbett, j'ai le très grand plaisir de vous informer que vous faites l'objet d'un mandat d'arrêt. Celui-ci, toutefois, a été rédigé à votre véritable nom : Jeannette White.

21

Elle s'était reculée vers la porte-fenêtre de la chambre qu'elle avait précédemment occupée. Elle ne portait plus son uniforme, mais une robe bleue très stricte, qui lui seyait. La couleur qui lui était montée au visage montrait qu'elle avait dû être séduisante. Mais il y avait dans son regard quelque chose de terrifié, et de déplaisant.

— Vous êtes fou ! dit-elle en humectant ses lèvres. Vous ne pouvez rien prouver !

— Un instant, dit Brennan en faisant avec lourdeur un pas vers elle. Niez-vous que votre véritable nom soit Jeannette White ? Non, ne répondez pas. Il y a quelqu'un qui doit être à même de nous renseigner. Dr Partington ?

Le médecin, qui avait les yeux fixés sur le sol, releva la tête :

— Oui, dit-il, c'est bien Jeannette White. Je lui avais promis hier de ne rien dire, mais si elle a fait tout cela...

— Hier, docteur, dit Brennan d'une voix douce, quand je vous ai rencontré pour la première fois, vous avez paru si troublé que j'ai cru que vous alliez vous évanouir. Je venais de vous dire que j'appartenais à la police, quand vous avez aperçu, derrière moi, la femme qui avait été à votre service et sur laquelle vous vous étiez livré à un avortement. J'ai entendu dire que vous n'aviez échappé aux poursuites légales que parce que vous vous étiez réfugié à l'étranger. Pour avoir répondu à l'appel de Mr Mark Despard, vous risquiez à nouveau d'être arrêté... N'est-il pas vrai que, si vous avez failli vous évanouir, c'est parce que vous m'avez vu en compagnie de cette femme ?

— Si, c'est vrai, dit Partington en enfouissant son visage dans ses mains.

Brennan se tourna vers Myra Corbett :

— Je vais encore vous poser une question. Niez-vous avoir rencontré à nouveau Mr Despard, voilà un an environ, et renoué avec lui ?

— Non, pourquoi le nierais-je ? J'en suis même fière ! Il m'aime, il me préférait à toutes les autres femmes, y compris celles ici présentes. Mais entre cela et un crime, il y a de la marge !

La fatigue et l'exaspération transparurent sur le visage de Brennan :

— Autant vous dire tout de suite que votre alibi pour la nuit du mercredi 12 avril a volé en éclats. Hier, chose curieuse, je me suis acharné après Mrs Stevens, dit-il en se tournant vers Marie qui observait l'infirmière avec curiosité, parce que son alibi, pour cette nuit-là, ne reposait que sur le témoignage de son mari, couchant dans la même chambre qu'elle. L'idée semble n'être venue à aucun de nous qu'il y avait une autre personne dont l'alibi reposait sur la fragile base d'un seul témoignage... vous, Jeannette White. Vous n'aviez que la parole de votre compagne de chambre pour étayer vos affirmations que vous n'aviez plus bougé de chez vous à partir de 22 heures. Tous les autres avaient une demi-douzaine de témoins ; il n'était pas jusqu'à la femme de chambre qui ne se trouvât en partie carrée... Vous étiez ici, n'est-ce pas ?

La femme parut sur le point de perdre son sang-froid :

— Je suis venue ici pour y rencontrer Mark, oui, dit-elle d'une voix haletante, mais je n'ai pas vu le vieux ; je ne voulais pas le voir ; je ne suis pas même montée à l'étage ! Et Mark m'a fait faux bond ! Il n'est pas venu ! Il a dû craindre qu'elle... Où est Mark ? Mark vous prouvera ce que je dis... Mais il n'est pas là et vous...

— Non, en effet, il n'est pas ici, dit Brennan avec une expression sarcastique, et je crois qu'il va nous falloir un bon bout de temps pour le retrouver. Il a senti tourner le vent, lui. Vous et Mark Despard aviez combiné ce meurtre ensemble. Vous deviez faire le sale travail, et lui vous couvrir, hein ?

Pendant une vingtaine de secondes, personne ne parla. Stevens se tourna vers Ogden Despard debout dans la pénombre, et il devina un sourire satisfait sur ses lèvres tuméfiées.

— Je n'en crois rien, dit calmement Lucy. Quoi que je puisse penser d'elle, je ne crois pas cela de Mark. Votre avis, Mr Cross ?

Cross était demeuré appuyé au poste de radio, savourant la situation :

— J'étais en train de me demander si quelqu'un de cette assemblée allait se décider à recourir à un esprit plus rassis et à une intelligence plus développée ! Vous faites appel à moi, Mrs Despard, il semble décidément que cela devienne une habitude. Malheureusement, la vérité est bien que votre mari a combiné ce meurtre avec miss Corbett et s'est arrangé ensuite pour brouiller les traces. Il a été complice *avant* et *après*, mais une chose doit être dite en sa faveur : il n'est pour rien dans les tentatives qui ont été faites pour jeter les soupçons sur vous. Il ne s'en est aperçu qu'après et c'est pourquoi il s'est employé à vous disculper. Ce faisant, il a embrouillé, compliqué et rendu insensé un crime qui, sans cela, eût été très ordinaire.

» Voyez-vous, ce qu'il y a de plus frappant, dans cette affaire, c'est la curieuse façon dont deux crimes, deux volontés, semblent s'être constamment heurtés.

» Le plan original est sans fioritures. Mark Despard et miss Corbett étaient résolus à tuer le vieux Miles Despard, parce que Mark avait besoin d'argent. Mais la victime devait apparemment succomber de manière naturelle. De toute façon, il serait mort de gastro-entérite. Par conséquent, le médecin de famille n'aurait aucune raison de se montrer soupçonneux. Il ne devait y avoir aucune tasse d'argent renfermant de l'arsenic, abandonnée si opportunément à côté d'un chat mort, ni – plus tard – de livre de sorcellerie.

» Tel était le plan si simple conçu par Mark Despard. Mais il ne satisfit pas Myra Corbett. Elle voulait non seulement que Miles Despard meure, mais aussi que Lucy Despard disparaisse de son chemin. Ces sentiments n'ont rien d'extraordinaire : Mrs Despard n'était-elle pas la femme de son amant ? Donc Miles Despard devait mourir, mais à la suite d'un crime qui serait attribué à Lucy Despard.

» Exécuter un tel plan, à l'insu de Mark, ne présentait guère de difficultés. Dès le début de cette affaire, il paraissait évident que la femme qui avait été vue portant la robe de la marquise de Brinvilliers ne pouvait que faire partie de la maisonnée. J'ai déjà dit à mon ami Stevens que je n'attachais pas une particulière importance aux alibis, mais, pour pouvoir croire à la culpabilité de Mrs Despard ou de miss Edith, il m'aurait fallu en rejeter une telle quantité que j'en fus, malgré tout, impressionné. La mystérieuse visiteuse ne pouvait donc être ni l'une ni l'autre. Mais alors, qui ? Comme on le fit judicieusement remarquer, quelqu'un avait dû copier cette robe. Or, ce quelqu'un ne pouvait être étranger à la maison. En effet, Mrs Despard n'avait pas divulgué au-dehors qu'elle avait l'intention de copier la robe du portrait ; en outre, quelqu'un venu de l'extérieur n'aurait pas eu la possibilité de se référer constamment au portrait pour pouvoir exécuter une copie susceptible d'abuser Mrs Henderson par sa ressemblance avec le modèle. Mais si cette copie était exécutée dans la maison, il y avait une chose que son auteur se devait de faire…

— Et c'est ? ne put s'empêcher de demander Stevens.

— Veiller à ce que personne ne pût entrer dans la chambre où se trouvait la seconde robe en cours d'exécution, répondit Cross, avec affabilité. Un prétexte, pour ce faire, lui fut fourni de façon quasi miraculeuse. Mrs Stevens vola un flacon renfermant des comprimés de morphine, dans la chambre de l'infirmière, durant la nuit du samedi, et le restitua le lendemain. Ce fut, nous a-t-on dit, le lundi seulement que Lucy Despard se décida à copier la robe de la Brinvilliers pour la porter au bal travesti. À ce moment-là, Myra Corbett avait une excuse pour tenir sa chambre barricadée. Le reste était facile. Miss Corbett portait une robe semblable à celle de Mrs Despard, elle avait un masque et, probablement même, une perruque. Non seulement il était dès lors sans importance qu'on la vît, mais elle désirait être vue.

» Toutefois, une précaution était à prendre. Il lui fallait téléphoner à Mrs Despard pour l'attirer non seulement hors du bal, mais jusqu'ici. De la sorte, elle ne pourrait pas manquer d'être inculpée.

» Notre meurtrière arrive donc sous ce toit et revêt son déguisement. Elle sait que Mrs Henderson sera dans la véranda, à 23 heures, pour écouter son émission favorite. Elle a tout loisir de préparer sa mixture d'œuf et de porto dans la cuisine, puisque, à ce moment-là, Mrs Henderson est encore chez elle, près de la crypte. Cette mixture est le genre de remède qu'il entre dans son rôle d'infirmière de faire absorber au malade. Celui-ci ne sera pas surpris de la voir déguisée. Il sait qu'a lieu, cette nuit-là, un bal costumé et il supposera tout naturellement qu'elle y est invitée.

» Mais Myra tenait à être vue... d'où l'encoche faite au rideau. J'attire votre attention sur un point, qui, dès le début, ne permettait pas le moindre doute. Regardez cette fameuse véranda où nous nous trouvons. Mrs Henderson est ici, à ma place, près du poste de T.S.F. Tout à fait à l'autre extrémité, derrière une porte close calfeutrée d'un rideau, se trouve la chambre de Miles. Malgré cela, notre témoin a distinctement entendu une femme parler dans la chambre de Miles. On pourrait s'attendre que la meurtrière ait parlé à voix basse ; à la rigueur, qu'elle ait parlé d'une voix normale, mais il est étrange qu'elle ait parlé sur un ton suffisamment élevé pour pouvoir être entendue, en dépit des conditions précédemment énumérées, alors qu'elle était en train de présenter au malade un breuvage empoisonné. Une seule chose peut expliquer cette anomalie : qu'elle désirât être entendue pour attirer l'attention sur sa présence.

» La seule erreur dans le calcul, naturellement, fut cette autre encoche qui permit de la voir dans le miroir. Mais à ce moment-là, son œuvre de mort était achevée. Le malade n'ayant pas absorbé tout le contenu de la tasse – ce qui était sans importance, étant donné la dose massive d'arsenic –, elle le donne au chat, en ayant soin de placer la tasse bien en évidence, en bas du placard. Tous ces gestes sont ceux d'une femme qui désire qu'on ne puisse mettre le crime en doute et, si l'on voulait faire croire que Miles Despard était mort de façon naturelle, on n'eût pas mis une telle quantité d'arsenic dans la tasse.

» L'opération est terminée. Miles Despard ne se doute pas qu'il a été empoisonné. Il remet le bureau en place, raccroche le Greuze entre les fenêtres et replace la cathèdre à l'endroit habituel. Ce sont ces efforts qui accélèrent l'effet du poison et mettent Mr Despard dans l'impossibilité d'aller quérir un lointain secours, puisqu'il est seul dans la maison.

» À plus de 2 heures du matin, Mark Despard revient, pour trouver, comme il s'y attendait, son oncle en train d'agoniser. Mais, avec l'effroi que l'on imagine, il découvre aussi des preuves du crime laissées en évidence. Je tiens à faire remarquer que le comportement bizarre de Miles, ses paroles incohérentes, son insistance à être mis dans un cercueil de bois et même la ficelle aux neuf nœuds... tout cela n'est parvenu à notre connaissance que par le truchement de Mark Despard.

» Mark Despard avait de bonnes raisons pour cacher le verre et la tasse et pour ensevelir le cadavre du chat. Mais il y avait pire. Le lendemain matin, il apprit par Mrs Henderson qu'une femme – vêtue d'une robe semblable à celle que portait sa femme – avait été vue en train de donner le poison à Miles. Il ne peut plus douter alors que sa maîtresse ait délibérément voulu faire peser les soupçons sur sa femme. Et il ne sait que faire. Il demande à Mrs Henderson le plus grand secret et c'est un premier pas. Ensuite, il lui faut avoir la preuve qu'il s'agit d'un coup monté, que la tasse ou le verre contient bien de l'arsenic. Le rapport du pharmacien lui donna cette certitude. Mais il y avait encore pire.

» Depuis le début de cette affaire, il a été mentionné, à différentes reprises, que le bruit circulait avec insistance que la mort de Miles Despard était due à un meurtre. Mark ne pouvait plus arrêter cette rumeur qui se colportait un peu partout et qui, tôt ou tard – il s'en rendit compte le jeudi, le lendemain de la mort –, aboutirait à une demande d'exhumation. Je pense qu'il est inutile que je vous dise qui était à l'origine de cette rumeur.

» Il fallait prévenir ce nouveau danger en faisant disparaître le cadavre à l'estomac plein d'arsenic. L'enterrement devait avoir lieu le samedi. Mais jusque-là – et y compris le temps de l'enterrement –, Mark n'avait pas la possibilité de disposer du corps, *primo* parce que les officiels l'avaient pris en charge ; *secundo* – et c'est le plus important – parce que sa complice avait l'œil et eût empêché toute tentative en ce sens. Il fallait donc ruser.

» L'attitude adoptée par Myra Corbett, je dois le reconnaître, était extrêmement habile. Elle aurait pu, bien sûr, aussitôt après la mort de son malade, déclarer qu'elle soupçonnait un empoisonnement ; elle aurait pu s'ouvrir de ses appréhensions au médecin traitant et le pousser ainsi à pratiquer immédiatement une autopsie, mais c'eût été beaucoup, beaucoup trop dangereux. Elle ne pouvait pas se mettre également en évidence, car il est possible – et même probable – que l'on n'eût pas manqué de découvrir sa liaison passée avec Mark. Il se serait même pu que quelqu'un s'étonnât de sa présence au chevet de Miles. Il lui valait mieux demeurer l'infirmière, l'automate, l'entité. Elle laisserait enterrer Miles sans rien dire, sans rien faire soupçonner, puis, par la bande, elle s'arrangerait pour que les indices semés par elle finissent, à la longue, par remplir leur office.

» Et maintenant tout se complique, comme par magie, sur l'intervention de Mark. Il est probable que l'idée première lui fut fournie par le récit de Mrs Henderson qui, le jeudi matin, lui dit avoir vu "une femme passer à travers le mur". Ce qu'il put penser de cette déclaration, nous ne le saurons que lorsque nous l'aurons retrouvé, mais ce récit ainsi qu'un livre de sorcellerie que Miles avait lu et qui semblait avoir profondément impressionné le vieillard – notamment le chapitre concernant les non-morts – lui furent une source d'inspiration. Donc, travaillant à embrouiller la piste, Mark prétendit avoir trouvé sous l'oreiller de son oncle une ficelle nouée neuf fois et essaya également l'histoire de la "femme qui passe à travers les murs" sur un de ses amis, Edward Stevens. Il fit tout cela, jeta toute cette poudre aux yeux, dans le but de couvrir la seule partie importante et même essentielle de son plan : le fait, rapporté par lui seul, que Miles aurait demandé avec insistance à être mis dans un cercueil de bois.

» Requête peu banale qui suffirait à éveiller les soupçons, si nous n'avions en outre l'affirmation par le roi James Ier que "ceux convaincus de l'horrible crime de sorcellerie passent communément pour rechercher le bois et la pierre, alors qu'ils ne peuvent souffrir l'acier". Voici donc un excellent camouflage...

Partington se leva brusquement :

— Camouflage de quoi ? demanda-t-il. Si Mark a fait disparaître le corps de la crypte, comment s'y est-il pris ? Quelle différence cela fait-il que le cercueil ait été de métal ou de bois ?

— Mais voyons, un cercueil en bois pouvait être beaucoup plus aisément déplacé ! rétorqua Cross avec impatience. Même pour un homme ayant l'énorme force de Mark Despard, un cercueil de plomb eût été trop pesant.

— Déplacé ? fit Partington.

— Laissez-moi vous énumérer quelques faits concernant le corps et la crypte : 1°) le cercueil, bien que fermé par deux verrous, peut être ouvert instantanément ; 2°) Miles Despard était un homme très amaigri qui ne pesait que 55 kilos ; 3°) au bas des marches conduisant à la crypte, bouchant toute vue de l'intérieur, existe une vieille porte de bois que, dans la nuit du vendredi, vous avez trouvée fermée ; 4°) dans la crypte, il y a deux énormes urnes de marbre...

Stevens intervint :

— Si vous voulez insinuer que le corps a été dissimulé dans l'une de ces urnes, vous perdez votre temps, car nous avons regardé dedans !

— Si ceux qui ont réclamé mon assistance voulaient bien ne pas m'interrompre avant que j'aie fini de m'expliquer, cela serait sans doute préférable, dit Cross d'un ton pincé. Puis il reprit :

Et enfin, cinquième point qui aurait dû vous mettre la puce à l'oreille, quand vous avez pénétré dans la crypte pendant la nuit du vendredi, vous avez découvert une quantité de fleurs éparpillées sur le sol. Qu'y faisaient-elles ? De toute évidence, elles devaient provenir des urnes, mais les enterrements ne sont pas d'ordinaire des cérémonies tumultueuses et il était peu vraisemblable de supposer que les fleurs eussent été accidentellement jetées à terre.

» Cela dit, examinons ce qui se produisit durant l'enterrement qui eut lieu dans l'après-midi du samedi 15 avril. Mark Despard vous en fit un récit très exact et substantiel. Il ne pouvait agir différemment, puisque des témoins désintéressés étaient à même d'en confirmer les détails. Mais veuillez vous reporter à certains de ces détails.

» Mark Despard reconnaît avoir été le dernier à quitter la crypte. Tous les autres étaient partis, à l'exception du pasteur. Mais ce dernier se trouvait-il dans la crypte ? Non, car toujours selon le propre récit de Mark, personne ne tient à respirer l'air confiné de la crypte plus longtemps qu'il n'est nécessaire. Le pasteur attendait Mark vers le haut des marches où il respirait plus à l'aise. Entre lui et la crypte se trouvait une porte de bois lui bloquant la vue. Mark était resté en arrière, sous prétexte de rassembler quelques chandeliers de fer. Il a déclaré que cela n'avait pas duré plus d'une minute et je ne vois aucune raison de mettre cette assertion en doute, soixante secondes étant suffisantes pour ce qu'il avait à faire, à savoir : tirer le cercueil de son alvéole, ouvrir les verrous, sortir le corps et l'aller mettre, plié en deux, dans l'une des urnes. Refermer le cercueil et le remettre en place. N'importe quel bruit que le pasteur aurait pu entendre durant ce manège lui aurait tout naturellement semblé être le fait de Mark manipulant les candélabres. Le cadavre se trouvait dès lors dissimulé sous les fleurs de l'urne. La seule trace laissée par Mark consistait en cet excès de fleurs qu'il avait bien été obligé de jeter à terre.

» Mais tout cela n'était que préliminaires. La scène était désormais prête pour "le miracle".

» Ce miracle avait un double but. Si, grâce à l'atmosphère de mystère et d'étrangeté qu'il avait réussi à créer, les dupes de Mark considéraient comme surnaturelle la disparition du corps, il n'y voyait pas le moindre inconvénient. Mais jusqu'à ce que le corps eût disparu de la crypte, jusqu'à ce que le "miracle" eût été réalisé, il ne fallait pas que Mark s'appuie trop fortement sur les éléments surnaturels de son histoire, car les autres pourraient tout simplement le tenir pour fou et refuser de lui prêter leur concours. Or, il avait besoin d'eux, car il était indispensable que la crypte fût ouverte dans le plus grand secret, en pleine nuit, en l'absence de policiers curieux, pour que rien ne puisse dissiper l'atmosphère d'étrangeté qu'il avait réussi à créer.

» Je vous dirai tout d'abord brièvement comment Mark Despard s'y est pris pour vous abuser. Je lui tire mon chapeau, car il a vraiment bien joué son rôle. Il misait sur le choc psychologique que vous causerait la découverte du cercueil vide.

» Vous descendez dans la crypte. Mark était le seul à avoir une lampe, une torche électrique. Il s'opposa à ce que vous descendiez avec des lanternes, prétextant que la ventilation du caveau était inexistante. Vous avez ouvert le cercueil... pour le trouver vide. Il y avait de quoi vous laisser stupéfaits. Après que vous fûtes demeurés un instant à douter de vos yeux, quelle est la première idée qui vous vint à l'esprit et qui, j'en suis presque sûr, vous fut suggérée par Mark lui-même ? Vous souvenez-vous des premières paroles qu'il prononça alors ?

— Oui, dit Stevens, je m'en souviens. Il a dit « Nous serions-nous trompés de cercueil ? »

— C'est bien cela, approuva Cross. Il voulait vous convaincre que, puisque le corps n'était pas là, il fallait qu'il fût ailleurs et c'était le cas, puisque, durant ce temps, le corps se trouvait dans l'urne, sous les fleurs. Mais Mark avait sur vous un énorme avantage : c'est lui qui tenait la torche électrique. Il en pouvait diriger la clarté tout comme il dirigeait les recherches et vous avez tous cru que le corps se trouvait dans un des autres cercueils. Alors, que se passa-t-il ? D'abord, vous avez examiné les cercueils des rangées inférieures, puis il fut suggéré que le corps avait peut-être été mis dans un cercueil du haut... et c'est là que nous arrivons à la partie la plus simple de toute l'histoire. Mark Despard visait uniquement à trouver une excuse pour que tout le monde, sauf lui, quittât la crypte durant quelques minutes. Henderson et Stevens s'en retournèrent à la maison chercher des escabeaux, tandis que Partington se laissait aisément persuader d'aller absorber un remontant. Le policier, qui vous observait à votre insu, a témoigné que, à 0 h 28, Stevens, Partington et Henderson s'absentèrent de la crypte. Stevens et Henderson n'y revinrent qu'à 0 h 32, et Partington à 0 h 35. Si le policier était demeuré à surveiller la crypte, tout le plan fût tombé à l'eau, mais il suivit les autres jusqu'à la maison. En conséquence, de 0 h 28 à 0 h 32, Mark Despard demeura quatre minutes entièrement seul.

» Ai-je besoin de vous dire comment il utilisa ces quatre minutes ? Il sortit le corps de l'urne, gagna la maison de Henderson et y dissimula le corps, probablement dans la chambre à coucher. Alors, quand les autres revinrent, il put suggérer que, en dernier ressort, on renversât les urnes. Ce qui fut fait, sans résultat, bien entendu.

À ce moment, Joe Henderson intervint d'une voix tremblante :

— Voulez-vous me faire entendre, monsieur, que lorsque j'ai vu, cette nuit-là, le vieux Mr Miles assis dans mon fauteuil à bascule...

— Ah ! oui, j'oubliais ce détail. Vous n'avez pas vu le fantôme de Miles, mon ami, mais bien Miles en personne.

» Il apparaît avec évidence que, lorsque le corps eut été escamoté de la crypte, Mark put s'appuyer sur l'élément surnaturel, parler de la femme qui passe à travers les murs, déposer le livre de sorcellerie dans la chambre de Miles, où miss Despard le trouva par la suite. Je me demande si la ficelle nouée trouvée dans le cercueil ne fut pas laissée là par Mr Jonah Atkinson senior. Si c'est le cas, Mark a dû avoir un choc au moins aussi grand en l'y découvrant que lorsqu'il s'aperçut hier que Mrs Stevens pouvait être accusée !

» En ce qui concerne les comprimés de morphine, sachez que Mrs Stevens n'en prit qu'un seul. Les deux autres, constatés manquants, furent dérobés par Mark, à l'insu ou non de sa complice.

» Mark avait en effet l'intention de droguer Henderson pour pouvoir retirer le cadavre de la chambre et le détruire...

— Le détruire ? s'écria Edith.

— Par le feu, probablement. Il semble que, ces deux derniers jours, votre calorifère ait beaucoup chauffé... Mais il y eut une anicroche, car Mrs Despard et miss Edith, ayant reçu les fameux télégrammes, survinrent à l'improviste. Toutefois, cela ne fit que retarder l'exécution du plan conçu par Mark. Quand tout le monde se fut retiré pour la nuit, Mark s'arrangea pour que Henderson se rendît seul chercher la bâche destinée à couvrir l'entrée de la crypte. Ils pensaient tous deux que, pour cela, Henderson aurait à franchir plusieurs centaines de mètres à travers la propriété, ce qui aurait donné à Mark le temps d'aller récupérer le corps dans la maison de Henderson. Malheureusement, ce dernier se souvint, après coup, que la fameuse bâche devait se trouver chez lui. Si bien que Mark et lui se trouvèrent en même temps dans la maison. Mais Mark avait mis de la morphine dans le « coup de l'étrier » qu'il avait offert à

Henderson et les effets s'en faisaient déjà sentir. Une ampoule que l'on retire de sa douille... un cadavre que l'on fait se balancer dans un fauteuil à bascule en se dissimulant derrière lui et en allant jusqu'à soulever le bras du mort... il n'en faut pas davantage pour jeter la panique dans l'âme d'un homme déjà effrayé et subissant l'influence de la morphine. Mark avait dès lors toute latitude pour disposer du corps.

Cross marqua un temps, puis eut un sourire plein d'urbanité :

— Je pourrais ajouter quelque chose. Vous avez sans doute remarqué que la maison est anormalement froide aujourd'hui. C'est parce que, tandis que nous sommes ici, les hommes du capitaine Brennan s'occupent du calorifère. Il est possible qu'ils n'y trouvent rien mais...

Myra Corbett fit deux pas en avant, chancelante. Son visage reflétait une horreur intense :

— Je ne vous crois pas ! Non ! Mark n'a rien fait de semblable ! Il me l'aurait dit !

— Ah ! souligna Cross, vous reconnaissez donc avoir empoisonné Miles Despard. À ce propos, mes amis, il ne reste plus qu'un point à éclaircir concernant miss Corbett-White. Il est exact qu'hier elle a raconté une histoire qui semblait incriminer Mrs Stevens. Il se trouve que, à la surprise de tout le monde, elle-même incluse, Mrs Stevens a vraiment demandé où elle pourrait acheter de l'arsenic, tout comme il est vrai que miss Edith Despard en a acheté. Mais souvenez-vous comme miss Corbett vous a repris quand vous avez suggéré que c'était probablement Mrs Stevens qui avait engagé la conversation sur le chapitre des poisons. Elle a insisté sur le fait que c'était Lucy Despard ! Elle demeurait fidèle à son plan initial et elle a seulement cessé ses accusations lorsque l'alibi de Mrs Despard s'est révélé à toute épreuve. Donc, si elle reconnaît avoir empoisonné...

— Je ne l'ai pas tué ! s'écria Myra Corbett avec violence. Je n'y ai même jamais pensé. Tout ce que je voulais, c'était Mark. Il ne s'est pas enfui parce qu'il est coupable, il s'est enfui à cause de cette... de sa femme ! Vous ne pouvez pas prouver que j'ai tué Miles Despard ! Vous ne pouvez pas retrouver le corps ! Vous pourrez me faire ce que vous voudrez, vous ne me ferez jamais avouer le crime !

Elle s'interrompit, à bout de souffle, puis ajouta, d'une voix suppliante :

— N'y a-t-il donc personne pour me croire ?

Ogden Despard étendit la main :

— Si, il me semble que je commence à le faire ! dit-il, puis il se tourna vers les autres : Quels qu'aient pu être mes actes dans le passé, je les estime justifiés et il y a un point sur lequel je désire vous reprendre : cette femme n'a jamais téléphoné à St. David pendant la nuit du crime. C'est moi qui ai donné ce coup de téléphone. J'estimais qu'il serait amusant de connaître la réaction de Lucy quand elle apprendrait que Mark avait renoué sa vieille liaison.

Brennan le regarda fixement, tandis que Cross, élevant son verre de sherry, s'inclinait en direction d'Ogden.

— Je bois à votre santé, dit-il, parce que, au moins une fois, dans le cours de votre existence d'une douteuse utilité, vous aurez cherché à rendre service à quelqu'un. Quoique je ne me trompe jamais dans mes diagnostics, j'ai l'esprit suffisamment ouvert pour être prêt à examiner avec vous...

Il s'interrompit brusquement. Les autres regardaient l'infirmière qui venait de faire un pas en avant, lorsqu'ils entendirent un bruit sourd derrière eux. Se retournant, ils virent Cross effondré sur le poste de radio. Il suffoquait. Puis les assistants, paralysés par la surprise, le virent glisser à terre et y demeurer inerte. Partington s'agenouilla près de lui.

— Il est mort, déclara-t-il.

— Mais vous êtes fou ! s'écria Brennan. Il s'est évanoui... il a glissé peut-être... mais il n'est pas possible que...

— Il est mort, répéta Partington. Constatez vous-même. Et à l'odeur, je puis vous affirmer que la mort est due à l'absorption de cyanure de potassium. L'effet en est quasi instantané. Vous feriez bien de mettre ce verre de côté...

Brennan s'approcha du corps, puis après l'avoir examiné :

— Oui, il est bien mort. Myra Corbett, ajouta-t-il en se tournant vers l'infirmière, c'est vous qui lui avez donné ce verre et vous êtes la seule à avoir fait le service. Quand il a eu le verre en main, il l'a posé près de lui, sur le poste de radio. Personne n'était à côté de lui, personne n'a pu l'empoisonner, sauf vous. Mais il n'a pas bu immédiatement, comme vous l'espériez. En acteur soucieux de ses effets, il a attendu d'avoir l'occasion de porter un toast. S'il n'y avait pas auparavant suffisamment de preuves pour vous envoyer à la chaise électrique, il en ira différemment maintenant !

La femme souriait d'un air incrédule, comme si elle était devenue subitement folle. Mais les hommes de Brennan, quand ils l'emmenèrent, durent presque la porter.

CINQUIÈME PARTIE

VERDICT

« Cette tendance va si loin qu'on est conduit à se demander, non sans la plus grande appréhension : "N'y a-t-il pas là l'indice d'une extrême dépravation ?" Car, sur le plan de l'esthétique, l'élimination totale des "vilains" d'une histoire ne peut guère être considérée que comme une calamité. »

Thomas SECCOMBE, *Twelve Bad Men*.

ÉPILOGUE

Les dernières rousseurs de l'automne disparaissaient et un calendrier, posé sur le bureau, indiquait la date du 31 octobre, veille de la Toussaint.

La pièce était éclairée par des lampes au socle pansu, les sièges étaient recouverts d'un tissu orange et, au-dessus de la cheminée, il y avait une assez bonne copie d'un Rembrandt. Sur le divan gisait un journal déplié, laissant voir une grosse manchette et un court article :

L'INFIRMIÈRE DÉMONIAQUE ÉCHAPPE À LA CHAISE

« Je suis innocente ! » clame Myra, condamnée à la détention perpétuelle.

Ne cessant de proclamer son innocence, Myra Corbett, « l'infirmière démoniaque » condamnée à mort le 9 octobre dernier pour l'assassinat de Gaudan Cross, homme de lettres, a été informée aujourd'hui que la sentence était commuée en celle de « détention perpétuelle ».

G.L. Shapiro, son avocat, reconnaît qu'on n'a encore pu retrouver la trace de son « complice fantôme », Mark Despard, mais dit qu'aucun effort ne sera épargné en ce sens. On se souvient que, lors du procès, l'avocat de la défense, Me Shapiro, avait essayé de démontrer que Gaudan Cross, dans l'impossibilité de prouver l'accusation d'empoisonnement qu'il portait contre Myra Corbett, avait fort bien pu mettre lui-même le cyanure dans son propre verre.

À cela, le district attorney Shields avait riposté :

« Si la défense veut sérieusement nous faire croire qu'un homme peut s'empoisonner dans le seul but de prouver une théorie avancée par lui, l'accusation estime qu'il n'y a plus qu'à tirer l'échelle ! »

« La défense, rétorqua Shapiro, estime, elle, que Cross pouvait avoir un complice qui lui a fourni ce poison, en lui faisant croire qu'il s'agissait d'arsenic, seulement susceptible de lui occasionner quelques troubles. Sous forme de cachet... »

À ce moment, il y eut des « mouvements divers » dans l'assistance, et le juge David R. Anderson déclara : « Si j'entends encore rire dans cette enceinte, je ferai évacuer la salle ! »

Les reflets des flammes dansaient sur la feuille imprimée, car il n'y avait dans la pièce d'autre clarté que celle provenant de la cheminée. Elle semblait déformer et rendre étrange jusqu'au plus banal objet. Près de la fenêtre donnant sur le jardin situé derrière la maison, une femme était debout. Son visage se reflétait dans la vitre obscure. C'était un joli visage, éclairé par des yeux gris aux paupières un peu lourdes. Un très léger sourire se jouait sur ses lèvres. Elle pensait :

« Dans le fond, je regrette qu'elle ne meure pas. Elle méritait la mort, ne fût-ce que pour avoir menti à mon sujet. J'ai manqué de prudence ce jour-là, quand j'ai demandé où je pourrais me procurer la recette du vieil homme, mais il y avait si longtemps que je ne m'en étais servie. Et c'est également dommage qu'elle ne soit pas réellement coupable. Elle aurait dû l'être car, de la sorte, elle serait venue grossir notre groupe. Il faut que nous devenions très nombreux maintenant. »

Dehors, au-dessus du jardin obscur, on voyait trois étoiles éclatantes dans un ciel de suie et une brume légère flottait sur les champs. Une des belles mains de la femme se détacha de la fenêtre pour effleurer un petit secrétaire placé à proximité, mais elle ne tourna pas la tête.

« C'est une bonne chose que je commence à me souvenir. Au début, ce n'était qu'une réminiscence aussi vague que mon reflet dans cette vitre. Une fois, quand la fumée s'éleva pendant la messe, à Guibourg, je crus me rappeler... un œil, la courbe d'un nez, un poignard enfoncé entre des côtes. Je me demande quand je reverrai à nouveau Gaudin maintenant. Ses traits étaient comme déformés, mais je l'ai immédiatement reconnu ou, du moins, j'ai compris clairement qu'il me fallait aller lui demander son aide. Il est vrai que, cette fois, leurs hommes de loi ne pouvaient me faire courir aucun danger, mais je ne voulais pas que mon mari sache. Pas encore. Je l'aime. Je l'aime et il deviendra l'un des nôtres si je puis le transformer, avec ou sans souffrance. »

Il y avait maintenant une clef dans la main et elle ouvrit une série de compartiments à la suite l'un de l'autre, mais la femme continuait de regarder dans le jardin. La main semblait douée d'une vie indépendante. Dans le dernier compartiment, il y avait une boîte en bois de teck et un petit pot.

« Oui, j'ai reconnu Gaudin. Il a dû me chercher, lui aussi. Il a vraiment été très habile de leur fournir une explication, un raisonnement tenant compte de trois dimensions seulement et de l'obstacle des murs de pierre. Moi, je n'aurais pu que dire la vérité qu'ils n'auraient pas comprise. J'ai été émerveillée de le voir faire, car je n'ai pas son intelligence, mais je regrette qu'il ait dû accuser Mark Despard, car j'aimais bien Mark.

» Quoique je ne sois pas très intelligente, je n'en ai pas moins le meilleur de Gaudin, après tout. Gaudin avait demandé le prix de Gaudin pour ce qu'il avait fait et il est dommage qu'il ait désiré me revenir. Il aurait été impossible comme amant. Mais Gaudin n'était que de chair et d'os, tant qu'il n'avait pas fait usage de l'onguent. Il reprendra bientôt forme humaine, mais, pour l'instant, j'ai le meilleur de lui-même... »

La main si blanche effleura d'abord la boîte, puis le petit pot, cependant que le beau visage continuait à sourire à son reflet dans la vitre...

On entendit le bruit d'une clef dans une serrure, puis celui d'une porte ouverte et refermée, de pas dans le hall. Cette étrange luminosité qui avait traversé la pièce disparut quand la femme cessa de toucher le petit pot. Le visage redevint celui d'une charmante épouse et elle courut au-devant de son mari.

DANS LA COLLECTION MASQUE POCHE

John Buchan, *Les Trente-neuf Marches* (n° 1)
Louis Forest, *On vole des enfants à Paris* (n° 2)
Philip Kerr, *Chambres froides* (n° 3)
Mrs Henry Wood, *Les Mystères d'East Lynne* (n° 4)
Boileau-Narcejac, *Le Secret d'Eunerville – Arsène Lupin* (n° 5)
Fred Vargas, *Les Jeux de l'amour et de la mort* (n° 6)
Taiping Shangdi, *Le Cheval parti en fumée* (n° 7)
Ruth Rendell, *Un démon sous mes yeux* (n° 8)
Alan Watt, *Carmen (Nevada)* (n° 9)
Frédéric Lenormand, *Meurtre dans le boudoir* (n° 10)
Boileau-Narcejac, *La Poudrière – Arsène Lupin* (n° 11)
John Connor, *Infiltrée* (n° 12)
Jeffrey Cohen, *Un témoin qui a du chien* (n° 13)
Barbara Abel, *L'Instinct maternel* (n° 14)
S.A. Steeman, *L'assassin habite au 21* (n° 15)
Alain Bauer et Roger Dachez, *Les Mystères de Channel Row* (n° 16)
Cyrille Legendre, *Quitte ou double* (n° 17)
Charles Exbrayat, *Vous souvenez-vous de Paco ?* (n° 18)
Émile Gaboriau, *L'Affaire Lerouge* (n° 19)
Danielle Thiéry, *Le Sang du bourreau* (n° 20)
Dorothy L. Sayers, *Lord Peter et l'inconnu* (n° 21)
Jean d'Aillon, *Le Captif au masque de fer* (n° 22)
Neal Shusterman, *Les Fragmentés* (n° 23)
Gilles Bornais, *Les Nuits rouges de Nerwood* (n° 24)
Rex Stout, *Fer-de-Lance* (n° 25)
C.M. Veaute, *Meurtres à la romaine* (n° 26)
Reggie Nadelson, *Londongrad* (n° 27)

Boileau-Narcejac, *Le Second Visage d'Arsène Lupin* (n° 28)
Jo Litroy, *Jusqu'à la mort* (n° 29)
Maud Tabachnik, *La Honte leur appartient* (n° 30)
Olivier Gay, *Les talons hauts rapprochent les filles du ciel* (n° 31)
Philip Kerr, *Impact* (n° 32)
Françoise Guérin, *À la vue, à la mort* (n° 33)
Dorothy L. Sayers, *Trop de témoins pour Lord Peter* (n° 34)
John Dickson Carr, *La Chambre ardente* (n° 35)
Charles Exbrayat, *Les Blondes et papa* (n° 36)

LE MASQUE
s'engage pour l'environnement
en réduisant l'empreinte carbone
de ses livres.
Celle de cet exemplaire est de :
0,568 kg éq. CO_2
Rendez-vous sur
www.lemasque-durable.fr

PAPIER À BASE DE
FIBRES CERTIFIÉES

Composition réalisée par Facompo, Lisieux

Imprimé en France par CPI Bussière
à Saint-Amand-Montrond (Cher)
en décembre 2013
N° d'édition : 01 – N° d'impression : 2006477.
Dépôt légal : janvier 2014.